# La ciudad del silencio

# SELENE S. CAMPOS

# LA CIUDAD DEL SILENCIO

## SERIE NANDRU 1

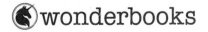 wonderbooks

Primera edición: marzo de 2022

© Selene Sánchez Campos, 2022
© de esta edición, Futurbox Project, S. L., 2022
Todos los derechos reservados.

Diseño de cubierta: Cristina Magriñà e Irene Fernández
Diseño de mapa: Selene Sánchez Campos

Publicado por Wonderbooks
C/ Aragó, 287, 2.º 1.ª
08009, Barcelona
www.wonderbooks.es

ISBN: 978-84-18509-19-3
THEMA: YFHR
Depósito Legal: B 4117-2022
Preimpresión: Taller de los Libros
Impresión y encuadernación: Liberdúplex
Impreso en España – *Printed in Spain*

*A todos aquellos que siguen creyendo en la magia y*
*la siguen buscando en los libros*

GËLIR

YRTHIA

HEITHEN

Océano
de Kerth

DESTÏA

MINZEN

OWILOR

DHUNNE

NAHESHIA

ETERTHEA

ASZERIA

THYARE

ZER

KYDEN

Mar
de Thyare

SHYLERZIA

EVALIIR

KYREA

Llegaba tarde, aunque he de reconocer que muchas veces lo hacía a propósito. Me gustaba entrar la última en el aula y encontrar a mis compañeros ya sentados en sus asientos, sacando de sus mochilas los libros y libretas que utilizarían en esa tediosa hora que duraría la clase. Me encantaba sentir sus miradas cuando abría la puerta y avanzaba hacia mi pupitre, contoneando las caderas.

Sin embargo, ese día todos estaban de pie alrededor del escritorio de la profesora, y por primera vez pasé desapercibida. Fruncí el ceño y me mordí el labio inferior algo decepcionada, pero, con la cabeza bien alta, ocupé mi asiento y coloqué mi nuevo bolso Birkin de Hermès sobre la mesa con la intención de que mis amigas lo viesen al volver a sus pupitres. Sin prestar atención a la conversación que mantenían mis compañeros, saqué la polvera de uno de los bolsillos interiores y me miré a través del espejo que tenía bajo la tapa. Unos ojos aguamarina delineados y bordeados por unas espesas pestañas me devolvieron la mirada. Comprobé que el *gloss* continuaba impecable sobre mis labios y devolví la barra al bolso.

—Katia. —Levanté la mirada para posarla sobre mi amiga Erika, que estaba de pie junto a la profesora.

No reparó en mi nueva adquisición, aunque no me extrañó. Erika no solía mostrar interés por las cosas que me compraba, daba igual lo espectaculares que fueran. Me hizo una seña para que me acercara, así que me levanté de la silla a regañadientes y, poniendo los ojos en blanco, terminé por aproximarme al grupo. ¿Por qué tardaría tanto Judith, nuestra profesora y tutora, en empezar la clase?

—¿Qué pasa? —pregunté bruscamente.

—Estamos organizando una nueva búsqueda por el bosque —me informó April, otra de mis mejores amigas—. Ya sabes, por si encontrásemos alguna pista sobre la desaparición de Clara.

Cuando me acerqué a la mesa, pasando entre mis compañeros de clase, me fijé en que Judith sujetaba con fuerza una *tablet*. Tenía abierta una aplicación con un mapa de la región y observé cómo se movía por él hasta localizar y ampliar una zona boscosa que había al lado de nuestro pueblo.

—Tal vez podamos ayudar a encontrar algo —decía, al tiempo que desplazaba el mapa con las yemas de los dedos. Suspirando con pesar, agitó su corta melena rizada y por fin levantó la mirada. Fue entonces cuando reparó en mi presencia y esbozó una sonrisita—. Pediré permiso al director para salir mañana durante la tutoría, ¿de acuerdo? —añadió mientras se quitaba las enormes gafas de pasta que le cubrían el rostro.

Todos asentimos y, cuando nos pidió que volviéramos a ocupar nuestros asientos, obedecimos. Observé cómo Erika y April ocupaban los pupitres contiguos al mío, nuevamente sin reparar en mi bolso. ¿Tan distraídas estaban que no eran capaces de reparar en la novedad que traía conmigo? Ni en cien mil años se merecía mi última compra pasar desapercibida. De soslayo, vi a Erika atarse en una coleta alta la oscura melena que se desparramaba sobre sus hombros. Cuando se percató de que la observaba, se volvió hacia mí. Tenía un rostro con forma de corazón y unos ojos color café, grandes y expresivos, que parecían brillar con luz propia. April, por otro lado, tenía un larguísimo cabello color castaño rojizo, que caía en suaves ondas enmarcando su ovalado rostro. Sus ojos grisáceos solían estar siempre tras unas gafas de pasta que le daban un aspecto un tanto intelectual.

Realmente no sé cuándo ni por qué decidimos juntarnos las tres, pero llevábamos siendo amigas desde antes de entrar en secundaria. Erika, la eterna deportista, contrastaba con mi forma de ser y de vestir; por no hablar de April, con ese estilo *hippie* que la caracterizaba desde hacía años. Había intentado convencerla muchas veces de que dejara atrás esa moda tan de los sesenta. Los vestidos que a menudo llevaba y los amuletos que siempre colgaban de sus muñecas y de su cuello parecían sacados de un viejo catálogo de moda.

—¿Vas a faltar más veces? —La voz de Erika me sacó de mi ensoñación. Tardé unos segundos en procesar sus palabras, durante los que me observó con severidad—. Estamos en segundo de Bachillerato. Te recuerdo que este año tenemos la selectividad y que la nota que saques determinará tu futuro.

—Tengo que aprovechar todas las sesiones de fotos que me propongan —respondí—. Ya sabes que quiero ganarme la vida con eso...

—¿Eres tú quien quiere ganarse la vida con eso o es tu madre quien quiere que te la ganes así?

Me encogí de hombros sin saber muy bien qué responder. No creía que estuviera tan mal ganar dinero por unas cuantas fotos. Ni que fueran eróticas. Era consciente de que el mundo estaba lleno de desaprensivos con ganas de aprovecharse de chicas como yo, pero siempre me las apañaba para dejar claros los límites y que me respetaran.

—Lo de ser modelo no dura toda la vida —siguió regañándome—. Tienes que centrarte y elegir una carrera de una vez por todas.

—Ser modelo me ayuda a pagar mis caprichitos —repuse, sin saber muy bien si estaba tratando de convencerla a ella o a mí misma. Para cambiar de tema, apoyé la mano estratégicamente sobre mi nueva adquisición.

—¿Te has comprado otro bolso? —preguntó April, que no se había perdido nada de nuestra conversación.

Esbocé una sonrisa y asentí, orgullosa.

—Seguro que te habrá costado una pasta. —Otra vez Erika y sus sermones.

—Pero es precioso —objeté.

—Seguro que se queda muerto de risa en uno de tus armarios. Al final acabas cansándote de todo. —siguió Erika.

Puse los ojos en blanco y me dispuse a replicar, pero me detuve al escuchar mi nombre.

—Katia, ¿contaremos contigo?

Judith zanjó nuestra conversación con esa pregunta. Se había acercado a nosotras y no me había dado ni cuenta.

—Claro que sí. Estoy muy preocupada por Clara y quiero ayudar a encontrarla.

Para ser sincera, estaba mintiendo. En realidad, Clara me daba completamente igual. Era la hija de la bibliotecaria y la había visto las pocas veces que había ido a buscar algún libro. Apenas la conocía y en total no habríamos intercambiado más de tres frases. Aun así, estaba convencida de que, si se había escapado, sería por alguna razón de peso. O tal vez estuviera harta de su madre, o de su aburrida vida. Seguro que en este preciso instante estaba disfrutando de su escapada sin pensar ni un segundo en toda la gente destrozada que había dejado atrás. No obstante, lo correcto era actuar como si estuviera preocupada; fingir que aquel asunto, y todo lo que me rodeaba, me importaba, cuando en realidad no era así. Ahora que me paro a pensar…, cuánto he cambiado desde entonces.

Judith asintió, apretando sus finos labios. Volvió a su escritorio y, tras abrir uno de los cajones, sacó el libro de historia y lo dejó abierto sobre su mesa. Acto seguido, encendió el proyector y apagó las luces de la clase para que viéramos mejor la pantalla.

—Vamos a sumergirnos en el pasado —dijo, con una amplia sonrisa.

Debo reconocer que era la única profesora que realmente disfrutaba de su trabajo y hacía que la historia dejara de ser algo aburrido para captar firmemente mi atención. La hora se me pasó volando.

Cuando la alarma sonó, dando fin a la clase, las luces volvieron a encenderse y sentí que aterrizaba de nuevo en la realidad. Me levanté al tiempo que me pasaba el asa del bolso por el hombro, dispuesta a marcharme, pero…

—¿Podemos hablar, Katia?

Judith, de pie tras su mesa, me dedicó una leve sonrisa.

—Claro —accedí.

Me despedí de mis amigas y esperé, algo molesta, a que todos abandonaran el aula. Solo entonces me acerqué a mi profesora.

—¿Ocurre algo, Judith? —Esbocé una sonrisa abiertamente falsa.

—He notado que últimamente has faltado bastante.

—Lo sé. No paran de salirme sesiones de fotos, ¿sabes que seré la imagen del nuevo perfume de Nina Ricci?

—Me alegra mucho. —Sonaba sincera—. Pero..., no deberías descuidar tus estudios. Recuerdo que tu plan era estudiar periodismo, ¿no? Escribías muy bien.

—Eso fue hace más de un año... De todos modos, siempre intento que las sesiones no coincidan con las clases, es solo que no puedo rechazar oportunidades así. Al fin y al cabo, quiero dedicarme a esto.

Me aparté un mechón de pelo rubio y me lo coloqué detrás de la oreja. Eso me recordó que tenía que pedir hora para retocarme las raíces, que ya empezaban a oscurecerse demasiado. Judith seguía hablando, así que fingí haberla atendido.

—¿Pusiste ese cartel en tus redes sociales? —preguntó, refiriéndose al cartel de la búsqueda de Clara.

—Sí, claro. Mis seguidores han intentado ayudar, pero nadie sabe nada.

Judith asintió. Recuperó sus pertenencias y salimos en silencio del aula. Entonces se volvió hacia mí.

—Gracias por tus esfuerzos, Katia. De verdad.

Asentí algo incómoda, y me despedí rápidamente.

—Nos vemos más tarde, Judith. Hasta luego.

Le dediqué mi mejor sonrisa y me marché hacia la cafetería. Siempre que acababan las clases, nos reuníamos allí antes de volver a casa, pero, cuando llegué, para mi desagrado, mis amigas se hallaban rodeadas de gente en nuestra mesa de siempre. April estaba sentada frente a una chica, que la miraba con ojos desorbitados mientras mi amiga barajaba unas cartas alargadas y de vivos colores. Erika me dirigió una señal de advertencia con la mirada. Entendí enseguida que no quería que dijese algo al respecto de lo que estaba sucediendo. Solté un bufido y me crucé de brazos. Detestaba esa estúpida afición de April por la lectura del tarot, aunque parecía ser la única. Miriam, una de nuestras compañeras de clase, señaló una carta y mi amiga se inclinó para darle la vuelta e interpretarla. Se quedó en silencio un breve instante, con los labios ligeramente fruncidos y una expresión de concentración en el rostro que terminó por fastidiarme. ¿Cómo iban a decirle esos estúpidos trozos de cartón lo que iba a suceder? Me mantuve callada, sin disimular siquiera mi expresión iracunda.

—¿Y bien? ¿Qué te dice sobre Adrián? ¿Se está viendo con otra?

Puse los ojos en blanco y apreté los dientes para no reírme.

—Sí. —April la miró a los ojos y levantó un naipe—. Lo siento. Esta carta simboliza la traición del ser querido. Además... —Calló un momento y sacudió la cabeza, haciendo que su melena se agitara—. No importa. No te lo mereces.

Volví a soltar un bufido y Erika me dio un codazo para que parase.

—¿Y si preguntamos a las cartas por Clara? Nos revelarían su paradero.

Andrea, la mejor amiga de Miriam, trató de cambiar de tema para distraer a su compañera, que se había quedado lívida, mirando fijamente la supuesta carta de la traición que había quedado bocarriba sobre la mesa.

—Menuda tontería —murmuré.

—Vamos, Katia. —Los dedos de April se cerraron en torno a mi muñeca y tiró de mí suavemente para que me sentara a su lado.

Crucé las piernas y puse el bolso en mi regazo. Ella sabía que yo detestaba su afición y no creía demasiado en esas cosas.

—¿De verdad crees que te dirán donde está Clara? —bromeé.

Ignoró mi burla y comenzó a barajar las cartas a la par que cerraba los ojos.

—Pensad en Clara, con todas vuestras energías.

Abrí la boca para volver a quejarme, pero Erika me dirigió otra mirada de advertencia. Apreté mis labios y puse los ojos en blanco. No tenía muchos recuerdos de Clara. No íbamos a las mismas clases y no llegué a verla siquiera por los pasillos. En cambio, la veía las pocas veces que iba a la biblioteca municipal. Solía ayudar a Greta, su madre, por las tardes. Por alguna extraña razón, recordaba el día en que Clara me tendió el libro de *Cumbres borrascosas* que le había pedido. Se recogió tras la oreja un mechón de pelo dorado, claramente teñido, y sonrió tímidamente.

—Espero que te guste.

—Muchas gracias, pero dudo que me guste algo de lo que me obligan a leer en clase. —Le quité la novela de las manos.

Me dirigí al mostrador, donde su madre, que trabajaba allí, me apuntó en la sección de préstamos. Mis ojos bajaron de la rechoncha cara de Greta al colgante que pendía de su cuello. Era una pequeña esfera de cristal en cuyo interior se apreciaban dos perlas, una rosa y otra azul, que descansaban sobre un fino manto de césped. En la primera, una diminuta mariposa metálica reposaba quieta y silenciosa. Era como si fuese a retomar el vuelo de un momento a otro. Tras esta, un minúsculo bosque de árboles sin hojas se alzaba con sus desnudas ramas casi rozando la bóveda de cristal. Anonadada, contemplé el diminuto paisaje atrapado en el interior de aquel colgante.

—¿Dónde la has comprado? —pregunté.

Los dedos de la bibliotecaria se cerraron veloces en torno a la esfera, ocultándola. Una sonrisa nerviosa se dibujó en su rostro.

—Es artesanal —respondió, mientras escondía el colgante debajo de su camisa verde lima.

Me encogí de hombros y le tendí el libro para que lo registrara a mi nombre. Por el rabillo del ojo distinguí a Clara, que hablaba con un chico de piel clara y cabello blanco. Sin embargo, no pude verlo bien, puesto que, al notar mi mirada, lo empujó suavemente y ambos quedaron ocultos tras una estantería. Estas dos amigas mías eran sin duda demasiado raras para mi gusto. Recogí el libro y, tras despedirme, me marché a casa.

—Escoge una carta, Katia. —April me sacó de mi ensimismamamiento.

De mala gana, escogí una del montón que había frente a mí. La deposité boca abajo junto a la de Erika. Tras hacer varias rondas y formar con ellas un círculo de seis cartas, procedió a destaparlas una a una.

—Vaya... —musitó.

Por un momento, se quedó embobada mirando las ilustraciones. La carta que elegí tenía un dibujo muy curioso: había una persona al borde de un acantilado. Sujetaba un palo del que pendía una bolsita de tela y, en la otra mano, llevaba una rosa blanca.

Con un movimiento rápido, April me agarró la muñeca con fuerza y el naipe se cayó al suelo. La miré enfurecida por asustarme así. Sin embargo, sus ojos me observaban atónitos. Un extraño escalofrío recorrió mi columna.

—¿Qué pasa? ¿Por qué me miras así? —espeté.

April movió los labios sin pronunciar palabra alguna.

—¿Estás bien? —Erika agarró a nuestra amiga por los hombros y esta me soltó—. ¿April?

April nos miró distraída y acto seguido comenzó a recoger la baraja, guardándola en su funda. Lo envolvió todo en un saquito lleno de pequeñas piedras que, según ella, otorgaban energías. Erika nos miró preocupada.

—¿Ha pasado algo? —inquirí.

Si estaba bromeando, me enfadaría mucho. ¿Por qué había cambiado tanto su actitud?

—No. Olvidadlo.

Se masajeó la sien y acto seguido nos dio la espalda. Sabía que me ocultaba algo, pero estaba demasiado fastidiada por su comportamiento como para molestarme en averiguarlo.

—¿Habéis empezado el trabajo? —preguntó Erika, con el único fin de cambiar de tema.

—No —repliqué, irritándome aún más.

Ni siquiera había buscado información al respecto. Teníamos que hacer un artículo sobre la Segunda Guerra Mundial, pero tenía cosas mejores en las que invertir mi tiempo que en un estúpido trabajo de historia. Me encogí de hombros ante su mirada de desaprobación.

—Deberías estudiar más y no centrarte tanto en tus sesiones de fotos —objetó.

—Puedo ganarme la vida así. No sé por qué te molesta tanto. Será mejor que me vaya a casa. —Me colgué el bolso—. Adiós, chicas.

Cuando busqué con la mirada a mi otra amiga, me percaté de que ya no se encontraba con nosotras. Erika parecía tan desconcertada como yo.

—¿Cuándo se ha marchado? Hace un momento estaba aquí —dije perpleja.

—Será mejor que la dejemos un rato a solas. Luego la llamaré para ver qué le ha pasado.

—Igual era parte de su numerito de tarot.

—No intentes desviar el tema, Katia. Ponte ya con el trabajo o echarás a perder todo el curso y la selectividad.

Resoplé, molesta. ¿Por qué se comportaba como una madre? A veces resultaba un poco desagradable.

—Paso de aguantar tus sermones. Y, con todo lo que estoy consiguiendo, ya podrías apoyarme. —Me dispuse a marcharme, algo contrariada.

—Te apoyaría si lo hubieras elegido tú. No entiendo por qué has dejado atrás tu verdadero sueño.

La voz de Erika a mi espalda no me detuvo y seguí alejándome de ella, intentando que en mi rostro no se reflejara el enorme pesar con el que constantemente lidiaba.

Octubre se volvía cada vez más frío. Aquella tarde, el cielo se presentaba nublado y parecía que iba a llover de un momento a otro. Suspiré. Era el tercer viernes del mes y acababa de salir de una sesión de fotos bastante desagradable. El fotógrafo había intentado ligar conmigo y una de las modelos me había criticado, pensando que no la escuchaba. No era la primera vez que coqueteaban conmigo o me insultaban por la espalda, pero aun así me afectaba. Una vez incluso quisieron sacarme fotos mientras me cambiaba de ropa; al parecer, mucha gente pagaría por esas imágenes. Me di cuenta de que las sesiones en las que había disfrutado realmente se podían contar con los dedos de una sola mano. Todavía llevaba el maquillaje de tonos pastel inspirado en la estética *kawaii,* que tan de moda estaba en Japón, y el vestido vaporoso que habíamos utilizado en los últimos retratos.

Salí tan rápido de aquel sitio que ni me cambié de ropa. Pero al menos no me la olvidé. Por suerte, la había guardado en la mochila antes de empezar la sesión. Me arrepentí de no haberme cambiado; a pesar de llevar el abrigo por encima, sentía cómo el frío se colaba. Con un escalofrío, me aseguré de que la cremallera estuviera lo más arriba posible y apreté el paso.

Crucé la calle que me separaba de la biblioteca mientras me armaba de fuerza. Ya era hora de tomarse en serio el trabajo sobre la Segunda Guerra Mundial. El lunes se acercaba y era el último día que tenía para presentarlo todo.

Los grandes ventanales dejaban ver largas mesas con libros desperdigados en ellas. Esperé a que la puerta se abriera antes de entrar al moderno edificio y, en cuanto puse un pie dentro, el mundo pareció enmudecer. Solo unos ligeros y extraños sonidos rompían el silencio.

Mirando el lado positivo, me alegré al sentir cómo el aire caliente desentumecía mi cuerpo: al menos la calefacción estaba puesta. Observé a mi alrededor. Parecía que no había nadie en aquella planta. La única era Greta, la madre de Clara, que estaba tecleando al otro lado del mostrador. Me acerqué a ella.

—Buenas.

—Hola, Katia. ¡Qué guapa estás!

Me fijé en las arrugas que se habían formado en su rostro cansado. Parecía mayor y su mirada rezumaba una profunda tristeza.

—Gracias —respondí con una media sonrisa—. Acabo de salir de una sesión de fotos y por eso llevo estas pintas. Venía a buscar algunos libros sobre la Segunda Guerra Mundial.

—Los encontrarás arriba. Sube por las escaleras y ve por el pasillo de la derecha. Más adelante verás el cartel que indica «Historia».

—Gracias.

Me disponía a marcharme cuando Greta me habló de nuevo.

—Se me olvidaba. Encontré esto cuando hicimos limpieza hará unos días. —Sacó una revista de uno de los cajones que tenía a su espalda—. Pensé que querrías tenerla, no sé si guardas algún ejemplar. Fue el número donde se publicó tu artículo sobre Frida Kahlo, ¿recuerdas?

Asentí, conmovida. Recordé la época en que no paraba de hacer viajes a la biblioteca para documentarme acerca de los temas sobre los que escribía. Incluso publiqué unos cuantos en una revista cultural. Greta me ayudaba a menudo con la investigación. Sin embargo, abandoné esa afición cuando mi madre me introdujo en el mundillo de la moda. Al principio no me gustaba, pero luego empezó a entretenerme y se convirtió en una forma de pasar más tiempo con ella. No obstante, mi madre llevaba medio año sin acompañarme a las sesiones; estaba inmersa en sus propios proyectos.

—Gracias. —Guardé la revista en el bolso y me dirigí hacia las escaleras.

Nunca había estado en la parte superior de la biblioteca. Siempre pedía los libros y Clara o Greta me los traían. Esta vez, y aunque me fastidiaba muchísimo, me tocaba a mí rebuscar entre los miles de ejemplares que se agolpaban en los estantes. Era curioso lo mucho que cambiaba la biblioteca por dentro. Fuera, el edificio era cuadrado, con unos ventanales enormes y muros de color marfil. Sin embargo, al entrar por las puertas automáticas, las enormes estanterías de madera oscura y el suelo de linóleo te hacían viajar al pasado, por lo menos cincuenta años atrás. Seguí las indicaciones de Greta y llegué a la sección de historia. Maldije entre dientes: no me había advertido de que esa zona la formaban seis enormes estanterías repletas de libros. No sabía por dónde empezar. Por suerte, tras leer varios títulos comprendí que los habían clasificado según el siglo al que pertenecían, de modo que no me resultó complicado localizar cuatro ejemplares que seguramente me servirían de ayuda. Los cargué entre mis brazos como pude y los dejé en la mesa más cercana. Al levantar la mirada, me di cuenta de que los baños estaban en la misma planta, justo frente a mí. Entré en el lavabo de chicas y me apresuré a meterme en uno de los tres cubículos blancos. Me sorprendió que estuviera limpio, a pesar de estar pintarrajeados con nombres y frases sin sentido.

Cerré la tapa del váter y apoyé la mochila. Me cambié entre saltos y algún que otro golpe, y, tras ponerme un pantalón y un jersey, salí y me detuve unos segundos delante del espejo para asegurarme de que mi maquillaje estuviera aún perfecto.

Al salir del lavabo, la planta seguía desierta y lo único que se oía era el rítmico toqueteo de las teclas del ordenador de Greta. Sintiéndome más cómoda, me senté en la primera mesa y arrastré la silla de al lado para colocar mi bolso encima. Acto seguido, saqué mi estuche y la libreta que usaba para esa asignatura. Con calma, pasé las páginas hasta encontrar la primera hoja en blanco. Después de ello, me detuve unos segundos mientras reflexionaba sobre qué bolígrafo usar para el resumen.

El ambiente era tan silencioso que oí cómo las puertas de cristal del vestíbulo se abrían y se cerraban. El ruido de unos pasos resonó por las paredes; deduje que estos pertenecían a dos personas diferentes. De todos modos, seguí trazando la línea del tiempo que había incluido en mi trabajo e ignoré a los nuevos visitantes, deseando que no fueran adolescentes en busca de un lugar para charlar y no pasar frío. La voz de Greta hizo que me detuviese con el bolígrafo entre los dedos.

—¿Qué buscáis? —Me pareció que hablaba con una inseguridad impropia en ella.

—Estamos buscando algo que nos pertenece. —La voz hostil que respondió a la bibliotecaria me provocó un escalofrío.

Con calma y apretando el labio inferior en una mueca, arrastré la silla en silencio y me levanté. De puntillas, me acerqué hasta la balaustrada de madera para poder entrever lo que sucedía en el piso de abajo. Dos hombres estaban de pie frente a Greta. Aunque aparentemente eran normales, desprendían un aire amenazador e inquietante.

—Yo... no tengo nada. —La voz trémula de la bibliotecaria me alarmó.

Descolgué el teléfono y marqué el número de emergencias, preparándome para llamar en caso de que la situación empeorara.

—Hemos captado su esencia. Ha estado o está aquí. Dinos lo que sepas ahora mismo o sufrirás las consecuencias.

—Yo no lo tengo —insistió.

El hombre, que todavía no había pronunciado ninguna palabra, levantó bruscamente la mirada en mi dirección. Retrocedí en silencio para ocultarme.

—¿Hay alguien?

—No... Estoy sola.

Comprendí que la situación era peligrosa y que Greta trataba de protegerme. Apreté con fuerza el móvil y con los dedos temblorosos marqué el número de emergencias. Llamé y me acerqué el teléfono a la oreja. Enseguida, contestó una mujer y, susurrando, le conté que me encontraba en la biblioteca municipal y que estaba en peligro. El silencio era tal que me habrían escuchado de no ser por que Greta hizo un par de preguntas mientras yo hablaba. De repente, un estruendo me devolvió a la situación que tenía lugar a escasos metros de mí. Enmudecí y me levanté, como movida por un resorte, para asomarme; a pesar de que estaba muerta de miedo. Había una mesa partida por la mitad. Supuse que la habían roto ellos.

—¡Escuchad! —grité levantando mi móvil por encima de la cabeza. Me sorprendí de lo segura que sonaba—. La policía está viniendo. Si no queréis problemas, ¡marchaos!

Greta me miró aterrada.

—¡Katia, corre!

Uno de los hombres agarró a la mujer por el cuello y, fijándose en su colgante, le arrancó el talismán que tanto había llamado mi atención. Entonces, todo pareció ocurrir a cámara lenta. Ella gritó, llevándose las manos al cuello, ahora desnudo. Su alarido me congeló la sangre. ¿Esa dichosa joya era la causante de todo aquello? El segundo hombre sujetó a Greta, que, no obstante, contestó con una patada hacia atrás, alcanzando la entrepierna de su agresor. El hombre se tiró al suelo, dolorido, y empezó a maldecir en una lengua que jamás había escuchado. Aprovechándose del caos, Greta se lanzó contra el otro, le arrancó aquella especie de amuleto y, acto seguido, me lo lanzó con fuerza.

—¡Cógelo y vete! —gritó.

Solté mi teléfono y, con mucha fortuna, atrapé el colgante. Había sacado medio cuerpo por encima de la balaustrada y por poco caigo al vacío. Justo en ese momento, el hombre al que Greta había robado su joya se volvió hacia ella y, con un movimiento rápido, la estranguló. El horrible sonido de los huesos partiéndose inundó la biblioteca. Mi corazón se detuvo durante unos segundos eternos en los que me quedé clavada en el sitio, viendo cómo el cuerpo de Greta caía a los pies de los dos hombres. Quise gritar, pero entonces alguien me agarró de la cintura y tiró de mí; justo cuando la barandilla de madera en la que me apoyaba se rompía y volaba en pedazos en medio de un estruendo.

—¡Corre!

¿De dónde había salido ese chico tan extraño? Su piel era particularmente pálida y sus cabellos platinos caían desordenados sobre un par de severos ojos violáceos. Abrí la boca para decir algo, pero otro estallido ahogó mis palabras. Noté que el muchacho tiraba de mí y de pronto me vi envuelta en una carrera vertiginosa hacia la salida de emergencias.

—¡Nandru!—bramó uno de ellos.

¿Qué significaba Nandru? Pero ni él ni yo nos volvimos hacia los hombres. Por lo que se oía, venían corriendo hacia nosotros. Buscamos la puerta de emergencias, escondida entre un par de estanterías viejas, y el chico alargó la mano para empujar con fuerza la puerta. Todavía con las manos entrelazadas, salimos al exterior y bajamos por las escaleras de emergencia que estaban a un lado del edificio. Eran muy estrechas, así que me empujó para que yo fuese la primera. Por suerte, el edificio era pequeño y enseguida alcanzamos la calle.

Ahora se escuchaba el agudo chillido de las sirenas y distinguí los coches de policía que entraban en la calle para detenerse frente a la biblioteca. Varias personas se pararon a contemplar la escena. Yo me disponía a hacer lo mismo, pero el misterioso chico seguía agarrándome de la muñeca y me vi obligada a correr tras él, mezclándonos entre el gentío.

Recorrimos varias calles antes de meternos en el centro comercial. A esa hora estaba casi vacío y, nada más detenernos, ordené mis cabellos como pude y traté de recuperar el aliento. Las manos me temblaban, pero mi puño aún guardaba el colgante de Greta.

—¿Ha muerto? —pregunté con un hilo de voz.

—Sí...

Las lágrimas anegaron mis ojos. Me mordí el labio inferior y traté de tranquilizarme.

—¿Por qué no nos has ayudado antes? ¿Has estado escondido todo este tiempo? —Esperé una respuesta por su parte, pero el muchacho estaba más pendiente de lo que sucedía a nuestro alrededor—. Vale. Mis cosas están en la biblioteca. Sabrán localizarme si encuentran mi cartera.

Él negó con la cabeza y me enseñó el bolso hasta ponerlo a la altura de mis ojos. Se lo quité de entre las manos y rebusqué en su interior. Mi móvil, los libros de la biblioteca, mi cuaderno... Todo estaba allí. Incluso los bolígrafos que había dejado sobre la mesa se encontraban dentro del bolso. También me entregó mi abrigo, que de repente apareció bajo su brazo izquierdo. Lo miré atónita.

—¿Cómo has hecho esto?

—El colgante. Ahora te pertenece, así que no lo pierdas.

Lo analicé durante unos segundos sin comprender lo que estaba haciendo. No entendía nada. La situación era tan extraña que no sabía qué pensar.

—¿Quién eres? —La voz me salió más aguda de lo que esperaba, seguramente por el miedo—. Y ¿quiénes eran ellos?

—Me llamo Nandru y ellos... —Se detuvo en mitad de la frase, como si no pudiera contármelo—. Es una larga historia.

Tenía un acento extraño que no lograba ubicar. Traté de mitigar el temblor que recorría todo mi cuerpo abrazándome a mí misma. Greta había muerto. Delante de mis ojos. ¿Serían miembros de alguna mafia? ¿Tendrían algo que ver con la desaparición de Clara? ¿Cómo encajaba el chico albino en toda esa historia? ¿Cómo pudo estallar en mil pedazos la balaustrada sin que nadie, excepto yo, la tocara? Las preguntas me atropellaron de tal manera que hasta me entró dolor de cabeza. Me masajeé la sien y respiré hondo.

—He de irme a casa. Necesito ordenar mis pensamientos.

—De acuerdo.

Miré una vez más a Nandru: tenía una belleza que no había visto jamás. Ni siquiera mis compañeros de oficio se podían equiparar con él. ¿De dónde había salido? Reparé por primera vez en su ropa. Un jersey negro que contrastaba con su pálida piel dejaba entrever sus músculos. Usaba unos vaqueros ajustados. Y, aún así, a pesar de su vestimenta tan actual, había algo que no terminaba de encajar, como si no perteneciera a esta época o... a este mundo. Me obligué a dejar de mirarlo y, sin añadir ninguna palabra más, comencé a andar en dirección a la salida del centro comercial. Aún agarraba con fuerza el colgante. Me percaté de que el chico venía detrás de mí.

—¿Me estás siguiendo? —No es que no quisiera seguir disfrutando de su compañía, es solo que ni siquiera me había preguntado.

—No puedo alejarme mucho de eso. —Señaló mi mano, que sujetaba la esfera de cristal.

—¡Oh! —Se la ofrecí, extrañada.

Su rostro se desencajó y dio un paso atrás para alejarse de mí.

—¡No! ¡No me toques con eso!

—¿Qué?

—Solo con tocarlo podría morir.

—¿Qué? —Comencé a reír, nerviosa—. ¿Una cosa tan pequeñita podría matarte? —No sabía si creerme todo aquello. Supongo que aún estaba tan en *shock* que no sabía cómo actuar.

Nandru recuperó su mirada severa. Alargó la mano y rozó la esfera que seguía tendiéndole. Ante mi atónita mirada, su piel comenzó a ennegrecerse y a desprender humo. Su expresión se compungió. Con un movimiento brusco, aparté el colgante de él y retrocedí. Procuré no gritar ante una escena tan macabra.

—¿Qué…?

—Me deterioro con tan solo rozarla. Podría matarme si me toca alguna parte vital. Y, en cualquier caso, es tremendamente doloroso. —Levantó la mano que había comenzado a ennegrecerse. La quemadura, o lo que fuera aquello, había desaparecido—. Por suerte, también me regenero bastante rápido.

—¿Qué eres? —pregunté, sin dar crédito a lo que veía.

—Katia, el mundo en el que vives no es como imaginas.

—¡Esto es de locos! Yo... Me tengo que ir. —¿Me habría golpeado con algo? Solo eso explicaría una situación tan rocambolesca. Seguía tan impresionada que no podía pensar con claridad.

Sin saber muy bien por qué, me puse el colgante y lo escondí bajo el jersey. Él pareció complacido, aunque seguía serio. Miré a mi alrededor y me percaté de que el centro comercial se encontraba totalmente vacío. ¿Dónde estaba la gente?

—¿Quieres que desaparezca? —preguntó él.

—Haz lo que quieras. Yo…, paso de todo este lío. Si esto es una broma no tiene gracia. ¿No habrá cámaras ocultas? En realidad Greta no ha muerto, ¿verdad?

Miré a mi alrededor en busca de algún indicio de que toda esa locura no era más que un extraño *show* que no alcanzaba a comprender.

—Si necesitas que vuelva, frota el cristal.

—¿Qué? ¿Qué estás diciendo?

Esta vez sí que chillé al ver cómo Nandru, poco a poco, se desvanecía. Noté un movimiento en el colgante y, cuando lo saqué, volví a gritar. Una nueva figura en miniatura había aparecido en el paisaje atrapado de la esfera. Reconocí la silueta del muchacho, pero no se movía. Se había sentado sobre la piedra, al lado de la mariposa metálica, y parecía sumido en sus pensamientos. Reprimí el impulso de quitarme el colgante y tirarlo al suelo. No entendía por qué una pequeña parte de mí necesitaba quedarse con la joya. ¿Acaso Greta no había muerto por ella? Me apoyé en la pared del pasillo y, por primera vez en años, lloré por alguien que no era yo. Pese a todo, no podía imaginar que lo peor estaba por venir.

Grité. Grité como nunca antes, y entonces logré despertarme. Estaba empapada de sudor. Asqueada, aparté con brusquedad las mantas para quedarme un rato tendida sobre la cama, aún con el corazón desbocado. Mis ojos se anegaron en lágrimas y de forma inconsciente apreté la esfera de cristal que colgaba en mi cuello. Dejé de respirar en cuanto noté una presencia en la oscuridad. La casa estaba en silencio, ya que mis padres habían salido esa noche para hacer un pequeño viaje de desconexión; así es como se referían a ese tipo de escapadas. Agudicé el oído y sentí un movimiento a mi derecha. Asustada, me hice un ovillo lo más lejos posible del rincón. Acto seguido, se encendió la luz y rápidamente me incorporé para encarar al intruso. Desconcertada, me encontré con los violáceos ojos de Nandru.

—Nandru… —gimoteé, y al instante me sentí estúpida, porque había sonado como una niña pequeña.

Pero…, en el fondo, me sentía así, como una niña indefensa y asustada. Me senté sobre la cama y enterré el rostro en las rodillas para que no me viera llorar. Me estremecí de la cabeza a los pies cuando se sentó junto a mí y me acarició el pelo con una dulzura inesperada. Titubeando, me apoyé en él, que se quedó rígido.

—¿Podrías abrazarme?

—Sí… Supongo.

Me envolvió entre sus brazos y cerré los ojos, sintiéndome reconfortada enseguida.

—Tú… ¿Quién eres realmente? —susurré.

—Es difícil responder a esa pregunta. Quien soy ahora no es quien era antes.

Nandru se apartó y yo me moví un poco para mirarlo mejor. Traté de descifrar su expresión, pero giró su rostro hacia el lado contrario.

—Antes, cuando desapareciste, te... te metiste en el colgante. ¿Eres un genio o algo así?

—¿Te refieres a uno de esos genios que están atrapados? No exactamente. Aunque, probablemente, esas historias se crearon inspirándose en esta maldición.

No bromeaba, pero tampoco alardeaba. Empezaba a pensar que aquello no era ni producto de mi imaginación ni una broma bien orquestada.

—Bien —dije—. Entonces eres un genio... ¿Puedes cumplirme un deseo?

—Sí.

—Tres, supongo, ¿no?

—No. Todos los que quieras, hasta que el colgante cambie de dueño o tú me liberes.

Su rostro se volvió sombrío y su mirada, velada por una profunda tristeza, se desvió hacia la ventana de mi habitación. En esos momentos, las cortinas púrpuras ocultaban la calle que se extendía fuera de las cuatro paredes en que nos encontrábamos. Vivía en un apartamento en el centro de la ciudad, con cuatro habitaciones, dos baños, dos salones y una cocina enorme. Los dobles cristales nos aislaban del ruido de la calle, como si cortaran la comunicación con el mundo entero.

Recordé la razón por la que seguía despierta a esas horas. Una y otra vez, la expresión de Greta muriendo acudía a mi mente para atormentarme. Una y otra vez repetía las escenas que había presenciado en la biblioteca. Froté mis ojos cansados. La mañana siguiente necesitaría una buena dosis de maquillaje para ocultar esta fatídica noche. ¿Cuánto tardaría en poder dormir sin esas imágenes? ¿Habría salvado a Greta si me hubiera limitado a llamar a la policía? Ella no habría lanzado el colgante en un intento de que este cambiara de manos. ¿Cómo sabían ellos que tenía esa joya? Y, lo más importante, ¿qué querían de Nandru?

—Nandru... ¿Es posible olvidar?

—¿Cómo?

El muchacho clavó en mí su mirada algo extrañado.

—Quiero, no, *deseo* —corregí— olvidar lo que pasó en la biblioteca. Olvidar cómo murió Greta. No quiero recordar algo tan doloroso. ¿Es posible?

—¿Estás segura?

—Sí: no quiero olvidar su muerte, solo quiero olvidar cómo pasó. Sabría que está muerta y que tengo el colgante, pero no tendría pesadillas y dormiría en paz.

—De acuerdo.

Nandru levantó sus dos manos y las acercó a mi cabeza. Me decepcionó no ver luces ni estrellitas brotando de la yema de sus dedos. Simplemente, al entrar en contacto con él sentí una calidez y, de pronto, una ligera sensación de calma. Sonreí agradecida antes de caer desplomada sobre sus brazos.

Me desperté de un sobresalto por culpa del estridente sonido de la alarma. Aún medio dormida, me incorporé en la cama y, tras desperezarme, me levanté. La noche anterior había tenido un sueño extraño que aún resonaba dentro de mi cabeza y me provocaba cierta inquietud a pesar de no recordar nada. Con un suspiro decidí darme prisa y ponerme en marcha.

Me levanté, abrí el armario y localicé un conjunto de vaqueros ceñidos y un jersey rosa chicle. Corrí al lavabo y me peiné. Mientras me contemplaba, me apliqué una suave capa de maquillaje, solo deteniéndome para comprobar que estuviera perfecto. Llevaba el colgante que había encontrado en la biblioteca. Consulté mi reloj. Tenía veinte minutos de sobra para llegar al instituto. Afortunadamente, no quedaba muy lejos de donde vivía. Esas eran las ventajas de vivir en el centro de la ciudad. Froté la pequeña esfera con las yemas de los dedos y surgió una neblina que se desplazó con rapidez en dirección al suelo para luego ascender, al tiempo que dibujaba una silueta humanoide. Con absoluta rapidez, la bruma formó la figura de Nandru y en un instante este se materializó junto a mi cama. Recordé que aún seguía con la boca abierta y me obligué a cerrarla en cuanto me miró enarcando una ceja.

—Vale… Eso ha sido raro —dije.

—¿Qué necesitas?

—He pensado que no me vendría mal un poco de compañía de camino al instituto.

Nandru ladeó la cabeza incrédulo.

—¿Me llamas solamente para esto?

—Se supone que tendrías que obedecer sin rechistar.

Recogí el bolso y, tras meter uno de los libros dentro, me lo colgué del hombro para luego volverme hacia él.

—Ya estoy lista. Vamos.

Repasé su vestuario y no pude objetar nada en su contra. Ese jersey negro no le quedaba nada mal. Además, llevaba unos vaqueros grises bastante ajustados y unos botines oscuros. Parecía un chico completamente normal, a pesar de su pelo tan claro y de su piel pálida. No era frecuente encontrarse con un chico albino que rayara la perfección.

Era muy temprano y las pocas personas que había en la calle se volvieron para mirarlo con un interés francamente poco disimulado. Sin duda, Nandru poseía una belleza exótica y enigmática que conseguía atrapar la atención de cualquiera que se cruzara con él. Su sola presencia me perturbaba, y eso que solía rodearme de personas con una perfección casi divina.

Habíamos caminado un buen trecho, cuando comencé a sentirme algo incómoda.

—Te he llamado para que me entretengas por el camino —me quejé.

—¿Qué necesitas?

—Que hables más. No me has contado nada sobre tu historia. ¿De dónde vienes? ¿Cómo es que has acabado atrapado en un estúpido colgante? ¿Qué se siente al tener poderes mágicos? ¿Es como en las películas?

Las preguntas se me iban acumulando. Necesitaba saberlo todo. Nandru suspiró.

—Preguntas demasiado.

—No se conoce a un genio todos los días —repuse, poniendo los ojos en blanco.

—Ya te he dicho que no soy un genio. Esas leyendas las inventaron inspirándose en la gente que sufrió la misma maldición que yo: la maldición de Dionte.

—¿Entonces hay otros como tú? ¿Algún día me contarás tu historia?

—Ya no queda nadie más como yo, que tenga constancia. Y te la contaré cuando tengas más de una hora para escucharla, supongo.

Nandru se encogió de hombros. Su rostro, muy serio, estaba fijo al frente. Avanzamos por dos calles más y entonces comencé a ver caras conocidas, gente a la que había visto por el instituto. Algunos se volvieron de inmediato para observar sin mucha discreción a mi nuevo amigo. Giramos la esquina y el enorme edificio apareció ante nosotros. La muchedumbre se agolpaba en la puerta, esperando hasta el último minuto para entrar. Tras sortear a unos cuantos alumnos, franqueamos las rejas para entrar en el patio.

—Produces un efecto curioso en la gente.

—Me incomoda un poco, la verdad.

—A mí me encanta.

Me detuve un momento para rebuscar en el bolso mi estuche de maquillaje. Saqué una cajita metálica y me miré en el pequeño espejo que había dentro. Durante el camino me había restregado la raya del ojo sin querer y necesitaba comprobar si se había emborronado; aun así, creo que seguía en su sitio. Lo guardé todo cuando alguien nos cortó el paso. Levanté la vista para encontrarme con Diana. No solíamos hablar mucho y me extrañó que se plantase justo enfrente. Por lo visto, me tenía una envidia insana y pasaba la mayor parte del tiempo difamándome. Esbocé una sonrisa, preguntándome qué querría.

—Hola, Diana.

Tardó unos instantes en despegar esos ojos oscuros de Nandru para mirarme. Supe de inmediato a qué se debía el saludo. Mi acompañante no lo pasó desapercibido. Enroscó un mechón en su dedo antes de hablarme.

—Hola, Katia. ¿Cómo estás? No quiero parecer maleducada, pero…, ¿quién es?

—¡Oh! —Lo agarré del brazo—. Es mi novio.

Valió la pena por ver la mueca de disgusto que afloró en su cara. Nandru se puso tenso, aunque no dijo nada. Su sonrisa quedó enmarcada por unas arruguitas en la comisura de los labios. Las mejillas de Diana enrojecieron y acto seguido se cruzó de brazos.

—No lo sabía. Pensé que seguías con aquel modelo. Hugo, ¿no?

—Eso fue hace meses.

—¡Katia! —April me saludó desde la puerta.

Mi amiga se acercó a toda prisa hacia nosotros y me abrazó. A continuación, saludó a Diana, algo extrañada, y finalmente se quedó mirando a Nandru de forma inquisitiva. Incómodo, le dedicó una amplia sonrisa. Hubo un silencio pesado que duró tan solo unos instantes, dado que entonces apareció Erika.

—¿Qué haces tú aquí? —preguntó a Diana al tiempo que enarcaba una ceja—. ¿Después de todo lo que dices de Katia te pones a hablarle como si nada?

—¿Qué estás diciendo? —Diana parecía francamente herida.

—Que te largues. ¿No conoces la vergüenza o qué? Vete, anda. —Una nota amenazante en la voz de Erika hizo que la otra se diera media vuelta y se marchara, aunque no sin antes volver a mirar con cierto interés a Nandru.

—Qué borde eres a veces. —Le saqué la lengua a mi amiga.

El timbre sonó y todo el mundo entró rápidamente hacia el interior del edificio. Arrastrados por la gente, nos dirigimos a nuestra clase de inglés. Me detuve al darme cuenta de que Nandru seguía con nosotros.

—¿Qué vas a hacer hasta que salgamos? —pregunté.

—Me quedaré por aquí porque no puedo alejarme a más de cien metros del colgante.

April lo miró con asombro al escuchar la frase. Erika estaba distraída con el móvil y no se había dado cuenta.

—Creo que aún no sabe hablar bien nuestro idioma —dije quitándole importancia—. «Colgante» no es la palabra que buscas, sino «instituto».

—Sí, perdona… Instituto.

Mi amiga se rió por la confusión.

—Ya decía yo que no tenía sentido la frase.

—Nos vemos después del insti. Supongo.

Nos despedimos de él y entramos en el aula. Antes de cerrar la puerta, vi a Nandru alejarse. Un par de chicas lo escudriñaron y se rieron descaradamente mientras pasaban a su lado. Sin duda, despertaba algo en la gente. Todo el mundo lo observaba con curiosidad.

—¿Tu nueva adquisición?

Erika se asomó para ver qué estaba mirando. Cuando me giré, vi que me miraba con desaprobación. Se acecinaba otra de sus charlas.

—Puede ser —repuse.

Nandru era guapísimo y no podía ignorar que, a pesar de lo rocambolesco de la situación, me atraía un poco. Además, eso de que a todo el mundo le maravillase su presencia, me producía más ganas aún de quedármelo para mí solita. Sí, era una idea superficial. Pero en ese momento lo vi como a una especie de trofeo que quería en mi colección a toda costa.

O diaba el frío. Tenía que llevar demasiadas capas de ropa. Además, disimulaban la delgada silueta que tanto me había costado conseguir a base de dietas y mucho ejercicio. Me abroché el anorak hasta la barbilla y me arrepentí de no haberme puesto la bufanda. Apresuré el paso para llegar antes a casa y refugiarme en mi habitación con la estufa a todo trapo. Si hacía este tiempo a finales de octubre, ¿qué temperatura tendríamos entonces en pleno diciembre? Las calabazas de sonrisas desdentadas ya decoraban los escaparates de algunas tiendas. Tal vez iba siendo hora de pensar en un disfraz de Halloween y de escoger a qué fiesta asistir de entre todas a las que me habían invitado. ¿Y si acudía a todas? Imposible. Me faltaría tiempo para llegar incluso a una cuarta parte de ellas.

Crucé la calle que me separaba de casa, saludé al portero y me subí en el ascensor. Y por poco me choco contra mi madre, que salía de casa. Me miró con sus ojos aguamarina, idénticos a los míos salvo porque su mirada era, y sigue siendo, algo altiva. Su cabello castaño estaba recogido en un moño informal, del que escapaban un par de mechones que caían sobre su rostro ovalado y recién maquillado. Se los apartó con un suave movimiento de mano al tiempo que se volvía hacia mí. Iba impecablemente arreglada, con un vestido ceñido a su delgado cuerpo. Los tacones, que estilizaban su figura, produjeron un sonoro ruido cuando se movió hacia un lado para dejarme pasar.

—¿Ya vuelves a casa? He concertado una sesión de fotos para dentro de un par de semanas, Katia. Recuerda postear alguna en Instagram, ¿no querrás que se olviden de ti, verdad? Y pon también *tweets*. Últimamente solo hablas de Clara. Me gusta que te preocupes por la chica, pero la policía ya la está buscando.

Asentí con un suspiro. Tal vez Erika estuviese en lo cierto y la razón por la que mi madre insistía tanto en me hiciera conocida trabajando en el sector de la moda se debía a que en un futuro le interesaría utilizar mi influencia para lanzar su nueva línea de ropa. En más de una ocasión me había planteado dejar todo ese mundo superficial. Sin embargo, no quería decepcionarla.

—Tu padre volverá muy tarde, así que mejor cena sola —añadió.

—Lo suponía.

Mi padre trabajaba en un concesionario de coches de gama media y, además, de vez en cuando iba a la tienda de su hermano para ayudar con la facturación y el *stock,* por lo que apenas nos veíamos. Por otro lado, mi madre trabajaba para una marca de ropa y quería diseñar un par de prendas para la nueva colección de primavera.

—Por cierto, el otro día Greta me dio un ejemplar de la revista donde escribí el artículo de Frida Kahlo.

—Pobre Greta —se lamentó mi madre.

—Sí… Fue horrible que la encontrasen muerta en la biblioteca. Menos mal que ya me había ido. Fui unas horas antes para hacer un trabajo.

Me inquieté al recordar aquel día. Aún me faltaban algunas piezas para que todo encajase. Por mucho que pensara en todos los pasos que di entonces, quedaba un pequeño vacío indescifrable.

—El caso, mami… He pensado en crear un blog para escribir artículos, noticias, reseñas… o algo así.

—¿Estás loca? Eres demasiado guapa como para quedarte escondida escribiendo. Tienes que ser una modelo de éxito.

Acarició con ternura mi rostro y acto seguido se dirigió al ascensor.

—Haz lo que te he dicho. Nos vemos por la noche. ¡Ah! Katia, recuerda las fiestas de Halloween. Creo que te conviene ir a la de esa actriz que te comenté; tiene un futuro muy prometedor.

La vi marcharse, acompañada del taconeo de su andar. Era un sonido inconfundible que me advertía cuando mi madre estaba al acecho. Algo decepcionada, entré en casa y fui directa a mi habitación. Tras dejar mis pertenencias y encender la calefacción, saqué el colgante de mi bolsillo. Lo acaricié y en un abrir y cerrar de ojos ya no estaba sola.

—¿Qué necesitas? —preguntó Nandru. Aún me sorprendía cada vez que lo veía aparecer.

—¿Se puede parar el tiempo?

—¿Para qué quieres parar el tiempo? —El muchacho me miró confuso.

—En Halloween tengo muchas fiestas a las que ir y me preguntaba si podías controlar el tiempo.

Resopló al tiempo que se sentaba en la cama.

—No soy un dios. No puedo controlar el tiempo ni hacer que los sentimientos cambien. Ni tampoco resucitar a los muertos.

—Pues qué don más inútil tienes —resoplé, molesta.

—No es un don, Katia.

—¿Bromeas? Poder hacer magia es un don. Muchos matarían por tener aunque sea un poco de ese poder.

—Es una maldición… —susurró.

—Bueno, también puedes quedarte en casa si no quieres pasar el día encerrado en ese colgante. Total, mis padres no se enterarían.

—No entiendes nada. Además, no puedo alejarme más de cien metros del colgante, ¿recuerdas?

—Es verdad… ¿Y si lo dejo aquí?

—Sigues sin entenderlo —insistió—. No debes perder de vista el colgante…

—Está bien… ¿Qué tengo que entender? Por cierto… ¿Cómo acabaste así? ¿Vas a contármelo?

Hubo un momento de silencio, que enseguida se volvió incómodo. Terminé por sentarme junto a él, reclinándome en los mullidos almohadones de mi cama.

—Te ordeno que me lo cuentes —exhorté, algo molesta por su repentino silencio.

—Para que lo entiendas, te diré cómo se formó. Espero que no me interrumpas, porque en ese caso no te contaré nada más. —Asentí y, después de mirarme con los ojos entornados, prosiguió—. Hace eones, los dioses comenzaron a buscar en el universo lugares donde crear vida. La diosa Aszeria eligió lo que ahora es la Tierra para construir su mundo. —Se paró unos instantes, en busca de las palabras exactas—. Para que lo entiendas, fue como una competición. El dios Osdron vino en alguna ocasión y, como se moría de envidia, la retó a una batalla por el derecho a gobernar; y ganó. Enrabiada y derrotada, Aszeria decidió esconderse en el interior del planeta y creó a los naheshi, seres que eran casi iguales a su anterior creación, los terrienses, pero esta vez los mejoró. Les otorgó el don de manipular los elementos a su antojo. No obstante, muy pocos conseguían dominarlos y, si lo hacían, tan solo podían manejar uno. Sin embargo, con el paso del tiempo y de las generaciones, algunos resultaron ser más poderosos, mientras que otros incluso perdieron por completo su poder. Es por eso que se desencadenó un desequilibrio. Además, había otros dioses que simpatizaban con Aszeria y le regalaron distintos seres. Es decir, Aszeria permitió la existencia de más razas aparte de la que había creado.

—O sea, que existen criaturas como nosotros pero con magia de otras criaturas… —intervine, maravillada por la nueva idea que me acababa de asaltar—. ¿Y esa magia se puede transferir?

—Vayamos por partes. Existen más criaturas, como he dicho, no solo los naheshi. Hay otras criaturas, además de los naheshi. Estas razas de las que te hablo, recuerda, fueron regalos de otros dioses para Aszeria y ella los colocó en el mundo como señal de su amistad. Y en cuanto a tu pregunta sobre si se puede transferir la magia, es bastante complejo. El caso es que existieron reinos parecidos a los que conoces pero gobernados solo por aquellos que tenían las mejores habilidades mágicas. Por desgracia, abusaron de otras razas o de quienes nacían sin poderes. Estos gobernantes podían manipular más de un elemento, dos o tres como mucho. Sin embargo, había un naheshi más poderoso que el resto. Su nombre era Eyron y decidió unificar su reino y controlar todo el mundo. Derrocó a los demás reyes, sembrando una era de caos y terror. Yo…, yo fui su consejero más cercano, pero cuando comenzó a desviarse de su propósito inicial quise abandonarlo… Y no pude. Eyron estaba casado con una preciosa mujer. —Advertí en la mirada de Nandru un brillo distinto. A sus labios se asomó una melancólica sonrisa y sentí una punzada de celos—.

Era la criatura más hermosa que había visto en toda mi existencia. Nos enamoramos. Ethel y yo nos veíamos a escondidas. Sin embargo, Eyron nos descubrió y para vengarse la mató ante mis ojos. A mí, me ancló por siempre a esta maldición e hizo que mi voluntad obedeciera a los dueños del colgante. No obstante, aún así, me dio un atisbo de esperanza al decirme que el portador podría liberarme.

—¿Y nadie lo ha hecho? —pregunté sorprendida.

—¿Quién liberaría a su esclavo? ¿Quién dejaría escapar todo cuanto desea?

—¿Y cómo acabaste en este mundo?

Realmente me costaba asimilar que bajo mis pies existiera otro mundo, si bien, después de todo lo que había visto, ya nada me sorprendía.

—Pues… Eyron ordenó que me soltaran aquí. Existen caminos que comunican ambos sitios.

—¿Y no has vuelto?

—No puedo alejarme del colgante, ¿recuerdas?

—¿Y nadie te ha llevado?

—No. Estaban muy ocupados llenándose de gloria conmigo. No querían saber nada más. Los terrienses sois egoístas por naturaleza.

—Gracias por el piropo —me quejé.

Por toda respuesta, se encogió de hombros.

—Has dicho que tu mundo y el mío están conectados… Entonces, ¿algún nahecomosellame se ha mezclado con nosotros? Si es así, ¿habrán tenido descendencia?

—No lo sé, nunca me he topado con ninguno, que yo sepa. La diosa Aszeria empleó el mismo diseño para los terrienses que para los naheshi.

—Y el otro dios, ¿nunca se ha dado cuenta de lo que hizo Aszeria?

—¿Te crees que siguen aquí? Ellos hace años que se aburrieron de sus creaciones y se largaron a otro lugar.

—Qué crueles.

—Supongo que es comprensible —manifestó Nandru.

Nos quedamos un rato en silencio. Traté de digerir toda su historia. Aún me daba la sensación de que todo era producto de un extraño sueño. Miré con disimulo a Nandru y no tardó en percatarse de mi mirada. Sus ojos violáceos me analizaron. No obstante…, no había interés en ellos, sino una absoluta indiferencia que me molestó.

—Entonces, ¿puedo pedirte riquezas? ¿Belleza eterna? ¿Ser rubia natural? —pregunté.

—Excepto detener el tiempo, resucitar muertos y manipular sentimientos, cualquier cosa. —Lo miré, enarcando una ceja, y continuó hablando—. Seguirás envejeciendo, no podría cambiar eso, por ejemplo. Puedo hacer que alguien crea sentir amor por ti, pero no un amor real. Vivirías en una mentira. Y no podría resucitar a nadie. Solo se movería su cuerpo, no sería la persona en sí.

—Entiendo.

—Pues eso es todo, Katia.

Nandru se levantó y se estiró. Yo lo observé taciturna. De pronto, me vino a la mente el trabajo de historia, no sé por qué lo había abandonado con una escueta introducción que ni siquiera recordaba. Me levanté y fui hacia el estante donde lo había dejado. Saqué el cuaderno donde tenía el borrador del trabajo y se lo tendí a mi nuevo amigo.

—Toma. Tu primera tarea de hoy es acabar mi trabajo.

El joven me miró sorprendido.

—Eres mi genio, ¿no? Mi deseo es que termines este rollo de trabajo, y así mientras tanto puedo relajarme.

—Es la petición más rara que me han hecho.

—Vamos, seguro que te resulta muy sencillo. A todo esto, ¿cuántos años tienes?

—Veintisiete o treinta…, creo. La maldición me ha hecho perder la noción del tiempo.

—¿Crees? —enarqué una ceja.

—Sí… Realmente he perdido la cuenta.

—Pareces más joven.

—La maldición para el tiempo. No envejezco. Podría vivir eternamente; si no me encuentran, claro. Los naheshi podemos vivir incluso el doble que los humanos. En años terrienses, tengo más o menos tu edad.

Abrí la boca sorprendida ante esa revelación. No sabía qué decir. De pronto, mi teléfono empezó a sonar y di un respingo.

Me levanté de la cama y, cuando miré el móvil, vi que se trataba de Erika. Buscando unos minutos de privacidad, salí de la habitación tras encogerme de hombros y acepté la llamada.

—Dígame.

—Hola, Katia. Me acabo de enterar de que han encontrado una pista nueva sobre Clara.

—¿Una pista? ¿Dónde?

—¿Te acuerdas de que estuvimos hace unas tres semanas buscando en el bosque?

—Sí.

Fuimos a mediados de septiembre, como planeó Judith, pero no encontramos nada ni por los alrededores de la ciudad ni por el bosque de las afueras.

—Pues algo se nos pasó por alto —siguió Erika—.Han encontrado su chaqueta en el hueco de un árbol y en uno de sus bolsillos llevaba un dibujo arrugado de una especie de colgante esférico con un paisaje en miniatura en su interior.

Instintivamente aferré mi colgante. No se lo había enseñado a nadie, pero siempre lo llevaba puesto, escondido bajo la camiseta. Por algún motivo, esa noticia me inquietó. Greta murió el día que me dio el colgante. Ya me había ido a… No sabía cómo había llegado al centro comercial ni por qué fui, pero le resté importancia.

—¿Me estás escuchando? —insistió Erika.

—Eh, sí. —No tenía ni idea de lo que había dicho.

—Katia, ¿sabes que la muerte de Greta podría estar vinculada a la desaparición de su hija? Eso cree la policía.

—Vaya.

—Bueno, como siempre, no te interesa lo que te cuento. Si no te atañe, pasas del tema. —Erika parecía muy molesta—. Voy a ver si April me contesta al teléfono.

—Lo siento, Erika. Es que acabo de caer en una cosa.

—Sí, sí… Se te habrá roto una uña.

—Deja de meterte conmigo. No solo tengo esas cosas en la cabeza.

—No sé cómo sigo siendo tu amiga. —Noté un tono divertido en su voz. Una vez más, Erika había activado ese modo burlón tan suyo.

—Pues porque soy lo más.

—No, querida Katia, no. Hasta luego. ¡Ah! Y prefiero a la Katia periodista, a ella le hubiera encantado investigar todo esto.

Me colgó y yo me giré preocupada hacia la puerta. Abrí y vi a Nandru inclinado sobre mi portátil, tecleando apresurado. Entré y me senté en la cama, pero no paró de escribir. Leí alguna frase suelta por encima de su hombro y observé con satisfacción que se trataba de mi trabajo de historia.

—Nandru —lo llamé finalmente.

Él se giró, dejando una oración incompleta. Me miró con atención.

—Escucha —dije—. Tú..., tú pertenecías a Greta, por decirlo de algún modo. Me preguntaba... Si tú haces los deseos realidad... ¿Por qué no te pidió que buscaras a Clara?

Hasta ese momento no lo había pensado. Y ahora la curiosidad me corroía. Si tanto sufría la pérdida de su hija, ¿por qué no le había pedido a Nandru que la localizara?

—Porque no quería encontrarla.

La respuesta me pilló desprevenida. No comprendía nada. Greta lloraba por la pérdida de su hija muy a menudo. Incluso había estado varios días de baja tras la desaparición.

—No entiendo —dije, confusa.

—Clara quería que su madre le diera el colgante. Le obsesionaba sobremanera y tenía muchos deseos que pedirme, aunque nunca los mencionó. Greta no quería que lo tuviera porque había comenzado a comportarse de una forma un tanto singular. Hacía cosas extrañas. De hecho, la noche que desapareció, atacó a su propia madre para que se lo diera, pero intervine y las separé. Terminó marchándose, no sé a dónde, dejé de captarla desde entonces.

—¿Eso significa que tal vez esté muerta?

—Tal vez.

Lo dijo con tanta indiferencia que me molestó. Tampoco podía reprochárselo. ¿Acaso yo no era igual con el tema de la desaparición? Sin embargo, ahora me sentía dolida por toda aquella truculenta historia.

—Deberías continuar con el trabajo —dije.

Tras cerciorarme de que Nandru comenzaba a teclear de nuevo, me refugié en el salón y comencé a ver una película con el fin de alejar de mi mente aquellas nuevas revelaciones.

Quedaba un día para Halloween y aún no había elegido a qué fiesta ir. ¿Cuál me convenía más? ¿La que mi madre me había sugerido? Puede que, si iba a la fiesta de la nueva actriz de moda, consiguiera hacer contactos e introducirme en el mundo de la interpretación. No debía de ser muy difícil y a mi madre le encantaría la idea. Los fotógrafos decían que era muy expresiva. Las modelos *amateurs* suelen posar con la misma mirada y los mismos gestos. En cambio, yo siempre variaba para transmitir nuevas emociones en cada fotografía. No obstante, ya no me gustaba tanto esa idea. Con ello solo entraba en otro mundo donde debía volver a fingir y seguramente acabaría cansándome.

Un pequeño golpe en la frente me sacó de mi ensoñación.

—¿En qué piensas? ¿Hay alguien ahí? —Erika se rió cuando me quejé, aunque no me había hecho daño.

—¿Qué? Estaba pensando. —Las tres cartas que April desplegó sobre la mesa captaron mi atención. Mi amiga colocó una piedra violeta con vetas blancas sobre el mazo, al tiempo que cerraba los ojos.

—¿Qué estás haciendo? —inquirí.

—Te recuerdo que las has barajado tú —contestó.

—Porque no te callas y dejas de darme la tabarra, ¿vas a echarme esas cosas sin mi permiso?

—No crees en ello, así que ¿qué más te da? —April tenía un aire misterioso, con esas gafas y ese modo de apartarse el mechón de pelo para colocárselo detrás de la oreja.

—Veamos qué te dicen —murmuró, ya en su mundo.

—Erika, ayúdame y dile que esto no sirve de nada —me quejé mientras me cruzaba de brazos.

Mi amiga me dirigió una mirada severa y me resigné a mi suerte. Tampoco pretendía herir a April, que creía fehacientemente en todo lo que hacía. Su abuela era quien la había iniciado. Cuando éramos pequeñas, solíamos ir a su casa y nos hacía unos pasteles de chocolate increíbles. Sin embargo, a raíz de la muerte de su esposo, decidió mudarse y no la volvimos a ver. Fue cuando teníamos unos diez años. Se compró una casa en un pueblo de tres habitantes y se aisló del resto del mundo. Al parecer, tan solo permitía que la visitara su familia. Nadie más. Raro, ¿no?

Volví mi atención a lo que ocurría en la mesa. April había girado otra carta y la estudiaba con detenimiento. Observé la ilustración. Una mujer desnuda parecía flotar sobre un cielo azul con nubes. Una banda rodeaba su cuerpo, ocultando sus partes más íntimas. Alrededor de ella, ocupando las esquinas, había cuatro cabezas: la de una persona, la de un águila, la de un toro y la de un león. A sus pies, la frase *«the world»* no me daba ninguna pista sobre su significado.

—Harás un largo viaje, muy largo —dijo April, y giró la siguiente carta—. ¡Oh! —Observé con desgana una carta donde ponía *«the hermit»*, 'el ermitaño', y esperé a que me dijera más—. Esta carta… indica que tienes enemigos ocultos y que, por lo tanto, estás en peligro.

—Todo el mundo le tiene una envidia insana —intervino Erika con una sonrisa.

—No. Estos signos… no son normales… —Miré extrañada cómo acariciaba la carta. Finalmente, destapó la última. Su dibujo no vaticinaba nada bueno. Una torre se erguía en llamas y por los ventanales dos figuras se tiraban al vacío—. Katia… esto…, esto es horrible. Fracasarás si continúas con tus planes, debes escuchar al resto. Es tiempo de dejar que te guíen, o los enemigos te atraparán y puede que…, que acabes mal.

Había empalidecido mientras me lo contaba. Solté una risa. Erika me miró seria. De pronto y sin previo aviso, April me agarró por las muñecas y fijó sus ojos en los míos. Recordé la vez anterior, hacía apenas un mes, cuando me contempló de un modo similar, aunque esta vez parecía diferente. No pude evitar asustarme ante su reacción. Sus dedos ejercían cada vez más y más fuerza. Me escrutaba con la boca entreabierta y una expresión de espanto asomaba en sus ojos grises. Era como si no estuviera con nosotras, sino en una especie de trance. Incluso diría que estaba viendo algo a través de mi mirada. El corazón me dio un vuelco al verla de ese modo. Sin embargo, su expresión cambió de pronto y negó con la cabeza. Me soltó, avergonzada.

—Será mejor que me marche.

Parecía triste. Se levantó como movida por un resorte y, tras recoger su baraja, se fue corriendo.

—¿Has visto eso? —pregunté, turbada aún—. Es la segunda vez que intenta asustarme.

—Creo que ha tenido una visión o algo así.

—¿En serio crees en esas tonterías? Si es una de vuestras bromas, que sepáis que no he picado.

—Dudo que April estuviera bromeando. Y, para tu información, todo lo que me ha dicho leyéndome las cartas, se ha cumplido.

—Venga ya.

No obstante, ¿por qué no creer en el extraño don de mi amiga? ¿Acaso no había visto a Nandru aparecer y desaparecer a su antojo? Después de todo, debía mirar el mundo de otra manera. Según Nandru, los naheshi poseían poderes mágicos, por raro que pareciera. Tal vez April tuviera algún tipo de don. Antes me hubiera parecido inconcebible, pero ahora sabía que era posible. Erika pasó un brazo sobre mi hombro y me atrajo hacia ella.

—No te preocupes. Solo tienes que dejarte guiar por nosotras.

Mi amiga era un poco más alta que yo. Me dio un beso en la frente y apoyó su mejilla sobre mi cabeza. Rodeé con mi brazo su cintura para responder a su muestra de cariño.

—Tengo problemas más importantes —comencé a decir.

—¿Qué zapatos ponerte? —bromeó.

—No, en serio. Es importante. Tengo muchas fiestas a las que ir mañana por la noche. ¿A cuál voy?

Erika se separó de mí para mirarme bien a la cara; supongo que intentaba adivinar si bromeaba o no. Puse los ojos en blanco ante su gesto de enfado.

—Pues..., ¿con tus amigas?

—Sí, sí, pero con vosotras iré luego. Creo que será mejor que vaya a la fiesta de Claudia Vega.

—¿Claudia Vega te ha invitado a su fiesta? —Su voz resonó por el comedor, haciendo que varios alumnos levantaran la vista hacia nosotras.

—Sí, solo he hablado un par de veces con ella, claro que con mi encantadora personalidad..., ya sabes —bromeé.

—Pero si es una actriz que está haciéndose superfamosa. Y encima está buenísima.

Asentí, desplegando una sonrisa de satisfacción.

—Ve a esa. —Erika se encogió de hombros—. Y si le gustan las chicas, preséntamela.

Me reí.

—¿Ahora no me llamas esnob? ¿O superficial?

—A veces hay que hacer excepciones, ¿no?

—También he pensado en llevarme a Nandru. El chico del otro día.

Erika se cruzó de brazos, visiblemente molesta.

—¿Otro novio? ¿Cuánto te durará esta vez?

—Él es diferente. —Estuve tentada de contarle que era un chico con poderes, pero me contuve—. Es superguapísimo. —Mientras una fila de adolescentes pasaba detrás de nosotras, se me ocurrió una gran idea—. Además, si lo presento como mi novio, seguro que las modelos se morirán de envidia. Llama mucho la atención, ¿sabías? Será como una especie de foco que usaré para hacer nuevos contactos.

La idea me provocó una gran sonrisa. ¿Cómo no lo había pensado antes? ¡Era una idea increíble! Nandru les encantaría a todos los del mundo del espectáculo.

—Katia. —Erika se había puesto muy seria—. A veces me preocupas. Las personas tenemos sentimientos. En serio, tienes que madurar.

—Sí, sí, lo que digas, pero es la mejor idea que he tenido nunca.

Me levanté y busqué el móvil en mi bolso.

—Voy a confirmar. Nos vemos mañana por la noche.

Me fui aún con el móvil en la oreja, ignorando la mirada asesina de mi amiga. Al rato, la voz de Claudia sonó desde el otro lado del teléfono y me olvidé de todo lo que había pasado hacía unos momentos con April.

Arreglé la corbata a Nandru y di un paso atrás para contemplar mi obra. Le había pedido que se vistiera con un esmoquin negro. Su piel pálida parecía brillar tenuemente debido al contraste de su atuendo. A la fiesta a la que íbamos no había que ir disfrazado, a diferencia de las otras veladas a las que me habían invitado. Me dirigí al espejo y observé mi vestido de Gucci, color champán, corto y elegante, confeccionado con seda y lana. Las mangas llegaban a la altura de mis codos y estilizaba mi figura gracias a una cinturilla de otomán con tribanda.

—¿Crees que así voy bien?

—Sí.

Ignoré el tono aburrido del muchacho y repasé por enésima vez mi aspecto. Había ido a la peluquería esa misma tarde para taparme las raíces con el tono rubio que tanto me gustaba. Los ondulados rizos me caían en cascada sobre los hombros. Los recoloqué en su sitio y me sentí satisfecha con mi reflejo.

—Creo que hacemos una pareja perfecta —dije, colgándome de su brazo.

—Supongo. —Otra vez ese tono tedioso.

Puse los ojos en blanco y recogí el bolso y el abrigo, que estaban colgados de un perchero.

—¿Ya os vais? —Mi madre nos cazó a punto de salir por la puerta.

Le había presentado a Nandru unas horas antes, diciéndole que era un modelo al que había conocido en una de las sesiones de fotos y que me acompañaría a la fiesta de Claudia Vega.

—Sí. El chófer que contrataste no tardará en llegar —respondí, algo incómoda.

—Recuerda, Katia: haz contactos. —Entonces se dirigió a Nandru—. Y cuida de mi niña.

—Eso haré, Ángela —respondió él, con una radiante sonrisa.

Me sorprendió que llamara a mi madre por su nombre, pero aquello pareció agradarle. Asintió con la cabeza y, tras besarnos en las mejillas, nos instó a que bajáramos.

El coche estaba esperándonos. Saludé al elegante hombre que me abrió la puerta del vehículo y, una vez nos acomodamos en los asientos de atrás, le indiqué la dirección y nos pusimos en marcha. A mi lado, Nandru lo escudriñaba todo a través de la luna trasera. La segunda vez que se dio la vuelta para vigilar a nuestro alrededor, coloqué con suavidad mi mano sobre la suya. Noté como sus músculos se tensaban y sus ojos terminaron por posarse sobre los míos.

—¿Qué haces? —susurré para evitar que el conductor nos oyese.

—Nos están siguiendo —murmuró.

Me volví para ver si era verdad, pero no vi nada raro. Un par de coches circulaban detrás de nosotros. No obstante, era de esperar por aquella zona. Examiné el rostro del conductor más cercano y me pareció un hombre normal, y, desde luego, nada temible.

—Todo bien —contesté—. No le des más vueltas.

Me acomodé en el asiento y saqué el móvil de mi cartera para escribirle un WhatsApp a Claudia, indicándole que ya había salido de casa. De repente, nuestro coche dio un giro brusco para esquivar a otro que nos había adelantado por la derecha y se nos había puesto enfrente. Mi corazón se encogió y sin darme cuenta me agarré al brazo de mi compañero.

—Lo siento, ese maleducado se ha puesto en medio de repente —se disculpó el chófer.

Suspiré, llevándome la mano al pecho. Mi corazón se había disparado por el susto.

—Ten más cuidado —contesté, aún con la voz temblorosa.

Las paranoias de Nandru me habían puesto demasiado nerviosa. Y esa noche debía ser perfecta. Tenía que conseguir todos los contactos posibles para satisfacer a mi madre.

El coche siguió su camino sin ningún otro problema, circulando con calma por las calles de la bulliciosa ciudad. No tardamos en llegar a las afueras del casco urbano, donde los chalets se agolpaban lejos de los altos edificios y la contaminación de los coches. Miré el móvil y utilicé la cámara frontal para comprobar si el lápiz labial seguía bien. Antes de guardarlo en mi bolso, comprobé la hora con nerviosismo. Calculé que faltaban cinco minutos para llegar a nuestro destino.

—Están aquí.

—Venga, Nandru, ¿quién va a seguirnos?

—Me pediste que te lo hiciera olvidar, pero quienes mataron a Greta no han abandonado su objetivo. —Su cuerpo estaba tenso. Se incorporó ligeramente para observar a través de los cristales del coche, y luego volvió a sentarse, pensativo—. Tal vez ya sepan dónde vivimos.

Miré por mi ventanilla, con miedo a encontrar alguien observándonos desde otro coche o a un grupo de gente sospechosa rondando las calles. Me sujeté con fuerza en el asiento, clavando las uñas en el cuero. Solo cuando los dedos comenzaron a dolerme por la tensión me di cuenta de la locura que era todo aquello.

—¡Me estás estropeando la noche con tus paranoias! —Su perfil se recortaba en la oscuridad del coche y volví a encontrarlo atractivo con su traje. Lastima que no fuera más agradable—. ¿Cuándo fue la última vez que te dejaste llevar? ¡Diviértete por una vez en tu vida!

Su rostro se giró hacia mí con fuerza y sus ojos entrecerrados me escrutaron con severidad.

—Katia, tienes que hacerme caso.

Coloqué mis manos a cada lado de su rostro para que no apartara la mirada.

—Te ordeno que no me amargues la noche con tus conspiraciones. Vamos a divertirnos.

Nandru calló y desvió la mirada. Lo solté justo cuando el coche se detenía frente a una lujosa casa precedida por un jardín inmenso, decorado al más puro estilo francés. Si el chófer nos había escuchado, no dijo nada al respecto. Bajamos del vehículo y nos despedimos del conductor, que volvió a enfilar su vehículo por la larga carretera de tierra.

Me agarré del brazo de Nandru tras ponerme el abrigo para entrar en los terrenos de la inmensa vivienda. No pude evitar que una sonrisa de satisfacción se dibujara en mi rostro. Miré a mi acompañante y para mi desagrado lo vi vigilando la puerta de rejas por la que acabábamos de pasar. Nos detuvimos y estudié el lugar en el que su mirada estaba fija. No había nadie ni nada. Tiré de él suavemente para seguir andando por el camino empedrado que atravesaba el jardín y conducía hasta la casa. Hacía tanto frío que se me congelaban las manos. Me reproché a mí misma por no haber agarrado un par de guantes, aunque sabía que dentro de la casa haría calor suficiente como para olvidar que estábamos a finales de octubre.

—Recuerda, te voy a presentar como mi pareja.

—De acuerdo. Aunque no tenga sentido, haré lo que desees, Katia —contestó resignado.

Asentí conforme y subimos por la escalinata. Llamé a la puerta y al momento un hombre ataviado con un traje de chaqueta nos abrió. Las arrugas se marcaban en su rostro cetrino. Al entregarle mi abrigo, calculé que tendría unos cuarenta y muchos años.

—¿No has pasado frío? —pregunté a Nandru en cuanto nos quedamos a solas en el vestíbulo gigantesco de la casa.

—Soy un ser mágico, ¿recuerdas?

—¡Qué envidia! —murmuré.

Iba a añadir algo más cuando, en lo alto de la escalera, apareció Claudia enfundada en un precioso vestido rosa de satén. Su mirada oscura se posó de inmediato en Nandru. Bajó los peldaños contorneando las caderas con una gracilidad que no había visto antes en ella. Se situó frente a nosotros, me besó rápidamente las mejillas y luego centró toda su atención en mi compañero. ¡Menuda arpía! Sin embargo, enrosqué mi brazo en el de Nandru y lo atraje de nuevo con ese pequeño gesto, cosa que celebré con una sonrisa triunfante.

—Te presento a mi novio —dije en un tono jocoso.

Pude notar como la envidia la corroía por dentro. La joven se recolocó un mechón de pelo rojizo tras la oreja al tiempo que se mordía de manera descarada el labio inferior, pintado de carmín. Alcé orgullosa la barbilla. Empezaba a caerme verdaderamente mal, y más aún después del tono altivo con el que se dirigió a mí.

—Vaya, pensaba que seguías con Hugo. ¡Qué pronto cambias, amiga!

Había formulado esa frase para causar discordia entre Nandru y yo. Lo cierto es que a mi compañero le hubiera dado igual con quién estuviera. Una sonrisa de autosuficiencia se dibujó en los labios de la joven.

—No. Eso ya es agua pasada —respondí.

—Bien, seguidme. Algunos ya han llegado.

Empezó a andar y la seguimos. Atravesamos el *hall* para salir por una de las entradas de la derecha, que desembocó en una enorme cocina. Cruzamos la estancia, sorteando a un par de personas que servían los canapés en unas bandejas que había sobre la encimera de mármol. Unos deliciosos pastelitos reclamaban nuestra atención. Decidí que luego los probaría. Salimos al jardín lateral por una puerta corredera de cristal y llegamos a la zona de la piscina, donde una docena de invitados hablaba o bailaba al compás de la música que emergía de un enorme altavoz. Las paredes de cristal que rodeaban la zona evitaban que el frío entrara. Algunos, incluso, estaban sumergidos en el agua, sin duda caliente, riendo y charlando.

La noche fue agradable. La gente bailaba sin parar, e incluso hubo un momento en el que unos cuantos se tiraron a la piscina. Nandru derrochó buenos modales y elegancia, estuve colgada de su brazo durante toda la velada, y también bailamos en varias ocasiones.

Habría sido una noche mágica si no lo hubiera pillado tantas veces mirando al exterior de la casa; si cada vez que iniciaba una conversación, intentando conocer algo de su vida, no me hubiera pedido que nos marchásemos. Me agradó conocer a tanta gente interesante. Se lo contaría a mi madre y seguro que se alegraría.

En cuanto a Claudia Vega, comprendí que nunca seríamos amigas. Solo el hecho de presentarme con un chico maravilloso a mi lado había creado una barrera impenetrable entre nosotras y nos había convertido en rivales. Menuda estupidez, ¿no? Me divertía ponerla celosa, me hacía sentir poderosa, pero por primera vez en mi vida comprendí que ese sentimiento también resultaba peligroso y creaba enemistades que en realidad no deseaba.

Tuve que mover hilos y falsificar algunos documentos, pero a mediados de noviembre conseguí que Nandru se inscribiera en el instituto como alumno de intercambio; y como mi compañero de clase. Estaba muy satisfecha al respecto. Él tomaría apuntes por mí y yo me saltaría las clases, dejaría de atender o haría cualquier otra cosa. Como era de esperar, el caso de Clara fue archivado debido a que no encontraron más pruebas sobre su paradero. No había dejado ni una sola pista. Tal vez Nandru y yo eramos los únicos que podían seguir su rastro. Pero ¿qué íbamos a hacer? Daba igual lo que contásemos porque tampoco nos creerían. Pasaríamos por unos chiflados.

Me reacomodé en la silla, agotada después de tantas horas metida en clase. Con disimulo, miré el perfil de Nandru, sentado a un par de asientos de mí. Parecía interesado en lo que Marc, el profesor de Geografía, estaba explicando. La verdad es que apenas había prestado atención, así que no tenía ni idea de qué estaba contando. Era el último día del mes y, además, viernes. Recordé que esa misma tarde tendría una sesión navideña, ya que las fiestas estaban prácticamente a la vuelta de la esquina. Me habían elegido para un catálogo de ropa y querían que fuera un especial de Navidad. Más adelante rodaría con la misma compañía mi primer *spot* televisivo. Meses atrás me hubiera sentido muy afortunada. Pero ahora me era indiferente. Mi madre me llevaba esas cosas y actuaba como mi mánager, así que no había tenido más opción que aceptar para que no se sintiera decepcionada. El timbre sonó y, tras ponernos un par de ejercicios de deberes, Marc permitió que nos fuéramos. Estaba guardando todas mis cosas en mi bolso cuando escuché que alguien me llamaba, y me giré hacia Erika, que estaba colgándose la mochila del hombro.

—No puedo quedarme mucho tiempo charlando, que esta tarde tengo sesión.

—Al menos ya no faltas tanto por las mañanas. ¿No tendrá nada que ver ese chico de allí?

Señaló con la barbilla a Nandru, que estaba hablando con Miriam. La observé reír, nerviosa, ante algo que había dicho él. Cuando estaba conmigo, Nandru no mostraba el más mínimo sentido del humor, así que no entendí de qué se reía mi compañera. Él parecía mucho más relajado y cómodo con Miriam que conmigo. Una punzada de rabia me asaltó, pero traté de alejar ese sentimiento. Miriam no me llegaba ni a la suela del zapato.

—No —respondí—. Quiero ir a la universidad.

—¿Solo para decir que eres universitaria? —preguntó April, agarrándome del brazo.

—No… He decidido estudiar Periodismo —puntualicé, con una sonrisa en los labios—. Aunque tampoco voy a negar que será interesante asistir a alguna fiesta universitaria.

—¿Periodismo? Pensé que habías abandonado esa idea —preguntó Erika extrañada.

—Creo que al menos debería intentarlo…

—A mí me gustaba lo que escribías —dijo April—. Pero ¿no entrará esto en conflicto con tu carrera como modelo? Creo que deberías parar un momento y reflexionar sobre lo que quieres hacer realmente.

—¿Vamos hacia la salida? Tengo que comer pronto. —No quería hablar de ello, me agobiaba.

Todo el tema de la universidad me abrumaba, y ya era un gran paso que hubiera decidido continuar. Sé que no lo hacían con mala intención, pero me molestaba que trataran de redirigirme una y otra vez. Además, me estresaba con solo imaginar la cara de mi madre el día en que le dijera que quería estudiar Periodismo.

Recordé cuando se lo comenté por primera vez. Tan solo me miró, negó con la cabeza y dijo que era demasiado guapa como para perder la oportunidad de ganar dinero con mi belleza. Aquello me hundió. No entendía por qué mi físico tenía que determinar mis actos; por qué debía dedicarme a algo que no me gustaba.

Intenté deshacerme de esos recuerdos, aterrizando de vuelta en la realidad. Volví mi atención a Nandru y lo llamé, ansiosa por salir de clase. Él me hizo un gesto para indicarme que venía y posó la mano en el hombro de Miriam. Las mejillas de mi compañera se encendieron por ese contacto y desvió la mirada hacia el suelo. Tras despedirse de ella, Nandru se acercó a nosotras.

—Ya veo que te diviertes —murmuré, intentando no molestarme por la situación.

Se encogió de hombros, sin saber a qué me refería. April, que seguía aferrada a mi brazo, empezó a contarnos todo sobre la visita que haría a su abuela en el fin de semana. No es que no me interesara, pero tenía demasiadas cosas en la cabeza. Mis preocupaciones giraban en torno a otras cosas: la sesión que tenía esa misma tarde; decirle a mi madre que quería estudiar Periodismo; o cualquiera de los extraños sucesos que habían tenido lugar en los últimos días.

—Mi abuela no quiere que lleve a nadie, Erika —estaba diciendo April cuando presté de nuevo atención a lo que estaba ocurriendo a mi alrededor.

—Solo quería cambiar de aires, hacer deporte en la montaña —respondió Erika. Noté la decepción en la voz de mi amiga, así que intervine.

—¿Por qué ha cambiado tanto tu abuela?— pregunté, extrañada.

Hacía años que se había ido sin prácticamente despedirse. Aún recordaba las innumerables tardes en las que nos cocinaba galletas; siempre nos recibía con una gran sonrisa y era amable con nosotras.

—Supongo que las personas cambian —dijo, mientras notaba cómo sus dedos sujetaban mi brazo con más fuerza—. Lo siento, Erika. Me encantaría que vinieras, en serio. —April esbozó una sonrisa triste a modo de disculpa.

Subiéndose la cremallera de la chaqueta, Erika suspiró antes de salir de clase.

—No pasa nada —respondió, zanjando el tema.

Avanzamos por el pasillo para salir del instituto. Por el camino, íbamos sorteando los grupitos de estudiantes que se formaban siempre a esa hora.

Nandru iba detrás de nosotras y sin prestarnos atención. Mis amigas ya se habían acostumbrado a tenerlo cerca y actuaban y hablaban como si fuera uno más del grupo. Salimos a la calle, enfrascadas en una conversación sobre el examen de lengua y literatura que tendríamos en unos días.

—Sigo sin entender para qué sirve un comentario de texto —me quejé—. Se me dan bien y me gustan, pero alguien que vaya a estudiar matemáticas, por ejemplo, ¿para qué quiere saber hacer un comentario de texto?

—Solo sirven para aprobar la selectividad —respondió Erika.

Otra cosa que añadir a mis preocupaciones: la selectividad estaba cada día más cerca. A veces me preguntaba si sacaría buena nota. En realidad, no me gustaba nada estudiar. Aprender sí, memorizarlo para luego vomitarlo en un examen y tras ello olvidarme, no. Decidí no pensar demasiado al respecto. Quizá pudiera abusar un poco más del poder de mi nuevo amigo.

Llegamos en silencio hasta la puerta principal y, tras despedirnos, Nandru y yo nos marchamos a mi casa. En varias ocasiones, mis amigas me habían preguntado si teníamos algo. Pero desafortunadamente no era el caso. La verdad es que poco a poco lo deseaba más. April ya lo sabía y me apoyaba. En cambio, Erika pensaba que tan solo era uno de mis caprichos, de modo que me había reñido pidiéndome que dejara de jugar con los sentimientos de los demás. Pero… ¿y si me estaba enamorando de Nandru? No como las otras veces, sino de verdad. No era un chico cualquiera. Sí, tenía un físico increíble. No obstante, su madurez y su amabilidad me atraían todavía más. Habíamos andado un buen trecho cuando rompí el pesado silencio que se había formado a nuestro alrededor.

—Tú… ¿Eres feliz?

Se detuvo y me miró extrañado. Por lo visto, no se esperaba esa pregunta.

—¿Cómo? —preguntó.

—Pues eso… ¿Eres feliz?

—No. En absoluto.

Sentí que algo dentro de mí se desmoronaba. Nunca me había parado a pensar en la felicidad de la gente que me rodeaba, pero ahora, gracias a Nandru, quería cambiar de actitud. Una nueva idea comenzó a formarse en mi mente.

¿Serían felices Erika y April? Las dos eran muy diferentes, pero siempre estaban ahí cuando las necesitaba. ¿Y si yo no las hiciera felices? ¿Y mis padres? Mi madre era alguien demasiado superficial y en los últimos años tan solo hablábamos de mi carrera como modelo. Le daba igual si no me gustaba y me hacía infeliz. Mi padre, por su parte, pasaba demasiado tiempo fuera de casa. El trabajo lo había absorbido tanto que apenas lo veía.

—¿Qué necesitas para ser feliz?

—Derrocar a Eyron y salvar a mi pueblo de la tiranía de ese maldito. —El odio centelleó en su mirada.

Levanté las cejas ante su respuesta. Lo que pedía era evidentemente algo que yo no podía solucionar.

—Deberías pasar página y olvidarlo.

—No es fácil cuando hay tanta gente sufriendo. No te haces una idea de la situación.

—A veces hay que saber pasar. —Me encogí de hombros y continué mi camino. Él no tardó en seguirme.

—Para ti es fácil decirlo. Eres la persona más narcisista y egoísta que he conocido jamás.

Me paré en seco, sintiendo que mi corazón se encogía ante sus palabras. ¿Narcisista? ¿Egoísta? Me mordí el labio inferior tratando de enmascarar el dolor que se había instalado en mis pupilas.

—No soy la mejor persona del mundo, pero tampoco soy tan horrible. ¿Es eso lo que piensas de mí?

—Todos los deseos que me has pedido han girado en torno a ti. Vas a fiestas superficiales con gente que no se rompería una uña por ayudarte si estuvieras en apuros. Te haces esas estúpidas sesiones de fotos. Hasta disfrutas viendo cómo los números de tus redes sociales crecen y crecen. ¿Y sabes lo peor? Que te empeñas en ser una persona que realmente no eres.

—¿Qué? —Cerré mi puño, enfurecida, clavándome las uñas en la palma de la mano—. ¿Empeñarme en ser quien no soy?

—Por ejemplo, te pintas el pelo, te maquillas de forma que tus rasgos cambian drásticamente. No comes lo que te apetece solamente para no perder esa figura que tanto gusta a los fotógrafos con los que trabajas. Y, además, tratas de ser lo que tu madre dice, no lo que tú quieres. ¿Continúo?

Me quedé en silencio unos instantes mientras lo observaba.

Quería decirle que se equivocaba, pero al mismo tiempo sentía la necesidad de reconocer, aunque solo fuera una vez, lo que llevaba tanto tiempo guardando en mi interior.

—La verdad es que ya no me gusta ser modelo. Hubo un momento en que sí, claro. Y a veces aún lo disfruto, pero me he dado cuenta de que este mundo es demasiado vacío e irreal. Lo único que quiero es contentar a mi madre. Tienes razón.

—Lo sabía.

—¿Cómo?

—Tu mirada. Tu forma de sonreír a veces no es sincera.

—Si te soy sincera, hay veces que me gustaría dejar esto. Me he aburrido de ser una muñequita a la que ponerle modelitos. Me he cansado de la falsedad de la gente. No quiero aguantar ningún abuso. Y no soporto tener que encajar en su estándar de belleza. Al principio no me daba cuenta, pero ahora veo que todo este tiempo he estado encarcelada en un cuerpo que ya no es mío. Hay un montón de niñas en mis redes sociales que quieren ser como yo. Me siento halagada, pero…, no me gustaría que fueran como yo, porque este mundo, mi mundo, en realidad no es tan fantástico.

—¿Y por qué sigues? ¿Por qué te haces esto?

—Yo… Al principio era para pasar más tiempo con mi madre. Cuando entré en el mundo de la moda, me acompañaba siempre —respondí, encogiéndome de hombros—. Y sigo aquí porque no soportaría decepcionarla. Sin embargo, me gustaría volver a escribir. Antes escribía historias o artículos sobre temas que habían logrado captar mi atención. Por eso he pensado en estudiar Periodismo, pero quizá…, quizá no valga para eso. Quizá solo haya nacido para ser la muñequita que todo el mundo ve en las fotos.

—No es cierto, eres muy capaz de hacer cualquier cosa y creo que eres muy inteligente. —Miró hacia otro lado, avergonzado. Había escondido sus manos en sus bolsillos—. Discúlpame si mis palabras te han dolido.

—Gracias por darme ánimos… Y acepto tus disculpas…

Seguimos caminando en silencio hasta llegar a casa, aunque sus palabras me habían animado y no podía borrar la sonrisa de mi cara. En cuanto entramos, Nandru se dirigió hacia mi habitación y, tras dejar mi abrigo y mi bolso en el perchero de la entrada, lo seguí.

Me quedaba poco tiempo antes de salir a la sesión de fotos y había contado con comer antes de marcharme. Pese a todo, la conversación me seguía rondando la cabeza y me había quitado el hambre. Me dirigí hacia mi tocador y saqué los discos desmaquillantes y el tónico. Eché un poco de líquido en uno y comencé a retirar el maquillaje que cubría mi rostro.

—¿Podrías hacerme los deberes para mañana? —pregunté, mientras me limpiaba la raya del ojo.

—Vale.

El muchacho se sentó en mi escritorio y encendió el ordenador. Comenzó a teclear mientras yo seguía absorta en retirarme el maquillaje. Cuando acabé, me observé durante unos largos segundos. La imagen que el espejo me ofrecía era la de una chica más pequeña, cuyos ojos me analizaban con extrañeza. Paré al darme cuenta de que estaba tamborileando con los dedos sobre el tocador.

—La verdad es que me siento rara sin el maquillaje —dije, sin apartar la vista de mi reflejo.

—Estás más guapa sin tanto producto.

Tal vez fuera la sinceridad de nuestra conversación, lo mucho que me atraía o el chute de adrenalina que me suponía tenerlo cerca. De cualquier forma, me tensé mientras escudriñaba su reflejo en el espejo, y apreté en mi puño uno de los discos desmaquilladores hasta que mi mano se impregnó de tónico. Entonces, me armé de valor y me giré hacia él.

Miraba la pantalla fijamente, ignorando mis batallas internas y enfrascado en el artículo de una web de historia. Como siempre, estaba haciendo lo que le había pedido. Me levanté decidida y me situé detrás de él. Durante unos segundos los nervios y el miedo me embargaron. Pero finalmente posé mi mano en su hombro y acerqué mi rostro a su oído.

—Nandru —susurré, cerca de su oreja—. ¿Crees que podríamos...?

No llegué a terminar la frase. Mis labios rozaron el lóbulo de su oreja. Noté que se tensaba ante el contacto, así que coloqué mis manos a ambos lados de su rostro y suavemente giré su cara hacia mí. Al ver que no se retiraba ni me rechazaba, entendí que no pasaría nada si lo besaba. Centré mi mirada en su boca y me acerqué con lentitud. Nuestros labios se encontraron y mi corazón empezó a agitarse en mi pecho, junto con la sensación de un torrente de mariposas revoloteando en mi estómago. De pronto, su mano se cerró en torno a mi brazo y me aparté al notar la presión.

—¿No te ha gustado? —pregunté, con las mejillas encendidas.

—Lo siento, Katia. No me gustas.

Sus palabras cayeron sobre mí como un jarro de agua fría. Me aparté desconcertada. Era la primera vez que me rechazaban.

—Pero ¿no te parezco ni siquiera un poco atractiva?

—Eres guapa, aunque, como te he dicho antes, eres demasiado narcisista y egoísta como para interesarme.

—No me conoces.

—Claro que te conozco. Y realmente me sorprende que tengas unas amigas como Erika y April. No te las mereces.

¿A santo de qué me hablaba de Erika y April cuando acababa de besarlo?

—¡Claro que las merezco! Y no soy narcisista. —Mi voz se elevó por encima de la suya.

—No crees en ellas, Katia. No las escuchas cuando hablan y a veces parece que lo único que hacen es seguirte. No crees en el enorme poder que posee April. Todo lo que dice es cierto: sabe leer las cartas. Tiene un don e intenta ayudar a la gente. Pero ni siquiera confías en ella. Lo único que te importa eres tú y tus bolsos. —Abrí la boca, deseando decir cualquier cosa, si bien acabé apretando los dientes contra mi labio inferior—. ¡Y no hablemos de Erika! ¿Alguna vez has ido a verla a sus carreras de atletismo? Solo hablas de ti. Nunca preguntas por su vida. Tú lideras y ellas te siguen. Solo te importa que se fijen en ti. De modo que sí, eres una persona totalmente egocéntrica.

Abrí la boca sin saber qué decir y acabé apretando los labios una vez más.

—Y tú eres un auténtico gilipollas. Te mereces estar encerrado en este estúpido colgante.

Me lo arranqué del cuello de un tirón. Lo levanté en alto frente a sus ojos. La luz de la lámpara iluminaba la esfera.

—¡El egoísta eres tú! Lo único que se te ocurrió fue revolcarte con la esposa de tu amigo. ¿Acaso ese Eyron no era tu amigo? ¿Acaso no confiaba en ti y lo traicionaste?

—Sí. Pero estábamos enamorados.

—¡Oh, claro! ¿Y me llamas a mí egocéntrica? ¿Para ti es más importante el amor que la amistad? Yo jamás le haría eso a mis amigas, así que no soy tan horrible como tú dices.

—¿Te pillas esta rabieta porque te he rechazado? ¡Qué infantil, Katia!

—Me la suda que me rechaces, ¿sabes? Puedo estar con tíos mil veces mejor que tú.

Nandru se cruzó de brazos, controlándose para no continuar con nuestra lucha. Me aparté con brusquedad y agarré con fuerza uno de los bolsos que tenía en el suelo. Sin fijarme muy bien en qué escogía, metí varias cosas para la sesión.

—Adiós —susurré, aún enfadada. Me acerqué a la mesita y abrí uno de los cajones. En su interior, dejé caer el talismán, y lo cerré con rabia antes de colgarme el bolso.

—¿Qué haces? ¡Llévate el colgante!

—¿Para qué? ¿Para que estés pululando a mi alrededor?

Nandru corrió hacia el cajón y agarró el colgante. Nada más sostenerlo, su rostro se contrajo en una mueca de dolor. Aún así, se abalanzó sobre mí y rápidamente acepté el amuleto. Estaba enfadada con él, pero eso no significaba que me gustara verlo sufrir. Arrugué la frente al ver cómo su mano se había ennegrecido, como si el talismán le hubiera quemado la carne.

—¡Nandru! ¿Estás bien? —pregunté, preocupada, olvidándome por completo de mi enfado.

—No puedes irte sin el colgante —dijo, recobrando la compostura.

—Claro que sí.

—Están buscándolo. Si te encuentran, te pasará como a Greta. ¿Quieres eso? ¿No entiendes que debo protegerte?

—¿Lo que le ocurrió a Greta? ¿Qué quieres decir? ¿Quiénes están buscando el colgante?

—Yo... —Nandru vaciló—. Me pediste que borrara tus recuerdos de aquella noche, Katia.

Enarqué una ceja, confundida. No entendía nada. ¿Acaso la muerte de Greta no había sido un accidente?

—¿Qué pasó? —inquirí.

—Fuiste la última persona en ver a Greta con vida. Ella te dio el colgante cuando la atacaron y yo te salvé de los hombres que la mataron. —Me miró preocupado—. ¿Quieres que te devuelva la memoria?

Negué con la cabeza, conmocionada. Si eso era verdad, no quería tener esas imágenes en mi cabeza. La idea era aterradora, sobre todo porque encajaba perfectamente y explicaba por qué no recordaba nada desde que entré en la biblioteca hasta que aparecí en el centro comercial. Exhalé un suspiro.

—No necesito que me protejan —dije, algo abatida—. No soy una princesita en apuros. Además, ya habrán olvidado mi cara y no van a molestarse en buscarme. Eres un paranoico. Y a todo esto…, ¿quiénes son ellos y qué quieren de ti?

—Ni idea. Solo sé que vienen de parte de Eyron y que quieren el colgante. Tal vez han descubierto que soy demasiado poderoso como para andar por ahí.

—Pero…, no entiendo.

—Debido a la maldición, soy tanto o incluso más poderoso que Eyron.

—¡Oh! —respondí, sin saber qué decir.

Unos golpes en la puerta lograron que soltara un pequeño grito.

—¡Venga, Katia! ¡Date prisa o llegarás tarde!

—Voy, mamá.

Aún sin estar del todo segura, me colgué una vez más el collar y lo escondí bajo mi jersey. Agarré el abrigo y abrí la puerta. Mi madre observó algo desconcertada a Nandru.

—Viene conmigo a la sesión —expliqué. No me había acordado de que aquel día llegaría más pronto a casa.

—Vamos, no os rezaguéis.

—Hasta luego —me despedí y le di un beso en la mejilla.

Nandru inclinó la cabeza y, tras esbozar una sonrisa, me siguió hasta el ascensor de la finca. Una vez en el *hall*, me puse el abrigo y salimos a la calle. Lo miré de reojo mientras avanzábamos por las calles. Sin querer, me fijé en sus labios y recordé lo del beso. Apreté los dientes, deseando olvidar aquello lo antes posible. ¿Y si le ordenaba amarme? ¿Conseguiría así su amor? La idea me rondaba cabeza y la contemplé con entusiasmo. Podía pedirle que me hiciera olvidar que aquellos sentimientos eran falsos.

Me estremecí al imaginar sus manos acariciándome y sus labios explorando cada centímetro de mi piel.

Perdí la cuenta de las veces que el fotógrafo había pulsado el disparador de la cámara. Cada vez que lo hacía, el *flash* parpadeaba a un ritmo vertiginoso. Al fogonazo lo acompañaba un fuerte clac. Inmediatamente, cambiaba de pose y hacía otra fotografía. Se movía a mi alrededor despacio, captando todos los planos posibles. Raúl me caía bien. Era de los pocos que me respetaba y no intentaba flirtear conmigo. Además, era un fotógrafo increíble y apenas retocaba las imágenes.

Nandru estaba en la misma sala, sentado en un viejo sillón a escasos metros de nosotros. Se encontraba enfrascado en un libro que había encontrado en la habitación contigua. Alguien lo habría olvidado allí.

—¿Qué te parece así? —pregunté a Raúl.

En realidad, solo hablé para ver si Nandru levantaba la cabeza de esas dichosas páginas. Y no lo hizo.

—¿Así? ¿Qué te parece, Nandru? —Me dirigí expresamente hacia él para captar su atención.

Abrí un poco los botones de mi camisa justo cuando él posaba su mirada violácea en mí. Dejé uno de mis hombros y mi escote al descubierto.

—¡Muy sexi! —aclamó el fotógrafo.

En esos momentos, Irina, la maquilladora, entró en la estancia. Se había ido a tomar algo después de trabajar conmigo, pero ya había vuelto. Nos sonrió y se sentó en la silla que había al lado de Nandru. El muchacho había vuelto su atención al libro que sostenía. ¡Maldita sea! ¿Es que era de piedra? Sin embargo, Raúl me devoraba con la mirada. Hice varias poses más antes de tomar un descanso. Irina aprovechó para acercarse y retocarme la raya de los ojos.

—Tienes una cara preciosa, Katia —me aduló la muchacha.

—Gracias, Iri.

Elena, la estilista, se acercó a mí con un vestido rojo con detalles de terciopelo blanco colgando del brazo. Había estado durante todo este tiempo en la habitación contigua haciéndole unos arreglos. Al ser una sesión navideña, encajaba a la perfección. Siendo sinceros, los anteriores no habían sido muy acordes a la época.

—Este es el último *outfit* que toca.

Lo recogí de sus manos y aprecié la suave tela bajo mis dedos. Tras alcanzar mi bolso, me marché al cambiador. No obstante, Nandru siempre estaba cerca de mí.

—¿A dónde vas?

—Cien metros, ¿recuerdas?

—Es verdad —convine—. Pero a los demás les parecerá muy raro.

Se encogió de hombros. Tras susurrarle que esperara, entré en uno de los vestuarios. Lo miré con ojos entrecerrados mientras dejaba que la tela color vino se interpusiera entre nosotros. Me quité los ceñidos vaqueros y el jersey, y, tras enfundarme en el vestido, revisé mi reflejo en el enorme espejo que ocupaba la pared. El cuello de barca dejaba al descubierto mis hombros y el color rojo combinaba con el tono de mi piel. Me quité el colgante y salí con él entre las manos.

—Si lo dejo aquí y alguien lo encontrara, ¿pasarías a pertenecer a esa persona?

—No. El colgante solo se transfiere con la muerte de una persona o a voluntad. Por eso lo conseguiste. Greta te lo dio por propia voluntad y además murió por entregártelo. ¿Qué vas a hacer con él? Escóndelo, pero no lo dejes aquí.

—Lo dejaré en mi bolso. No va a pasar nada, estará cerca de mí.

Puse el collar en uno de los bolsillos del bolso y me acerqué hasta una de las telas que colgaban de la sala principal. La gran habitación había sido reconvertida en un escenario, y una gran y pesada tela roja decoraba parte de la estancia como si se tratase de un verdadero teatro. Noté la mirada de Nandru sobre mí mientras dejaba el bolso detrás de la cortina. Nadie se dio cuenta. Alcé la vista hasta un reloj que colgaba en una de las paredes situadas detrás de Raúl. Apenas quedaban veinte minutos para acabar la sesión. Era imposible que pasara nada.

El tono de mi teléfono empezó a sonar y, tras disculparme, me agaché para buscar entre mis cosas. El nombre de Erika apareció en la pantalla. Me sorprendió que fuera ella, porque nunca llamaba cuando sabía que tenía trabajo.

—Hola, Katia —saludó en cuanto descolgué.

—Hola, estoy aún en la sesión. ¿Pasa algo?

—No. Solo que estoy cerca de donde estás. ¿Quieres que demos una vuelta? Quería hablar de April.

—Cuando llegues llama al interfono. Ahora le digo a Elena o a Irina que te abran.

Nada más colgar lo comuniqué en voz alta y les aseguré que su presencia no les molestaría. Ninguno de ellos se quejó. Me coloqué delante de la cámara y me aseguré de que estaba situada justo en el centro de los focos. El sonido de la cámara no tardó en reanudarse y yo continué posando. Estaba cansada, y no podía evitar que de vez en cuando mi mirada se dirigiera al reloj. Ya no disfrutaba de todo esto. El estómago me rugió y pensé en la dieta que estaba haciendo. Me irritaba la idea de luchar cada día para no engordar, intentar siempre ajustarme a unas tallas que otras personas consideraban que eran las correctas, sin mencionar aquellas marcas que obligaban a que las modelos adelgazaran aún más. Puede que eso me permitiera ganar mucho dinero, pero lo que una vez me había parecido emocionante y novedoso ya no me resultaba satisfactorio.

Mis pensamientos quedaron en un segundo plano cuando mi amiga entró. No me había dado cuenta que Elena se había ausentado para abrirle. Erika me saludó con la mano desde la entrada y se quedó con los brazos cruzados en un rincón. Cuando Raúl gritó que había finalizado, me acerqué a ella.

—Hola.

—¡Guau! Te queda genial el vestido. —Erika me agarró de las manos y me contempló.

—Sí —reconocí—. ¿Ocurre algo con April?

—Está muy rara, pero ya hablaremos después. Quítate esto antes de que vengan los elfos de la Navidad a buscarte.

Le saqué la lengua y acto seguido me abalancé hacia ella para marcarle mi labial rojo en la cara. Lo conseguí antes de que me apartara entre risas.

—Por tu culpa no ligaré —se quejó con una sonrisa. Desvió la mirada hacia Nandru, que seguía leyendo—. Veo que ha venido contigo.

—Sí. —No había sido una pregunta, pero aun así respondí—. Me acompaña a todos lados.

—¿Seguro que no tenéis nada?

—No, lo juro. Dice que soy muy egoísta y narcisista.

—¿Y aun así está aquí?

—Sí, somos amigos. —Oculté la parte en la que estaba obligado a seguirme allá donde fuera. Sin saber por qué, sentí una pizca de culpabilidad.

—Bueno, no preguntaré más.

Erika rodeó mis hombros con el brazo y fuimos juntas a los cambiadores. Raúl estaba recogiendo los *flashes* y los focos mientras que Elena e Irina conversaban sobre algo a poca distancia de Nandru. Mi amigo seguía sentado con el dichoso libro. Levantó la mirada y le hice una seña con la cabeza para que nos siguiera. Aludido, se levantó y nos siguió.

—Hola —saludó en cuanto llegó a nuestra altura.

Erika le sonrió y, antes de que llegáramos a entrar en la estancia, Irina y Elena se despidieron. Las vimos salir por la puerta y yo entré para ponerme mi ropa. Mis acompañantes se quedaron conversando sobre el trabajo de historia. Estaban diciendo que habían puesto poco margen de tiempo para entregarlo cuando un ruido ensordecedor nos dejó clavados en el sitio. Tras la tela, me abroché el pantalón, me puse el jersey y salí.

—¿Qué ha sido eso?

Fui a asomarme para ver qué había provocado semejante estruendo. Sin embargo, Nandru me detuvo.

—Están aquí.

—¿Quiénes?

El muchacho se llevó el dedo índice a la boca para indicarme que no hablara. Erika nos miró arqueando una de sus cejas. Oímos unos pasos en la sala de al lado.

—¡Márchate! —Por alguna razón, la voz que habló me resultaba familiar.

—¿Por qué? ¿Ha pasado algo? —La voz de Raúl sonaba trémula.

—Será mejor que te largues. —Se trataba de una segunda voz, igual de amenazante que la anterior e igual de familiar.

—Hay que salir de aquí —susurró Nandru.

—¡El colgante! —exclamé.

Estaba en mi bolso y lo había dejado tras el telón donde me habían estado haciendo la sesión de fotos. Me zafé del agarre de Nandru y corrí hacia allí. En la sala había dos hombres. Tal como temía, supe que ya los había visto, pero no conseguía recordar dónde ni cuándo. No repararon en mí. Aprovechando su distracción, me coloqué detrás de una de las paredes y tragué saliva mientras el miedo me atenazaba poco a poco. Por suerte, el bolso se encontraba a sus espaldas, aún escondido. Cerrando los ojos, reuní todo el valor que pude para correr hasta el telón. Justo lo había alcanzado cuando una fuerza invisible me arrojó a unos metros de él, pero logré aferrarme al asa y aterricé sobre mi costado. Reprimí un alarido de dolor al tiempo que el colgante rodaba por el suelo junto a un par de pintalabios y pintaúñas. Sin pensármelo dos veces, lo recogí.

—Si no quieres morir, será mejor que nos lo entregues.

Con las piernas temblando por el miedo, me levanté e intenté dar un paso atrás. Sin embargo, el más alto era rápido y consiguió retenerme contra la pared. Cerró sus largos dedos en torno a mi cuello. Noté la presión y el aire casi dejó de pasar por mi garganta. Sin soltar el amuleto, clavé mis uñas en sus manos para zafarme del agarre. No obstante, lejos de aflojar, me apretó todavía más. Cerré los ojos mientras mi cuerpo seguía luchando en busca de aire. Sabía que, si nadie me ayudaba, moriría allí.

De repente, un golpe hizo que tanto mi captor como yo cayéramos al suelo. Mientras me retorcía, llevándome la mano a la garganta, Erika se sentó a horcajadas sobre quien me había sujetado y empezó a propinarle fuertes puñetazos.

Vi como el otro hombre se acercaba amenazante hacia nosotras, pero Nandru aprovechó la confusión para intentar derribarlo. Como si hubiera sentido su presencia a su espalda, el segundo captor se giró hacia él y ambos empezaron a pelearse. Tuve que ahogar un grito cuando vi cómo aparecían destellos en las manos de ambos hombres, aunque pronto me percaté de que la lucha estaba más o menos igualada. Se notaba que habían recibido un duro entrenamiento: eran igual de ágiles y ambos conseguían esquivar los ataques.

Me quedé paralizada y sin saber muy bien qué hacer, entre maravillada y aterrorizada. La garganta seguía picándome, aunque al menos ya no tosía. Volví la mirada a Erika justo cuando el hombre con quien se peleaba, que intentaba bloquear los golpes, levantaba una de sus manos. Tan solo logré escuchar unas palabras ininteligibles antes de que Erika saliera despedida con fuerza contra unos focos.

No supe reaccionar a tiempo, el atacante se levantó con rapidez y, tras extraer una especie de *kunai*, lo lanzó con fuerza en dirección a Erika. Todo pareció ocurrir a cámara lenta; yo ni siquiera había conseguido abrir la boca, sino que seguía sentada, clavada en el lugar, mientras mis ojos recorrían el camino del *kunai*. Mi corazón dio un salto, como si quisiera apremiarme para que me moviera de una vez por todas. El *kunai* se acercó sin pausa hasta Erika y, horrorizada, vi cómo la cuchilla atravesaba el cuello de mi amiga, que estaba levantándose después del golpe. La sangre no tardó en manar de la herida abierta. Por fin mi cuerpo reaccionó y eché a correr en su dirección. Aterrada, me dejé caer a su lado. Erika había cerrado sus dedos en torno al arma que le había desgarrado la tráquea y me contemplaba con los ojos abiertos como platos. Supe de inmediato que la iba a perder, que en unos instantes sus ojos se cristalizarían para siempre. Me olvidé por completo de todo lo que había a nuestro alrededor y nuestras manos se enlazaron en un inútil intento de retenerla a mi lado. Las lágrimas acudieron veloces y se derramaron por mis mejillas. Esto no podía estar pasando. Grité varias veces su nombre y, de repente, noté que alguien me envolvía. Me negué a soltarla y una luz nos atrapó. Cerré los ojos al tiempo que un alarido desgarrador brotaba de mi garganta.

—Katia, Katia. —La voz de Nandru me hizo volver a la realidad.

Miré a mi alrededor para darme cuenta de que estábamos en el claro de un bosque. El muchacho había recogido a Erika. Aún respiraba y me miraba con el pánico reflejado en su iris color tierra.

—¡Sálvala! Deseo que la cures. ¡No dejes que se vaya! —grité, aterrada.

Un dolor que me era desconocido me despedazaba por dentro. Mi cuerpo temblaba violentamente. Nandru arrancó el arma de las manos de Erika y la arrojó lejos de nosotros. Acto seguido, puso su mano sobre la garganta de mi amiga sin reparar en la sangre que derramaba sobre sus dedos. Una luz dorada y tenue emanó de su palma. No sé cuánto tiempo estuvo él sujetándola y transfiriéndole aquel resplandor, pero se me antojó una eternidad. Erika se estremeció varias veces antes de quedar inerte en los brazos de Nandru. Mi corazón se detuvo y sentí que dejaba incluso de respirar. La había perdido para siempre. Me abalancé sobre ella y me abracé a su cuerpo, abandonándome a un llanto desgarrador.

—Está viva. —Le había costado formular la frase.

Me volví hacia Nandru, que se había recostado en el árbol más cercano con mi bolso entre sus manos. Parecía débil, pero esbozó una media sonrisa. De repente, Erika tosió y la solté, asustada. Mi amiga se incorporó, como movida por un resorte, y nos miró con una expresión a medio camino entre la sorpresa y el horror.

—¿Qué ha pasado?

—¿Nandru? —dije en un hilo de voz.

Erika no tenía por qué recordar aquel momento, lo más horrible que habíamos vivido nunca. La miré con un nudo en la garganta y, acto seguido, pedí a Nandru que borrase sus recuerdos.

**E**l ataque marcó un antes y un después. Por fortuna, Erika no recordó el incidente y todo volvió a la normalidad. Excepto para mí. Esta vez no quise arrancarme esas imágenes de la mente, sino guardarlas y recordarlo todo.

—¿Qué deberíamos hacer, Nandru? ¿Por qué siguen buscándote? ¿Desde cuándo te buscan?

Era el primer sábado de diciembre, justo una semana después del ataque. Los exámenes estaban al caer, pero había algo más importante en juego: nuestras propias vidas. Me senté en la cama y me abracé a la almohada.

—No estás a salvo —sentenció él.

—No me digas.

—Eyron debe haberlos enviado. Eran naheshis.

—Quiere acabar su venganza. —Moví la cabeza con fuerza—. ¿Seguro que no ha pasado página? —Me negaba a creer en un grupo de seres mágicos que me buscaban para hacerme daño. Quería que no fuera real.

No obtuve respuesta. Nandru se levantó y se dirigió hacia la ventana de mi habitación que daba a la calle. Sus ojos violáceos escrutaron con atención los coches que pasaban, ajenos a nuestra rocambolesca encrucijada. Observé su ancha espalda y los músculos que se dejaban adivinar bajo su ajustada camiseta. Era tan perfecto que por un instante dejé de pensar en nuestros problemas.

—Tenemos que irnos —murmuró él, aún con la vista puesta más allá del cristal.

—¿Cómo? —No estaba segura de haber escuchado bien.

El muchacho se volvió y fijó sus profundos ojos en mí.

—Ya viste lo que pasó con tu amiga. ¿Y si la próxima vez se salen con la suya? Podrían dejarme fuera de juego. Ya has visto que mi magia es limitada. Entonces te matarían y te arrebatarían el colgante. ¿Quieres morir, Katia? O, peor aún, ¿que tus seres queridos mueran? De ser así, esperemos sentados a que vuelvan. Es la segunda vez que casi lo consiguen. Una la borré de tu mente, pero te recuerdo que mataron a Greta ante tus propios ojos. ¿Sabes que, si no hubiera reaccionado a tiempo, Erika también estaría muerta?

—¡Ya lo sé! ¿Crees que no he pensado en Greta a pesar de que no recuerde nada? —Los ojos se me llenaron de lágrimas, pero no me importaba. Le di la espalda a Nandru para que no me viese llorar—. ¿Cuál es el plan ahora?

—Tan solo se me ocurre un lugar. Tenemos que ir a Naheshia.

—¡Estás loco! No pienso viajar a un mundo desconocido. ¡Y menos sabiendo que el rey supremo quiere nuestras cabezas!

—Entonces libérame. Iré a Naheshia y dejarán de perseguirte en cuanto sepan que me he liberado de la maldición y que quiero luchar contra él.

—¡No! —grité enfadada. Me giré de nuevo tras secarme las lágrimas y lo miré, desafiante—. No pienso dejarte ir.

—¡Qué egoísta eres! —Me sorprendió que Nandru también levantara la voz.

—No soy egoísta. Si no te libero es porque no quiero que te pase nada. ¿No ves que quiero protegerte? —Me crucé de brazos, lo miré desafiante y repetí—: No te soltaré. Pero tampoco quiero conducir a esos malnacidos hasta mis seres queridos. Tal vez deberíamos irnos una temporada. ¡Eso! Haré la maleta. ¿Puedes sacarla de ese armario?

Comencé a caminar por la habitación y le señalé una de las puertecillas superiores donde guardaba mis cosas. Mientras yo sacaba ropa de los cajones, Nandru me bajó una maleta y permaneció callado. Apilé montones de prendas sobre la cama y las doblé de forma que cupiera todo.

—¡Basta, Katia!

Me detuve de inmediato. Me di cuenta, entonces, de que estaba temblando y de que mis ojos se habían empañado. Me volví lentamente y observé extrañada todo el desorden que había ocasionado en tan solo unos segundos. Abrí la boca, pero no supe qué decir. Sentía que, tarde o temprano, mis piernas dejarían de sostenerme. Un nudo en la garganta me impedía incluso respirar. Dejé caer la camiseta que sostenía y titubeé. Nuestros ojos se encontraron. Parecía entender todo lo que sentía. Abrió sus brazos y me envolvió en una calidez que me fundió por completo. Le tiré de la camiseta al tiempo que apoyaba mi cabeza en su duro pecho. Escuché el vaivén de su corazón y, por alguna razón, eso terminó por tranquilizarme. Cerré los ojos, exhausta. Nandru, algo dubitativo, acarició mis cabellos en un ademán consolador.

—Gracias —musité.

Rodeé su cintura para estrechar más aún el abrazo. Él siguió acariciando mi pelo al tiempo que yo cerraba los ojos y aspiraba su aroma. Olía a una mezcla de sándalo y azahar. ¡Era tan agradable! De pronto, me sujetó por los hombros y me separó con suavidad.

—Tenemos que irnos, Katia. —Su voz era firme—. Cuanto antes salgamos de aquí, mejor. No tardarán en volver a localizarnos.

Asentí, algo aturdida. Pensé en Greta. Aunque, por mucho que me doliera, no tenía recuerdos sobre la última vez que la había visto con vida, era consciente de que la pobre mujer había sido una víctima más de los planes de Eyron. Respiré hondo y, tras tomarme un momento para relajarme, volví de nuevo a la realidad. Pusimos cuantas cosas pudimos dentro de mi maleta y el resto lo amontonamos en el armario. Acto seguido, y agradeciendo la ausencia de mis padres, salimos de mi casa, tal vez por última vez. Pensé que, al no despedirme de Erika y April, no sería tan complicado. Sin embargo, me equivocaba. En mi interior notaba un peso tan grande que apenas podía avanzar. Aún así, logré caminar al lado de un nervioso y vigilante Nandru, que no cesaba de escudriñar cuanto sucedía a nuestro alrededor.

—Podemos ir en autobús —dijo él.

—¿Y si nos llevas con tu magia? —No era la primera vez que se lo preguntaba. Pero en aquella ocasión se había limitado a exigirme que saliera de la casa y me pusiera en marcha.

—La magia deja pequeños rastros. Como las huellas sobre la arena —explicó él—. Aunque hay algunos hechizos que no dejan rastro. A mayor energía, mayor rastro, para que me entiendas.

Asentí. Seguí avanzando, arrastrando tras de mí la pesada maleta de ruedas que me había empeñado en llevar. Nada discreta para tratarse de una fuga. Porque eso hacíamos: huir como cobardes.

Llegamos por fin sin incidentes a la estación de autobuses. Saqué mi cartera y nos encaminamos hasta la ventanilla donde se efectuaban las ventas de los billetes. Había una señora comprando, de modo que nos situamos tras ella y esperamos nuestro turno.

—¿A dónde vamos? —pregunté, mirando el panel donde salían los próximos autobuses.

—Adonde sea, pero ya. Cuanto antes salgamos de la ciudad, mejor.

—¿El plan es escondernos? —Nandru asintió. Me alejé un poco y bajé la voz para que nadie nos oyera—. Podríamos sorprenderlos y acabar con ellos para recuperar nuestras vidas.

—Son peligrosos y no quiero que maten a otro portador. No sé qué mosca les ha picado ni por qué de repente se interesan tanto en el colgante.

—Pero podríamos tenderles una trampa y acabar con ellos.

—De todos modos habría más. Ya maté a dos hombres que vinieron a por mí hace un año. Sigo pensando que deberías liberarme para que pueda ir a Naheshia.

—Espera… ¿Por qué no me contaste que ya habían ido a por ti? —Él se encogió de hombros—. Si mal no recuerdo, una vez liberado, te volverías mortal, ¿no? La maldición dejaría de protegerte. Puede que no sea tan mala.

—No sabes lo que estás diciendo, Katia. —Sus ojos eran dos rendijas repletas de indignación—. Acabarías con todo si me liberases. O al menos tú y los tuyos quedaríais libres.

—Siento que eso no acabará con nuestros problemas —refunfuñé.

—Creo que a ti, al menos, te dejarían en paz.

—¿Crees? Pero ¿y tú? ¿Pretendes esconderte hasta que te mueras?

—¡No! Me vengaría de Eyron, naturalmente. Mató a Ethel. Acabó con el amor de mi vida. Volvería a Naheshia, aunque la venganza signifique mi final.

Una punzada de dolor se clavó en mi pecho. Me mordí el labio y traté de deshacerme de esa sensación.

—Utiliza la maldición a tu favor. Eres poderoso, mata a los que nos persiguen… No pienso liberarte para que vayas de cabeza a tu muerte.

—No permitiré que mueran más portadores y gente inocente. Vendrán más, y luego otros, y otros. Eyron no abandona sus propósitos.

Sacudí la cabeza, sintiendo un nudo en la garganta. Algo no encajaba en medio de toda esa locura. ¿Por qué el ser más poderoso de ese mundo querría de repente, tantísimos años después, recuperar a la persona que maldijo? ¿Por qué molestarse? ¿Por qué habría cambiado de opinión?

—¿Vais a comprar algo o no? —Una voz poco amistosa hizo que me volviera hacia la mujer rolliza que había tras la ventanilla.

La anciana que iba delante de nosotros en la cola, acababa de marcharse. Éramos los únicos en la estación, así que nos acercamos al mostrador. Volví la vista hacia el cartel y me topé con un destino conocido. Me fijé en que salía dentro de quince minutos y me aclaré la garganta.

—Sí —contesté con malas pulgas—. Dame dos billetes hasta Albarracín.

La señora comenzó a teclear en su ordenador. El destino se encontraba a unos doscientos kilómetros de nuestra ciudad. Era un pueblo de montaña dejado de la mano de Dios. Había estado allí cuando era pequeña y recordaba sus paisajes con mucho cariño. La empleada me tendió los billetes y, tras pagar, Nandru y yo nos dirigimos al andén donde nos esperaba el autobús.

El conductor estaba ayudando a los pocos pasajeros que quedaban por montarse. Cuando me acerqué, le tendí mi maleta para que la colocara con las demás en el maletero. De pronto, alguien me agarró por el hombro y, aterrada por el brusco movimiento, solté un chillido. Todos se volvieron hacia nosotros.

—¿A dónde vas sin nosotras?

Erika me soltó. Me volví sorprendida y me topé no solo con su severa mirada, sino también con el serio rostro de April.

—¿Qué hacéis aquí? —pregunté, sorprendida.

Atónita, las vi cargar con sus maletas y dárselas al conductor. Después, sacaron un par de billetes.

—¿Qué demonios está pasando? —inquirí.

—Es largo de contar —respondió April—. Venga, subamos.

Confusa, las seguí por la escalera del autobús y ocupamos los últimos asientos, alejados de las pocas personas que se sentaron delante.

—Mis sospechas eran reales —musitó Nandru, estudiando detenidamente a April.

—¿Qué pasa? —insistí.

April acercó su rostro al mío y sus enormes ojos se posaron en mí. Reparé en que no se había puesto las gafas y tenía mejor aspecto que de costumbre. Sus labios se curvaron en una sonrisa.

—Lo que pasa, Katia, es que nuestros destinos se han cruzado.

—Venga ya, April, deja de ser tan misteriosa —me quejé, apartándome, y me crucé de brazos instintivamente.

—Está bien. Mi abuela es una naheshi y he heredado algunos poderes.

Abrí la boca y la cerré al no saber qué decir. Me sentía un poco estúpida. ¿April? ¿Una naheshi? La cabeza me daba vueltas por la impresión. Me mordí el labio al tiempo que la estudiaba con la mirada; mi amiga parecía mucho más segura de sí misma ahora que nos había desvelado la verdad. Desvié la vista hacia Erika. Seguramente sabría lo mismo o más que yo acerca de Eyron y Naheshia.

—No puedes liberar a Nandru.

—¿Qué? —El aludido la miró sin comprender.

—Hace un par de años, una profecía salió del oráculo de Heithen, una ciudad de Naheshia, la única que Eyron no ha conquistado.

—Creía que ninguna ciudad había conseguido resistir —murmuró el muchacho.

—No —respondió April—. La profecía dice que un antiguo amigo de Eyron, cuya maldición lo anclaba a un colgante que lo había hecho más poderoso incluso que el mismísimo Eyron, volvería a Naheshia para destronarlo. Sé que dicen que el futuro no está escrito, pero podría ser una posibilidad. Nandru, los hombres de Eyron van detrás de ti y de todos los portadores. Si consiguen el colgante, te librarán de la maldición para matarte.

—Mira tú por dónde —intervine con ironía—. Al final será que la chica egoísta te ha salvado.

Me acomodé en mi asiento. El autobús no tardó en ponerse en marcha. Acerqué mi cabeza a la ventana, aún enfadada. Había tenido razón en no querer dejar solo a Nandru. En los asientos contiguos al mío, mis amigas apartaron la vista para mirar a través de la ventanilla situada a su derecha. Seguía sin asimilar que April tuviera poderes. No obstante, después de todo lo vivido, tampoco me parecía tan descabellado.

Estaba feliz, por tener cerca a mis amigas, e inquieta a la vez. Nos buscaban. ¿Cuánto tiempo lograríamos pasar desapercibidos? ¿Pasaríamos el resto de nuestras vidas huyendo? No entregaría el colgante a nadie. No dejaría solo a Nandru. Le lancé una mirada furtiva y me di cuenta de que realmente estaba enamorada. No era ningún capricho ni nada por el estilo. Sin embargo, mi amor no era correspondido y, por más que doliese, y dolía mucho, tenía que ocuparme de asuntos más importantes.

Observé la fachada de la solitaria casa que habíamos alquilado. Estaba compuesta por piedras de distintos tamaños y ornamentaciones de madera oscura. Se recortaba sobre un fondo montañoso en el que un par de caminos de tierra serpenteaban y se perdían de vista. Se respiraba un aroma agradable, pero el frío se colaba en mi abrigo y me hacía tiritar. Observé la nieve resbalar por el pico montañoso y agradecí que aún no hubiera nevado. Sin embargo, por la época, era cuestión de tiempo.

Hice tintinear las llaves y subí la tosca escalera que conducía hasta la entrada.

—Tengo frío —me quejé—. Entremos.

Hice girar la llave dentro de la cerradura y la puerta se abrió con un suave clic. El suelo del interior de la casa estaba compuesto por tablones de madera. Un pequeño recibidor desembocaba en dos salas: a la derecha, la cocina; a la izquierda, un salón. Frente a nosotros, una empinada escalera ascendía al piso superior, donde se encontraban nuestras habitaciones. Dejé mi maleta al lado de un viejo baúl, encima de este alguien había dejado un ramo de flores secas. A juzgar por la decoración, era como si hubiéramos retrocedido en el tiempo cientos de años, pero aún así me encantaba. Evoqué las veces que mis padres y yo habíamos venido a esta misma casa cuando era tan solo una niña. Habíamos vuelto cada año en verano hasta que decidieron entregarse más al trabajo que a la familia. Aparté estos pensamientos de mi mente, intentando deshacerme de la melancolía que me invadía.

Erika pasó su brazo sobre mis hombros y me condujo hasta el salón. Un par de sillones se distribuían en torno a una chimenea. Algunas cosas habían cambiado, si bien era prácticamente tal y como lo recordaba. Me soltó para apilar un par de troncos en el hogar. Mientras me sentaba, la vi encender con facilidad el fuego y al cabo de unos minutos los troncos fueron consumidos por unas llamas rojizas que no tardaron en caldear el ambiente. April se sentó a mi lado. Me fijé en que aferraba la baraja con la mano derecha y, con la otra, sujetaba el saquito con las piedras. Por primera vez, me provocó cierto respeto. Mi amiga se inclinó sobre la pequeña mesa rectangular que había frente a nosotras, bajo la cual se extendía una alfombra de color granate. Me quedé absorta viendo cómo repartía las cartas, dejándolas boca abajo. Nandru se situó delante al tiempo que intercambiaba una mirada con April. Sin mediar una sola palabra, el joven señaló una y esta se dispuso a darle la vuelta.

—Seguimos estando a salvo —murmuró ella.

Eché un vistazo. Sostenía una carta con un ángel que tenía dos copas en cada mano. Vertía agua de una a la otra y, a su espalda, un paisaje se extendía bajo un sol esplendido. El rostro sereno del ángel me transmitió una enorme paz.

—Sin embargo —había levantado la carta de la derecha. El dibujo de un rey alzando una espada. «El juicio»—, tenemos que prepararnos para el momento. No tardará en llegar.

—¿Qué momento? —pregunté.

—Nandru tiene que ir a Naheshia y derrotar a Eyron.

—¿Y esas cartas no dicen si tendrá éxito?

—Katia, el futuro lejano no está escrito, solo el pasado y, a veces, el futuro inmediato, pero incluso este último cambia un poco.

—Entonces —dijo Erika—, ¿iremos todos a Naheshia? ¿Veremos otro mundo?

—No. —April se volvió hacia mí—. Katia, tienes que transferirme el colgante. Nandru y yo iremos a Naheshia, y vosotras os quedaréis aquí.

—¡No! —Me levanté de golpe—. Iré yo. El colgante me lo dieron a mí.

—A la pobre Greta no le quedaba otra opción. —Las palabras de Nandru me hirieron, pero fingí que no haberlas escuchado.

—Iré —insistí con determinación. Me di cuenta de que me estaba clavando las uñas en la palma de la mano—. Vosotras os quedáis.

—¿Y perderme un mundo mágico? —Erika me miró desafiante—. Ni hablar. Yo me apunto.

—Yo soy mitad naheshi —zanjó April y comenzó a guardar las cartas junto al saquito de las piedras.

—No me gusta. Será peligroso y no podré cuidar de las tres a la vez —masculló el muchacho.

Estaba enfadado y se le notaba; tenía la mandíbula tensa y los brazos cruzados. Volví a ocupar mi asiento entre Erika y April. Permanecimos un rato en silencio, cada una en su propio mundo. Al final, cansada de no hacer nada, me levanté y fui a explorar la casa.

Subí a la planta de arriba, en la que había tres habitaciones y dos baños. Tal como recordaba, cada estancia mantenía la misma disposición y tenía los mismos muebles. Cuando venía con mis padres, solía quedarme con la habitación del medio. Recordé con nostalgia aquellos momentos en familia, cuando solo íbamos a desconectar y a pasar el rato juntos. Habían pasado demasiados años desde entonces. Exhalé un suspiro, intentando arrancar de mi pecho la profunda tristeza que se había instalado en él.

Para deshacerme de aquellas telarañas de mi pasado, opté por bajar a la cocina y abrir todos los cajones y los armarios que había. Estaban repletos de cacerolas, sartenes, cubiertos y todo lo necesario para cocinar. Comencé a darle vueltas a las palabras de April. ¿Y si tenía razón? ¿Debía quedarme y dejarla marchar? Pero era demasiado peligroso, no podía permitir que fuera sola. Aún teniendo aquel extraño don, no sabría defenderse en una lucha. No parecía tener poderes como los de Nandru.

Greta había muerto por el colgante y Clara se había vuelto loca por poseerlo. Había momentos en los que la idea de olvidar rondaba otra vez mi cabeza. A veces era demasiado apetecible decidir escapar por la vía fácil. ¿Qué podía hacer para quitarme de la cabeza todo lo que había pasado y dejar de pensar en lo que pasaría? Exhalé un suspiro al tiempo que sacaba mi móvil de uno de mis bolsillos. Durante el trayecto, llamé a mi madre y le mentí al decir que me había salido un trabajo fuera de la ciudad. Naturalmente, se mostró encantada y no me preguntó nada más. Ni siquiera se ofreció a gestionarlo, estaría muy ocupada con el nuevo proyecto de moda que se traía entre manos. Colgamos tras una escueta conversación. Estaba convencida de que no me llamaría en los próximos días. Ella era así: despreocupada, siempre a lo suyo. Al mirar la pantalla, leí un wasap en el que me decía que hiciera nuevos contactos. Siempre me repetía esa frase, una y otra vez. De repente, noté una presencia a mi espalda y me giré bruscamente para encontrarme con Erika.

—¿Has intentado asustarme? —pregunté, enarcando una ceja.

—Un poco —reconoció—. He intentado ser lo más silenciosa posible, no sé en qué he fallado.

—La sombra. La he visto reflejada en este azulejo —señalé.

—¡Qué lástima! —Erika esbozó una sonrisa—. ¿Qué haces? ¿Por qué no te vienes?

—Me he agobiado y he salido a cotillear la casa.

—Oye, Katia. ¿No estarás pillándote de verdad por Nandru?

Erika me conocía bien y sabía que jamás me había enamorado. Por eso se enfadaba cuando jugaba con los sentimientos de los demás, pues sabía que eran simples caprichos, como cualquier bolso. Ahora, en cambio, incluso ella veía que era real. Sin darme cuenta, amagué una sonrisa.

—¿Cómo has llegado a esa conclusión?

—Te noto… cambiada.

—No me ha cambiado él. —Me crucé de brazos—. Sino todo lo que está sucediendo. He abierto los ojos por primera vez. Me he dado cuenta de que mi vida no me llena del todo. Además, hay asuntos más importantes.

—Me alegra oír eso… Te veo más madura. Como eras antes de que te metieras en ese mundo de modelos y ricachones.

Me pasó un brazo por los hombros y me atrajo hacia sí. Tras besarme en la frente, apoyó su mejilla sobre mi coronilla. Siempre había envidiado su metro setenta y tres. Yo, en cambio, apenas rozaba el metro sesenta y uno. La abracé. Nos quedamos un rato observando el paisaje a través de la ventana. No había más casas a nuestro alrededor, solo naturaleza. Era el sitio perfecto para perderse y olvidar el bullicioso ambiente de la ciudad.

—Yo también merezco un abrazo.

April apareció de pronto y se arrojó a nuestros brazos, y a mí se me escapó una sonora carcajada. Nandru se asomó, apoyándose en el quicio de la puerta. Sus labios amagaron una sonrisa. Lo miré unos instantes antes de separarme de mis amigas.

—¿Cuándo nos pondremos en marcha ahora que lo tenemos todo claro? —Lo miré desafiante mientras pronunciaba esas palabras.

—Descansaremos y saldremos mañana. No vamos a salir justo ahora que está anocheciendo.

—¿Cómo se llega a tu mundo? —pregunté.

—Hay entradas ocultas. La más cercana nos pilla a dos horas en coche.

—No tenemos coche —apuntó Erika.

—Entonces tendremos que apañárnoslas. Iremos en autobús, andando…, no sé —respondió April.

—Pero… ¡yo solo he traído tacones! —me quejé. Todos se me quedaron mirando boquiabiertos—. Es una broma. Ni que fuera tan tonta.

—Lo eres —Erika me revolvió el cabello, aunque me aparté rápidamente protegiéndome de su ataque, me escondí detrás de Nandru y lo empujé suavemente en dirección a mi amiga.

—Sálvame, ¡oh, poderoso genio de la lámpara! —No pude evitar reírme por la estupidez que acababa de soltar.

April se cruzó de brazos.

—Chicas. Os recuerdo que estamos amenazadas, que tenemos que ir a un mundo desconocido y rezar para irnos antes de que se desate una guerra mágica.

—El plan sigue sin convencerme —El muchacho nos miró severamente—. Os llevaré a Heithen, donde se encuentra el Oráculo, y luego volveréis sanas y salvas a casa. Katia, le entregarás el colgante al oráculo. Una vez que os vayáis, reuniré a unos cuantos rebeldes y atacaremos el castillo de Eyron.

—El Oráculo ese… ¿Es de fiar? —pregunté.

—Es la persona más imparcial en todo esto —respondió Nandru—. Estaré bien con él.

—¿Y luego? ¿Cómo sabremos que todo va bien?

—No es tu guerra, Katia —respondió—. Tendrás que aceptarlo… Podría haceros olvidar todo.

—Ni hablar. —April se cruzó de brazos—. Tengo sangre naheshi.

—No quiero olvidarlo —dije, algo molesta—. Prométeme que al menos nos visitarás cuando acabe esto para decirnos que todo salió bien.

Me mordí el labio, preocupada.

—De acuerdo —accedió Nandru al tiempo que se encogía de hombros—. Os haré una visita cuando todo esto acabe.

Mis amigas nos observaban sin intervenir. Una opresión en el pecho me sacudió, dándome unas terribles ganas de llorar. Erika se dio cuenta y me envolvió en un abrazo, y luego me condujo de nuevo al salón. April se quedó anclada al suelo. Tenía la mirada perdida, sus labios formaban una «o» y había clavado ambos ojos en Nandru, con un velo aterrorizado cubriendo su mirada. Su rostro palideció y me fijé en que su cuerpo temblaba ligeramente. Acto seguido, cayó de rodillas al suelo, al tiempo que se llevaba una mano a la sien. Nos precipitamos hacia ella y la ayudamos a levantarse.

—¿Te encuentras bien?

—Sí… Es que he tenido… una visión, pero ha sido tan real…

—¿Qué has visto? —preguntó Erika, sujetando a mi amiga para que no se cayera. Aún temblaba.

—Yo… —miró a Nandru tímidamente—. Te vi morir… Eyron te vencía y no había nadie a tu lado.

—Sabes que el futuro se puede cambiar, ¿no, April? —dijo él, visiblemente afectado.

—Aun así, esa una posibilidad. Es verdad que hay cientos de variaciones, pero… he visto una.

—Entonces conseguiremos que no suceda —intervine—. No entregaré tu colgante a menos que me fíe del Oráculo. April me lo dirá con una tirada de cartas.

Nandru no replicó. Entendí su silencio como una especie de permiso. No estaba dispuesta a entregarle a cualquiera el colgante, ¿cómo saber que el tal Oráculo era de fiar? ¿Cómo confiar y arriesgarse tanto? Yo sabía que no tenía ninguna habilidad mágica ni era capaz de pelear como Erika; más bien, resultaría un estorbo. No obstante, las cartas estaban echadas. El destino me arrastraba a Naheshia y le plantaría cara de la mejor manera posible.

Llevábamos demasiado tiempo metidos en ese autobús. Un frío glacial se colaba por las rendijas de los cristales y recorría todo el autocar, arrancándonos pequeños estremecimientos. Surcábamos la carretera bajo un gris encapotado, propio de diciembre. Pronto, con enero, llegaría un viento más gélido aun. Me pregunté si el invierno también nos recibiría en Naheshia. Porque me faltarían jerséis para entrar en calor. Me revolví en mi raído asiento, buscando una postura más cómoda y, acto seguido, miré el móvil para consultar la hora. Eran las diez de la mañana, llevábamos una hora y veinte minutos de trayecto. Resoplé. Parecía que el tiempo había transcurrido más despacio y daba la sensación de que, por lo menos, habían pasado unas tres horas. ¿Cuánto tiempo más estaríamos ahí dentro? Olía a una mezcla de tabaco con algo que no lograba identificar. Se suponía que fumar en espacios cerrados estaba prohibido. Abrí el compartimiento que había frente a mí y encontré restos de ceniza y un par de envoltorios de chicle. Volví a cerrarlo, al tiempo que me mordía el labio con resignación. No soportaba a las personas que se saltaban las normas. Por culpa de ellos tenía que aguantar ese estúpido y horrible olor.

Envidié a April, que dormía plácidamente apoyada en el brazo de Erika. Esta, por otro lado, se hallaba enfrascada en una novela policíaca y no parecía sentirse incómoda con el tedioso trayecto. Desvié mi mirada hacia Nandru, situado a mi izquierda. El muchacho observaba el paisaje a través de la sucia ventana. Me quedé unos instantes viendo cómo los pocos rayos del sol, que lograban filtrarse a través de las densas nubes, arrancaban destellos dorados sobre su pálida piel, acentuada por el oscuro abrigo que llevaba puesto en esos momentos. Parecía un delicado ángel sacado de uno de esos libros de fantasía que leía April, o un vampiro. Sin poder evitarlo, a mis labios asomó una sonrisa sarcástica. ¿Quién iba a decirme a mí que me vería envuelta en una historia tan rocambolesca como las que aparecían en los libros? Salvo que, en mi caso, no me había tocado ser la chica por la que el ser sobrenatural se enamoraba. Una pequeña punzada de dolor atravesó mi pecho. Instintivamente, aferré mi esfera de cristal. No soportaba la idea de que me rechazaran. Tal vez me lo había ganado a pulso. Al fin y al cabo, siempre había sido un poco mezquina. Claro que… lo había hecho por una buena causa. No quería encariñarme con alguien y que terminara abandonándome igual que mis padres. Sí, cada noche volvían a casa, pero apenas intercambiábamos dos palabras. Desgraciadamente, hacía años que era así. Ellos trabajaban demasiadas horas y yo me aislaba cada vez más. Sin duda, mi vida había sido un espiral de relaciones vacías. Tan solo mi amistad con Erika y April había logrado iluminar el lúgubre océano de mi existencia. ¿En qué momento me había asaltado ese espíritu filosófico? ¡Menuda tonta estaba hecha!

—Te veo muy pensativa. —Erika apartó los ojos de su libro—. ¿No te gusta el viajecito?

—Sí, es el mejor día de mi vida —respondí con sarcasmo—. Me gustaría dormir como April. Mira qué bien se lo pasa.

—No te creas. Yo estoy en medio de un truculento asesinato. Creo que fue el mejor amigo de la víctima. ¿Por qué no vuelves a leer?

Me recliné sobre el asiento y mi mirada se desvió hacia el techo del autocar. ¿Por qué había dejado de hacerlo?

—Hace unas semanas leí un poco —reconocí enseguida—. Aunque perdí la costumbre porque estaba demasiado ocupada intentando deslumbrar a mi madre.

—Te lo dije. —¡Cuántas veces me habría soltado esa maldita frase!—. ¡Por fin admites que lo hacías solo para contentarla! Pero siempre has sido demasiado orgullosa como para reconocerlo.

—Eres muy cansina, ¿lo sabías?

—Y te encanta.

Mi amiga me abrazó con su brazo libre, intentando evitar molestar a April. Noté cómo sus labios se posaban en mi coronilla y acto seguido apoyaba la mejilla en mi cabeza. Entrelazamos las manos, y noté su calidez. Nos quedamos así unos segundos, viendo cómo el paisaje discurría ante nuestros ojos y paulatinamente nos acercábamos a nuestro destino. De pronto, Erika deshizo nuestro improvisado abrazo y señaló con la barbilla su mochila, que estaba a sus pies.

—Tengo algo para ti. Se me olvidó dártelo en la casa. ¿Puedes sacarlo tú? No quiero despertar a la bella durmiente.

Enarcando una ceja, coloqué su mochila en mi regazo y la abrí para que mirara en su interior. Con cuidado, Erika se movió para extraer una libreta de aspecto *vintage* y me la tendió. Nandru despegó sus ojos violáceos del cristal y nos miró con aparente interés.

—La eligió April —dijo.

La sostuve entre mis manos con un nudo en la garganta. Bajo la atenta mirada de Erika, la abrí y me quedé absorta en el blanco de las hojas que la componían. Suspiré.

—Gracias —dije con una sonrisa.

—Sé que no combina con tu bolso caro del copón, pero tal vez te sirva en el caso que un día vuelvas a escribir.

Le di un suave golpe en el hombro con la libreta justo cuando el autobús se detenía y las puertas metálicas se abrían.

—Final de trayecto —anunció el conductor.

Erika zarandeó cariñosamente a April para despertarla y yo me levanté de un salto. Me colgué el bolso, comprobé que me seguían y salí del vehículo. Nada más bajar las escaleras, me estiré, agradeciendo que este tramo del viaje hubiera terminado. Recogimos nuestro equipaje del compartimiento y nos pusimos en marcha. No nos detuvimos hasta no haber salido de la abarrotada estación de autobuses.

—¡Bien! Lo mejor será ponernos en marcha cuanto antes. Y rezad para que no nos perdamos por la montaña…

Miré atónita a April.

—¿No vamos a descansar nada?

—Ya descansaremos cuando crucemos a Naheshia.

—Estoy de acuerdo —convino Nandru.

El trayecto de la estación hasta dicha montaña fue tedioso hasta niveles insospechados. Descansamos poco y caminamos mucho. Los brazos me dolían de cargar tanto peso y estaba comenzando a ponerme de mal humor. April había traído un mapa consigo donde, según nos contó, su abuela había indicado el lugar exacto del portal.

Después de muchas horas caminando, enredándome en zarzas y cayéndome un par de veces bajo el peso de mi propio equipaje, la voz de April nos indicó que habíamos llegado. Nandru se había ofrecido a cargar con mis bártulos tantas veces que en aquel punto ya prefería no hablarme. Mis nervios estaban a flor de piel y cualquier cosa me hacía saltar. Había rechazado su ayuda de malas maneras y ya ni me miraba. Observé la pared de piedra gris que se elevaba ante mí llena de musgo. Si bien, para mi decepción, no había nada que la hiciera destacar del resto de la montaña. Me había imaginado luces y brillos, pero ante mis ojos no había nada. Dejé caer la maleta y me senté sobre ella.

—Nos hemos equivocado, ¿verdad?

April estaba concentrada estudiando el mapa y no me respondió. Nandru seguía enfadado conmigo y Erika tan solo se limitó a darme un par de golpecitos amistosos en la cabeza y se centró en estudiar la zona. Vi que toqueteaba la pared sin ningún éxito. Comencé a dar paraditas con el pie, nerviosa e irritada. Necesitaba ducharme y desplomarme sobre una cama. Estaba demasiado agotada para continuar.

Ya notaba el frío y mi rostro y mis dedos estaban helándose. Podía levantarme para buscar un par de guantes en la maleta. Sin embargo, me daba pereza, así que me calenté las manos con mi propio aliento. El sol ya estaba en su punto más alto, pronto bajaría y haría más frío aun. Me crucé de brazos. El muchacho comenzó a buscar a nuestro alrededor junto con Erika. Me limité a observarlos. Estaba claro que nos habíamos equivocado, que el estúpido mapa estaba mal o que April no sabía interpretarlo.

—Venid. Está delante de nuestras narices. —April se acercó a una parte de la pared rocosa y, ante mis ojos incrédulos, desapareció.

—¿Qué?

Entre risas, apareció de nuevo.

—¡Hay un hueco! Mirad, es una cueva.

Me levanté, cargué con mi equipaje y me asomé. Estaba oscuro. Demasiado. Olía a una mezcla de humedad con algo que no lograba adivinar.

—Ah, no. No pienso entrar ahí. ¿Y si te has equivocado?

—Para de quejarte, Katia. —Erika me empujó hacia dentro.

Nos internamos en la oscuridad y sentí un escalofrío. Incluso cuando mis ojos se adaptaron, no aprecié más que sombras: parecían afiladas rocas que salían del techo y del suelo formando una especie de laberinto. De golpe, un haz de luz iluminó el lugar; Erika había encendido una linterna. La miré agradecida, pues había tenido una idea excelente al traerla consigo. Luego caí en la cuenta de que podíamos utilizar nuestros propios móviles para iluminar. Saqué el mío y encendí el *flash* para acompañar el haz de luz que llevaba mi amiga. Seguimos a April en silencio. No estaba asustada. Por momentos, me pareció ver a una familia de murciélagos durmiendo sobre nosotros. Tragué saliva y seguí avanzando sigilosamente. El suelo de la cueva descendió y nos topamos con unos peldaños que seguían bajando y bajando en espiral. Al ruido de nuestras pisadas lo acompañaba el tintineo de unas gotas cayendo sobre un charco, o tal vez un lago. Conforme íbamos bajando, el sonido pareció intensificarse. Debo reconocer que me inquietaba todo aquello. Me aterraba no saber qué encontraríamos al otro lado, si es que había algo. No sé cuánto tiempo pasamos descendiendo por esas extrañas escaleras, pero las piernas me dolían. Además, notaba los brazos entumecidos de tanto arrastrar la dichosa maleta.

En ese momento, llegamos a lo que parecía otra cueva. Atónita, observé unas gemas brillantes que emergían de las paredes arriscadas. Tenían luz propia, con tonos azulados y anaranjados. Aparté la mirada de esas piedras tan extrañas y avancé con mis amigos hasta llegar a una cortina de helechos que claramente ocultaban algo. Erika los apartó y por fin salimos de nuevo al exterior.

Era de noche. El cielo de tonalidades moradas y azules estaba salpicado por diminutas estrellas. Nos quedamos absortos contemplándolas. Dos lunas crecientes, una más grande que la otra, coronaban aquel firmamento. Parecía un sueño hecho realidad. Observé el paisaje que se extendía a nuestros pies. Nos hallábamos en la entrada de una cueva que se abría sobre una montaña. Un camino de tierra descendía hasta un bosque que se extendía ocupando buena parte del terreno. Miré de nuevo hacia arriba y vi que sobre nuestras cabezas había un saliente. No conseguí ver dónde terminaba la montaña en la que nos encontrábamos.

—Estamos al noroeste de Shylerzia.

Volví mi atención a April, que sostenía un folio. Parecía ser una fotocopia a color de un mapa mucho más antiguo, sin duda pintado a mano. Me quedé boquiabierta viendo los diminutos dibujos, que representaban un mundo nuevo para mí. Nandru se acercó a ella y noté un brillo nostálgico en sus ojos.

—Es un mapa de Naheshia.

Percibí su emoción y también su tristeza.

—Es de mi abuela —dijo April con una sonrisa en los labios—. Me dejó fotocopiarlo. El original es tan antiguo que se rompería con solo mirarlo. Me explicó dónde se encontraba el portal más cercano y dónde aparecería. ¿Sabíais que ella vivió aquí hace muchísimos años? Estamos justo en este punto.

Indicó una zona boscosa con un lago.

—Si seguimos este río, dejándolo a nuestra izquierda, llegaremos a Heithen.

—Pero yo quiero dormir. ¿No hay hoteles por aquí? —me quejé al tiempo que ponía mi mejor expresión de pena.

—Deberíamos descansar —convino Erika.

—Bajemos hasta el bosque, allí estaremos más resguardados. —Nandru comenzó a bajar por el sendero y no tardamos en seguirlo.

Una vez abajo, nos paramos a entre un par de árboles que formaban una oquedad. Me senté sobre una de las enormes raíces del árbol, exhausta de arrastrar la maleta.

—Buscaré un par de troncos y encenderemos una hoguera —dijo Nandru mientras se alejaba.

April y Erika se rebuscaron en sus respectivos equipajes y extrajeron cada una un bulto. Se trataba de dos sacos de dormir bastante grandes.

—Te haremos el favor y te dejaremos dormir acurrucada sobre su pecho —susurró April con una sonrisa socarrona.

No sé por qué me puse como un tomate. Organizamos como pudimos el campamento y Nandru regresó al cabo de unos minutos. En silencio, preparó la zona donde iría la hoguera y puso los palos en círculo. Después, extendió las manos y una llamarada salió despedida de sus palmas.

Lo observé boquiabierta. Acercó su mano a los trozos de madera y el fuego no tardó en prender. Me quedé embobada con el destello anaranjado que iluminó sus perfectas facciones. Aunque no hacía tanto frío como en la Tierra, agradecí la calidez y la luz que nos proporcionaban las llamas.

Me giré para comprobar que Erika y April también se habían detenido y lo observaban con la boca abierta. Era la primera vez que veían a alguien hacer magia. Nos sentamos. Estaba hambrienta. Habíamos caminado durante todo el día y me dolían músculos que ni sabía que existían. April sacó de su mochila un par de barritas y nos dio a cada uno un par. No quise preguntar cuántas tocaban por día.

De repente, una luz rojiza iluminó el cielo, provocando una sombra que nos hizo levantar la vista. Un rugido se elevó en el firmamento y, asustada, lo único que hice fue tensarme sobre el tronco donde estaba sentada. No sabía qué o quién había producido semejante ruido, pero algo me decía que tampoco quería saberlo. Escuché el batir de unas alas enormes y, cuando volví a levantar la cabeza, tuve que reprimir un grito. Las dos lunas quedaron ocultas por el enorme cuerpo de un animal gigante. ¿Era un dragón? ¿Había dragones en Naheshia? Quizá tendría que habérselo preguntado a Nandru. Tal vez me hubiera prevenido sobre las criaturas de aquel mundo. Él se inclinó rápidamente y, con un movimiento de manos, hizo desaparecer el fuego, quedándonos una vez más en medio de la oscuridad.

—Esto no me gusta. Creo que son jinetes de Eyron; llevan su estandarte —susurró Nandru—. En teoría este hechizo no deja rastros, pero supongo que habrán visto las llamas.

Imitando a las demás, me puse de pie, sin poder apartar la vista de aquel ser. Me fijé en la armadura que cubría el cuerpo del animal y el emblema que resplandecía bajo las lunas en su pecho. Desde mi posición, no distinguía los detalles, aunque tal vez Nandru sí. Estaba atónito. Hice ademán de recoger mi maleta, situada a pocos metros de mis pies, pero los dedos de Nandru se cerraron en torno a mi muñeca y, tras dirigirme una mirada severa, me obligó a retroceder hasta que mi espalda chocó suavemente con el tronco de un árbol. Erika y April nos habían seguido y estaban a mi derecha. No pude evitar fijarme en que la mano del muchacho seguía asida a la mía. Mi corazón empezó a aletear en mi pecho, repleto de nervios, aunque no supe bien si era por el miedo o por aquel contacto.

Volví a mirar al animal y entreví a una persona montada sobre su grupa. Seguían suspendidos en el mismo lugar. Lo único que se movía eran las enormes alas de la criatura, que provocaban que las hojas más altas de los árboles cercanos se agitaran violentamente. Parecía que el jinete solo escaneaba la senda, posiblemente buscándonos. No sé cuánto tiempo estuvimos quietos, aguardando cualquier movimiento del inesperado visitante, pero se me hizo eterno. Cuando por fin se alejó, dejé escapar el aire que había retenido casi sin darme cuenta. El jinete desapareció acompañado de un destello anaranjado y del estruendo que provocaba el aleteo de su montura, perdiéndose en la lejanía.

Nandru me soltó y se acercó al claro en el que habíamos acampado. Nos miramos asustadas.

—Será mejor que nos marchemos. Podríamos buscar un refugio o algo así. —April rompió el pesado silencio que se había instalado con nosotros en cuanto nos acercamos a los restos de la hoguera.

—¿Es frecuente que pase esto? —pregunté finalmente.

—Sí. Desde que Eyron llegó al poder no ha cesado de buscar rebeldes.

El ruido inusual de las hojas nos hizo volver a detenernos. Sentí que mi corazón se detenía y me olvidé incluso de respirar, intentando escuchar de dónde provenía. A nuestro lado, a pocos metros, una persona armada con una larga y afilada lanza surgió como una sombra entre los árboles. Su rostro estaba oculto bajo un cráneo de dragón e iba vestido con lo que parecía una armadura de cuero oscura. Pero no estaba solo. Poco a poco surgieron más, todos armados y con las caras tapadas por máscaras espeluznantes. Nos habían rodeado.

El primero que había aparecido bramó algo en un idioma que no conocía. Me sorprendió que la voz fuera femenina. Intuí que había sido una orden, ya que todos adoptaron una posición claramente ofensiva. Solté un chillido cuando se abalanzaron contra nosotros, y di unos pasos hacia atrás, queriendo escapar de alguna manera, pero al instante uno de ellos se situó detrás de mí y me agarró, al tiempo que una de sus enormes manos se posó con brusquedad sobre mi frente. Todo se volvió borroso y perdí el conocimiento.

Al despertar, lo primero que sentí fueron unos fuertes brazos meciéndome. Tuve miedo y fui incapaz de abrir los ojos. Me quedé paralizada por unos instantes, fingiendo que seguía dormida, mientras analizaba la situación. Noté un traqueteo, así que deduje que nos estábamos moviendo. Respiré hondo y finalmente me armé de valor para echar un vistazo a mi alrededor. Mi corazón se detuvo al ver que era Nandru quien me sujetaba. Su rostro estaba velado por una triste expresión de preocupación. Me incorporé, algo aturdida, preguntándome dónde estarían las siniestras figuras que nos habían apresado.

Tal y como me había imaginado, nuestra situación era bastante preocupante. Estábamos en lo que parecía una carreta con barrotes que nos impedían escapar. April y Erika estaban al fondo, abrazadas, y, al ver que me había despertado, me dirigieron una mirada de terror. Estábamos rodeados. Los hombres que nos habían atacado galopaban a nuestro alrededor, escoltándonos. Al principio pensé que montaban sobre caballos, pero, atónita, me fijé mejor en las criaturas que los llevaban. No eran caballos, aunque se parecían bastante. Su pelaje era oscuro y atigrado, y se veían robustos. Un cuerno similar a una rama sin hojas se levantaba sobre su cabeza. Su aspecto me recordó al de los ciervos, y poseían una elegancia enigmática que hizo que no pudiera dejar de mirarlos maravillada.

De pronto, Nandru puso su mano en mi hombro y volví a la realidad. Estábamos en peligro. Me pregunté hacia dónde nos llevaban. Seguía siendo de noche; las dos lunas brillaban sobre nuestras cabezas y nos movíamos por un camino de tierra rodeado por densos árboles. No había más luces salvo las que emitían los astros y las estrellas. Me extrañó que no llevaran antorcha, o lo que utilizaran para iluminarse. Miré de manera inquisitiva a mi compañero y Nandru negó con la cabeza.

—No son soldados de Eyron.

—¿Quiénes son? —murmuré.

—No lo sé, pero no llevan ni sus banderas ni sus estandartes —susurró Nandru.

No sabía qué era peor: ser prisionera de unos desconocidos o del mismísimo Eyron. Uno de los soldados que nos custodiaba se acercó a nuestra carreta y giró su rostro hacia nosotros. Me pareció que se trataba de la mujer que había dado la orden de apresarnos. Me quedé maravillada con su casco, pues efectivamente consistía en el cráneo de algún animal, un dragón o alguna criatura similar. Un escalofrío me recorrió el cuerpo. Me inquietaba no ver los gestos de la persona que me estaba observando, no saber quién me estaba mirando ni la forma en la que lo hacía. No supe adivinar qué pretendía, si tenía interés en nosotros o si, por el contrario, quería hacernos daño.

Detrás de ella, el paisaje se había vuelto árido. Los árboles frondosos que nos habían cobijado, dieron paso a otros carentes de hojas, cuyas ramas, afiladas y oscuras, se elevaban sobre el cielo, buscando con desesperación algo que solo ellas podían entender. Unas enormes telarañas envolvían algunos troncos, dándole al lugar un aspecto dantesco.

Las ruedas empezaron a traquetear y, tras una sacudida, seguimos el camino y nos internamos en la niebla. El miedo acrecentó en mi pecho. Me agarré a la mano de Nandru en busca de consuelo. Lo único que conseguía entrever entre los barrotes eran unas montañas puntiagudas que se recortaban como fantasmas en la oscuridad. Con rapidez, la bruma sepultó el escenario que se extendía ante nosotros. A partir de entonces, solo logré percibir los cascos de las criaturas y el sonido de la carreta deslizándose por el camino de piedras.

Erika y April se acercaron a nosotros y agradecí su contacto; saber que estaban cerca de mí me proporcionaba cierta seguridad. Los cuatro intentamos transmitirnos algo de esperanza, pero en realidad ninguno la tenía. Sentí que April temblaba a mi lado; Erika le susurró algo para calmarla, si bien eran palabras vacías. Todo cuanto nos rodeaba presagiaba que nos estaban conduciendo a una muerte segura. Las lágrimas acudieron a mis ojos y parpadeé varias veces para reprimirlas. Tenía que ser fuerte y prepararme para lo que viniera. No me rendiría tan fácilmente.

—Tenemos que partir los barrotes. Parecen de madera —dije, decidida.

—Estamos rodeados —puntualizó Nandru.

—¿Y tu magia? —susurré—. Algo podrás hacer.

—¿Te crees que no lo he intentado? Han utilizado un hechizo bloqueador. Mi magia está desactivada, por decirlo de alguna manera. Creo que hay un poderoso mago entre ellos.

—¿Bloquear la magia? ¿Eso puede hacerse? De todas maneras, en ese caso tendremos que luchar. Erika, tú has hecho taekwondo. ¿No puedes reventar un par de barrotes de una patada?

De repente, la voz femenina que escuché antes nos gritó algo. La niebla se disipaba un poco y distinguí cómo se acercaba. Era la misma chica. Seguía a lomos de esa extraña criatura, mitad caballo mitad ciervo, estudiándonos. Parecía molesta. Nandru levantó la mirada y habló, pero no comprendimos nada; hablaba el mismo lenguaje que ella. Entablaron una conversación y luego él se dirigió a nosotras en nuestro idioma.

—No me cuadra…

—¿Qué te ha dicho? —quise saber.

—Estamos en Heithen… Sin embargo, no es como lo recordaba. —Su voz se tiñó de tristeza—. Desprendía vida y ahora… Ahora no hay vegetación, ni una sola planta. Heithen ha caído. Nos llevan ante el Oráculo.

—¿Eso es bueno?

—No lo sé. No sé si estará en el cargo la misma persona que yo conocí.

Lo veía muy afectado. El muchacho desvió rápidamente la mirada. Me dio la impresión de que tenía los ojos llorosos. Sentí un nudo en la garganta. Nunca lo había visto así. Me mordí el labio inferior, sin saber cómo actuar. Erika me hizo una señal con la cabeza y decidí moverme. Torpemente, lo envolví entre mis brazos y apoyé la mejilla en su cabeza. Nandru había enterrado el rostro en las rodillas.

—Lo siento —atiné a decir.

—Aquí nací. Aquí pasé mi infancia y luego me fui a Destïa, donde pasé una parte de mi adolescencia. —Se sumió en el silencio durante unos segundos—. Pero la torre de Destïa no me pareció suficiente y, cuando cumplí dieciocho años, me subí en un barco y me fui a Yrthia, donde está la mejor torre de magia.

—¿Estudiaste magia? —pregunté, deseando saber más sobre él.

—Sí. Era uno de los pocos capaces de dominar dos elementos: fuego y aire. Después, Eyron me convocó y me convertí en su consejero. El resto ya lo sabes.

Sí... Se enamoró de Ethel, la esposa de Eyron, y por ello el rey de Naheshia lo maldijo. Nandru se movió y lo solté, algo incómoda. Temía que mi contacto no le gustase.

Llegamos a lo que parecía ser un poblado abandonado. Lo que quedaba de las estructuras de las casas ennegrecidas se erguían desidiosas sobre el oscuro suelo de tierra. Algunas viviendas, en cambio, habían quedado reducidas a montones de piedras y trozos de madera. Me pregunté qué habría pasado para que todo hubiese acabado de ese modo. De pronto, y para nuestro asombro, comenzamos a descender por una apertura que nos había pasado desapercibida, puesto que la niebla se encargaba de sepultarla. La bajada tenía forma helicoidal e iba internándose en las entrañas de la mismísima tierra.

Finalmente, el carro se detuvo junto con nuestros acompañantes. La chica seguía a nuestro lado, aunque miraba al frente con determinación, como si estuviera centrada en sus pensamientos. Algunos de los soldados que nos escoltaban bajaron de sus monturas y, tras unos minutos, escuché cómo alguien abría la cerradura de nuestra jaula.

Los cuatro nos miramos antes de atrevernos a levantarnos y salir de allí. Busqué la mano de Erika y la de April al tiempo que estudiaba la situación. Si saliéramos corriendo, no lograríamos escapar. Era demasiado arriesgado. Suspiré, aceptando la derrota. Estábamos perdidos.

—Si esto es el final, quiero que sepáis que os quiero —dije, reprimiendo las ganas de llorar.

—Yo también —respondió April, temblorosa.

—En estos momentos me encantaría que nos echaras las cartas, nos vendría bien saber el futuro. —Solté una risa nerviosa que sonó más bien desmoralizada. Tal vez las cartas hubieran podido avisarnos de aquella situación. O si me las hubiera tomado en serio antes.

Erika se aferró aún más a mi mano. Volví mi mirada hacia ella. No obstante, sus ojos estaban pegados al suelo.

—Estuve enamorada de ti, Katia, hace un tiempo.

Mi corazón se detuvo. En el fondo lo había sospechado; sin embargo, nunca tuve el valor de comprobar si éramos compatibles. Quería mucho a Erika, pero solo como amiga, así que nunca permití que hubiera entre nosotras nada más que amistad, y ahora me alegraba de ello. Conociéndonos, seguramente nos habríamos hecho daño y destruido nuestra relación.

—Cuando cambiaste, me di cuenta de que prefería tenerte como amiga —añadió.

—Me alegra que estés en mi vida, a pesar de todo —respondí, con una lánguida sonrisa.

Me miró con una intensidad sobrecogedora, con una ternura que no había visto antes en ella. Sin saber por qué, quise besarla, pero me reprimí. No debía dejarme llevar por la situación tan desesperante que vivíamos. ¿Y si no me gustaba después de todo? Además, seguía estando enamorada de Nandru. ¿Para qué confundir a Erika por un arrebato estúpido? De pronto, alguien me agarró bruscamente del brazo y solté un grito. A mis amigas también las sujetaron. Desesperada, busqué a Nandru, que avanzaba delante de su captor. ¿Hacia dónde nos llevaban? Nos estaban separando.

—Nos llevan ante el Oráculo, tranquilas.

Observé por primera vez el lugar en el que nos encontrábamos. Habíamos descendido hasta llegar a una ciudad subterránea cuyo esplendor me dejó boquiabierta. Los edificios eran blancos con ornamentaciones doradas, y parecían irradiar luz propia. Por imposible que fuera, había césped y flores por doquier. A diferencia del exterior, ese pequeño lugar estaba iluminado por unas cuantas llamas anaranjadas que, suspendidas sobre el cielo, rotaban sobre sí mismas. Tenía la boca abierta.

—¿Cómo es posible que haya cielo si estamos debajo de la tierra? —pregunté, confundida.

—Es un conjuro —respondió Nandru con suavidad.

Volví mi mirada hacía nuestro entorno. Había muchos detalles que registrar, factores que nos ayudarían a encontrar una salida. La extraña ciudadela estaba rodeada por un extenso bosque de setas gigantescas de diferentes colores. Había gente transitando por las angostas calles; algunos nos miraban con interés, mientras que otros ignoraban a nuestra presencia. Mi captor me empujó con agresividad y me obligó a avanzar más deprisa.

Caminamos por varias calles hasta desembocar en una plaza de losas blancas. Un obelisco con extrañas inscripciones se erguía en el centro, llamando mi atención. Su figura de cristal permitía apreciar un interior que parecía estar lleno de agua. Unos cuantos peces de diversos colores nadaban en círculos y ascendían para luego descender. Desvié la mirada para ver hacia dónde nos dirigíamos. El edificio que franqueamos me recordó a un templo griego. Unas altas columnas corintias sujetaban el techo de la entrada. Entramos a una amplia estancia con un estanque, en el centro del cual se erguía la imponente y gigantesca estatua de una mujer. Iba vestida con una toga que dejaba adivinar su cuerpo curvilíneo y portaba un extraño báculo en su mano. Alguien se movió a los pies de la estatua.

Un anciano se giró hacia nosotros. Era alto y muy delgado. Sobre su rostro de facciones marcadas y tez lívida brillaban unos ojos rasgados de color aguamarina. Observé cómo las llamas del techo arrancaban destellos anaranjados de su cabeza completamente rapada. Vestía una túnica blanca cuyas mangas ocultaban sus manos. Nuestros captores le hicieron una reverencia y, cuando este asintió, nos soltaron de forma abrupta y se marcharon.

Nos quedamos a solas con él. Avanzó tranquilo hacia nosotros y nos tendió la mano a cada uno, que la aceptamos con miedo. Tras mirarnos, habló:

—Bienvenidos. —Me sorprendió que hablara nuestro idioma. Tenía un acento similar al de Nandru—. Espero que el viaje fuera bien.

—¿Qué ha pasado, Oráculo? Heithen era una tierra llena de vida y ahora...

—Tuvimos que transformarla —explicó él—. Cuando Eyron llegó al poder, mató a todos los reyes y a sus herederos, y destruyó ciudades. Mucha gente vino a Heithen en busca de paz y salvación. Eso enfureció a Eyron, que quiso destruirlo todo. Incendió el pueblo, lo destrozó y mató a mucha gente. Solo dejó en pie mi templo. —Miró hacía el techo con tristeza, inmerso en sus recuerdos—. Los que sobrevivimos decidimos enterrar la ciudad, maldecir nuestras tierras y ocultarnos de su rabia. Invoqué un hechizo que sepultó y rodeó Heithen, y logramos que pensaran que habíamos caído. Con ello, conseguimos darle un refugio a la princesa de Aszeria, la futura heredera. —Su mirada nos recorrió uno a uno, como si determinara si podía confiar en nosotros—. La princesa está llamando a la rebelión y hay mucha gente uniéndose a sus filas. —Después de una pausa, sonrió hacía Nandru—. Cuánto has crecido, pequeño Nandru.

—Ha pasado mucho tiempo. Supongo que sabes lo que me ocurrió.

—En efecto. La maldición de Dionte. A ellas también las conozco. —Giró su mirada hacia nosotras—. April, mitad naheshi mitad terráquea, que posee el don de ver cosas que podrían o van a suceder. Erika, cuya fuerza y habilidad en la lucha le serán de ayuda. Y Katia, la portadora de tu Dionte. Tu sigilo y tu inteligencia podrían sacar a más de uno de un aprieto, jovencita.

Las tres nos miramos perplejas. Nunca me había considerado tan inteligente como para ser de ayuda en esta rocambolesca historia en la que nos habíamos metido.

—A partir de ahora perteneceréis a la historia de Naheshia, nuestro mundo. Lo que creías que era una maldición será la clave y el final de Eyron, que fue quien te maldijo. —El anciano sonrió.

—¿Qué va a pasar? ¿Es verdad que los Oráculos lo sabéis todo sobre el futuro? —No pude reprimir las ganas de preguntar.

—El futuro cambia con cada segundo que pasa. Que seáis la clave y posible final para Eyron no significa que ello vaya a ocurrir. Dependerá de muchos factores y, si estos se entrelazan como es debido, seríais la salvación de nuestro mundo.

De repente, uno de los enmascarados entró en la estancia en la que nos encontrábamos. No se molestó en revelar su identidad, aunque sospeché que el Oráculo sabía de quién se trataba. Le comentó algo en su idioma y, tras intercambiar un par de palabras incomprensibles, se dirigió de nuevo hacia la salida.

—Os espera la princesa —dijo él—. Pero antes creo que debería haceros un regalo.

Se acercó a mí primero, apoyó sus dedos en mi sien y noté un extraño cosquilleo. Acto seguido, repitió el mismo procedimiento con Erika y April.

—Os he otorgado el conocimiento de nuestro idioma. Imagino que será difícil adaptarse a un mundo nuevo, y más sin entender lo que dice el resto.

—Muchas gracias —dije, algo cohibida.

Él asintió con una sonrisa.

—Que Aszeria os proteja. —Por alguna extraña razón, supe que había dicho aquello en su propio idioma, pero mi mente lo había traducido al instante.

Nandru realizó una reverencia y nosotras lo imitamos torpemente. Después, salimos del recinto con la certeza de que habíamos caído en territorio amigo. No estábamos en peligro. Pero, aún así…, una guerra se cernía sobre nosotros y teníamos que darnos prisa en salir de allí. No quería siquiera pensar en el momento en que tuviera que despedirme de Nandru…

No era una sala tan lujosa como me hubiera imaginado para una princesa, pero era hermosa. Una gran alfombra de color rojo con ribetes plateados se extendía por el suelo de cuarzo. Sobre ella, dos sofás y dos sillones se hallaban frente a una chimenea decorada por un bajorrelieve en el que se representaba a una mujer cabalgando sobre un unicornio mientras levantaba una espada sobre su cabeza. La seguía un ejército formado tanto por hombres como por mujeres. Me quedé unos segundos contemplándolo.

Estábamos solos, esperando a la misteriosa princesa que quería vernos. Erika se sentó en el sofá, pensativa, y yo seguí repasando con la mirada la escena representada por la mujer con el unicornio liderando a su misterioso ejército. De pronto, las puertas se abrieron y entraron tres de nuestros captores con sus dantescas máscaras, envueltos en un halo de misterio. La figura más menuda se situó frente a nosotras y, tras llevarse una mano a la cabeza, se retiró el cráneo de dragón que ocultaba su rostro. Unos mechones rojizos cayeron sobre su espalda y sus hombros, enmarcando una faz ovalada. Sus ojos dorados nos miraron con resolución tras unas espesas pestañas. Parecía tener unos veinte años, o al menos aparentarlos, pensé, recordando lo que me había contado Nandru sobre su edad. La joven se dejó caer sobre el sillón que estaba frente al que había ocupado Erika. Dio unas palmadas a ambos lados y sus acompañantes se sentaron. Ellos también dejaron al descubierto sus rostros. Uno de ellos tenía el pelo largo y negro atado en una coleta que se desparramaba a un lado. Nos estudió con sus ojos azules, que contrastaban con su tez oscura. El otro tendría unos cuarenta años. Era de complexión fuerte y varias cicatrices surcaban su cara. Se pasó la mano por el pelo, largo y blanco, y nos miró con desconfianza.

—Bienvenidos a lo que queda de Heithen, la Ciudad del Silencio, como ahora la llaman —dijo la joven. Tenía una voz dulce que contrastaba con su aspecto desafiante. Vestía con atuendos de guerrera. Una armadura oscura de cuero grueso se ceñía a las curvas de su cuerpo y una larga falda ocultaba sus piernas. Calzaba unas botas del mismo material que su coraza. Desvié la mirada de su calzado a su cara. Sus ojos estaban fijos en April.

—Soy Krydna, la princesa de Aszeria, líder de los rebeldes y hechicera consagrada en la Torre de Yrthia. —Me miró con curiosidad—. Es la primera vez que veo terrienses.

—¿Terrienses? —repetí.

—Sí... Terrícolas o humanos, como prefieras. —Esbozó una sonrisa y ladeó la cabeza. Esta vez analizó a Erika—. Sois un grupo singular. Aunque percibo que parte de tu sangre es nahéshica. —Miró a April y mi amiga asintió con la cabeza—. El Oráculo me ha hablado de ti, Nandru. Creo que podrías guiarme hasta la victoria, tal y como la profecía indica. También me han informado de que sufres una maldición de Dionte. Hemos tenido suerte de que los terrienses hayáis sido uno egoístas y no la hayáis roto.

Con estas palabras claramente se estaba dirigiendo a nosotras. Sentí como si me abofeteasen. Sin pensarlo siquiera, me levanté de un salto.

—Si fuéramos unas egoístas, no habríamos venido hasta aquí.

—Bueno... Tal vez me haya precipitado. Aunque, sinceramente, no deberíais quedaros mucho tiempo. Podemos ayudaros a llegar a la grieta más próxima para que volváis a vuestras casas.

—Nos gustaría descansar —respondí—. Y conocer un poco más al que será el nuevo portador de mi Dionte. ¿Estáis de acuerdo, chicas?

Miré a mis amigas para intentar adivinar qué pensaban. Ambas asintieron con la cabeza.

—Katia es muy cabezota —murmuró Erika con una sonrisa socarrona—. No se irá sin asegurarse de que Nandru está en buenas manos.

Le di un codazo a Erika para callarla. La princesa apretó los labios ante un gesto tan pueril.

—A mí me gustaría aprender un poco más sobre este lugar. Una parte de mis orígenes están aquí —intervino April con determinación—. Siempre y cuando sea seguro, claro.

Krydna asintió con la cabeza, conforme. Se levantó y sus compañeros la imitaron.

—En ese caso, os asignaremos un lugar para dormir. Organizaremos el viaje para que podáis partir lo antes posible, aunque no podremos estar muy pendientes de vosotras. Estamos muy ocupados entrenando para derrocar a Eyron, así que no molestéis ni os inmiscuyáis en nuestros asuntos.

—No molestaremos —respondí, algo molesta por el tono con el que nos hablaba.

—Eso me tranquiliza —dijo entre dientes—. No os he presentado a mis amigos. Este es Cleo —señaló al más joven—, y este es Winnor. Seguidme.

La princesa comenzó a andar hacia la salida y la seguimos hasta salir a la calle. Los fuegos danzarines seguían suspendidos sobre nuestras cabezas, iluminando el lugar con su luz anaranjada. Dejamos atrás varios edificios y, entonces, Krydna entró en el más grande de todos. Flanqueamos las puertas decoradas con columnas y me detuve a observar varios altorrelieves. Eran increíblemente realistas; parecía que de un momento a otro cobrarían vida y saltarían fuera del mármol. Al igual que el resto de estructuras, la fachada era blanca y la decoración, dorada.

Un enorme *hall* presidido por una fuente con forma de caballo con cola de pez nos recibió nada más entrar. A los laterales, un par de sillones y mesas decoraban el lugar. Avanzamos hacia las enormes escaleras que había al fondo y subimos hasta un pasillo con muchas puertas. Entramos en la tercera y descubrimos que se trataba de una amplia habitación, en cuyo centro yacía una enorme cama con dosel. Descubrí que había otra habitación contigua, provista con los mismos muebles. Una cama, un par de mesitas y una cómoda. Nada más.

—Usaréis estas habitaciones. En este edificio se instalan los exiliados de otros lugares. —Krydna se dirigió a Nandru—. Tengo entendido que no puedes alejarte a más de cierta distancia del colgante. Espero que no sea un problema que él duerma con vosotras.

—En absoluto —respondí—. Ya he compartido mi cama con él.

No era del todo verdad, pero preferí que creyera que Nandru y yo teníamos algún tipo relación íntima. Aunque me doliera reconocerlo, la princesa era insultantemente bella e incluso a mí me atràía. Es posible que me estuviera comportando de forma celosa, pero no podía controlar lo que sentía y tampoco estaba haciendo nada malo. Krydna y yo nos aguantamos unos instantes la mirada y en sus labios se dibujó una sonrisa.

—Tenemos un gran comedor situado al lado del edificio donde está el Oráculo. En cuanto tengáis hambre, decid que venís de mi parte. Entrenamos todos los días al otro lado del bosque de hongos, en caso de que queráis aprender algo. Ahora bien, os pediré que os retiréis si os convertís en una molestia. Eso es todo. Hasta luego.

Los vimos irse y cerramos la puerta. Las tres nos sentamos en la cama y Nandru se dirigió hacia el ventanal más cercano.

—No me acaba de caer bien —reconocí, aún con la vista fija en la puerta por la que había desaparecido.

—La verdad que esperaba una princesita en apuros —dijo April—. Pero es una princesita mandona y con mala leche.

—Es normal. Van a comenzar una guerra. —Erika nos miró con seriedad—. Espero que no tarden en organizar nuestro viaje de vuelta.

—Ya, bueno… —Miré a Nandru, que seguía ajeno a nuestra conversación, en el otro cuarto. Estaba inspeccionando.

Mi amiga puso los ojos en blanco.

—Estás celosa. —Más que una pregunta, era una reprimenda.

—No. Bueno… En cuanto nos marchemos, ellos lucharán juntos y…, ella es guapa y… En fin —suspiré.

—A veces la vida es cruel —repuso Erika.

—Demasiado —convine.

—¿Por qué no escribes sobre esto, Katia? Una novela de nuestras cortas aventuras en Naheshia —me interrumpió de pronto April.

—Eso será si volvemos sanas y salvas a casa —gruñó Erika—. Os recuerdo que hay por ahí un dragón enorme y quién sabe qué más peligros.

—Erika. Estamos en un sitio seguro. —No pude evitar levantar un poco la voz—. Estás exagerándolo todo. Además, ellos nos acompañarán.

Nandru volvió a nuestra habitación con un semblante muy serio. Se acercó hasta nosotras y se sentó en el suelo. Necesitaba saber más cosas sobre Naheshia, así que volví a bombardearlo a preguntas.

—¿Aquí existen los libros? Me gustaría leer alguno —pregunté.

—Claro que existen —respondió—. Heithen tenía un montón de ejemplares. Espero que los guardasen.

—¿Conocías a la princesa de antes? —preguntó de pronto April.

Supuse que, al igual que yo, Tenía mil preguntas que hacer. ¿Quién no las tendría ante algo tan desconocido? Sinceramente, quería saberlo todo sobre aquel lugar. ¿Qué criaturas habitarían en este mundo? ¿Cómo era la vegetación? ¿Había escuelas? ¿Cómo funcionaba en este mundo la sociedad?

—Solo de oídas —respondió Nandru—. La princesa Krydna y su difunto hermano mellizo, Dreybell, eran unos adolescentes cuando Eyron conquistó Aszeria y los expulsó, el mismo año en el que Krydna tendría que haber recibido la corona y reinado.

—¿Krydna? ¿Y por qué no Dreybell? —pregunté inevitablemente.

—Porque le toca como primogénita, ella fue la primera en nacer, pocos minutos antes que Dreybell —respondió extrañado—. ¿Por qué tendría que reinar Dreybell en lugar de Krydna?

—En la Tierra —expliqué— suele gobernar un rey. Hay excepciones, claro. Pero, por ejemplo, en la Edad Media el trono siempre lo heredaba el hijo, independientemente de si había nacido después. En definitiva, ha habido y hay muy pocas mujeres sentadas en un trono o incluso gobernando como presidentas. La mayoría de las reinas que tenemos lo son porque se casaron con un rey o actuaron como regentes porque su hijo era menor de edad. Pensaba que la sociedad aquí sería igual o similar a nuestra Edad Media...

—¡Qué estupidez! —Nandru me miró incrédulo—. No sé qué me esperaba de los terrienses. Hacéis distinciones tajantes en función del género. Es abominable. Como si el hecho de ser mujer fuera una deficiencia biológica. Es verdad que existe la maldad, sí, pero no es normal ni justifica todo lo que las mujeres terrienses habéis tenido que soportar. Vejaciones, falta de credibilidad. ¡Por la diosa Aszeria! ¡Estuvisteis cientos de años sin poder elegir a vuestros gobernantes y siendo tratadas como objetos! Por fortuna, los años y las luchas han conseguido que la mentalidad cambie, y ni aun así estáis liberadas del todo... ¡Cuántas muertes y cuántos años de sacrificio para llegar a eso!

—Sí... Tienes razón —respondí, conmovida, cayendo en la cuenta de todos los años que Nandru había tenido para conocer nuestra sociedad.

—En Naheshia jamás ha habido distinciones. Krydna nunca ha tenido que ganarse nada a pulso. Desde el momento que nació tuvo el respeto de todos, y no por ser una futura reina, sino por el simple hecho de respirar.

—Antes dijiste difunto hermano... ¿Qué le pasó a su hermano?

—Eyron lo asesinó. Se lo llevaron el día que conquistaron el castillo y jamás lo volvimos a ver. Solo Krydna logró escapar. Luchar siempre se le dio mejor que a Dreybell. La vi luchar y escapar. Trató de salvarlo, pero no lo logró...

—¿Por qué apoyabas a alguien tan mezquino como Eyron? —Erika lo miró ceñuda.

—Pensé que sus intenciones de unificar los reinos eran nobles. Que las diferencias entre las clases y razas se erradicarían. Que la paz podría reinar en todos los rincones de Naheshia. Me equivocaba.

—¿Diferencias entre las razas? —Tal vez estaba preguntando mucho, pero mi fascinación no hacía más que crecer.

—Cuando Aszeria creó este mundo, muchos dioses le regalaron sus propias creaciones. En total, ocho razas fueron instaladas aquí: los enanos, los elfos, las sirenas, los naheshi, los orcos, los gigantes, los dhienidos y las lizernias. Antes de la llegada de Eyron, todos ellos estaban en guerra. Los elfos y los naheshi se creían superiores a los demás y trataban a las otras razas de forma cruel y violenta. El proyecto de Eyron, en el que yo creí, fue el de unificar los reinos de los orcos, de los enanos y parte del de las lizernias. Así, apoyado por naheshi como yo que creíamos en la igualdad, logró conquistar toda Naheshia, o al menos la mayor parte, y reinar sobre todo lo que veis.

Me sorprendió aquella revelación. ¿Razas? ¿Como en los libros de fantasía medieval?

—Pero Eyron… —prosiguió Nandru tras unos segundos de pausa—. Eyron finalmente faltó a su palabra. Siguió tratando como esclavos a los seres de otras razas, así que tal vez no sea difícil hacerlos entrar en razón y que nos apoyen. Aunque muy pocos naheshi dominan las ocho lenguas y los incontables dialectos que existen, por eso todavía nadie ha ido a convencerlos. Por cierto, el Oráculo os ha enseñado el aszeriano, que es el idioma oficial que se utiliza en esta zona.

—¿Qué es una *lizernosequé* o un *dhinerquido?* —pregunté con curiosidad.

—Las lizernias son similares a las hadas de vuestros cuentos. Y los dhienidos están a medio camino entre los humanos y los animales. Por ejemplo, un hombre lobo, ¿entiendes?

Asentí, algo confusa. De pronto, alguien llamó a la puerta, finalizando así nuestra conversación. Nos miramos extrañados y Nandru se levantó para abrir. La persona que había al otro lado me resultaba familiar. Era una mujer de unos cincuenta años, con el rostro ligeramente surcado de arrugas. Una cabellera ondulada de color caoba se le desparramaba sobre los hombros. Nos miró con unos ojos grises que brillaban como si contuvieran toda la sabiduría del mundo. A sus labios asomó una amable sonrisa.

—¡Abuela! —exclamó April, y se lanzó a sus brazos.

Erika y yo nos levantamos. La recordé. Su nombre era Dreena; siempre me había parecido un nombre extraño pero fascinante. No había cambiado nada desde la última vez que la había visto. Le di dos besos, aunque todavía se me hiciera extraño verla ahí, de pie ante nosotros, con su grácil figura y sus bucles caoba que, sin duda, April había heredado.

—Siento llegar tarde. Me adelanté a vosotras. No obstante, en lugar de venir hasta aquí, me dirigí a Destïa en busca de una vieja amiga. Yo misma avisé a la princesa Krydna de que llegaríais al bosque de las lizernias.

—¿Qué son las lizernias? Nandru las mencionó antes —inquirí.

—Son criaturas muy simpáticas, pero también algo petardas. Seres diminutos con alas, como las hadas de los cuentos. El bosque donde os sorprendieron está repleto de ellas. Viven en los troncos de los árboles.

—¡Oh!

Dreena entró en nuestra habitación, levantó la mano derecha y murmuró unas palabras ininteligibles. El sillón que había al fondo se acercó solo hasta ella. Todavía no me acostumbraba a ese tipo de cosas, si bien era innegable que la abuela de mi amiga había arrastrado un mueble sin tocarlo. La mujer se sentó y nos observó con curiosidad.

—Me tuve que aislar cuando los vecinos comenzaron a darse cuenta que no envejecía igual que ellos. ¡Menudo fastidio! Cuando mi marido falleció, aproveché para largarme de allí. Ahora ya sabéis que no era una vieja loca en busca de soledad.

Esbozó una cálida sonrisa.

—¿Qué haces aquí, abuela? —preguntó April, sentándose en el suelo con las piernas cruzadas.

—¿Crees que voy a dejar que mi nieta esté vagando por aquí sola cuando está a punto de desatarse una guerra? Vengo a llevaros de vuelta a casa.

sa noche no pegué ojo. La idea de perder a Nandru me preocupaba cada vez más. Había conocido su mundo y no quería abandonarlo de cualquier manera. Esos pensamientos me rondaron hasta el amanecer, así que no descansé mucho.

Erika fue la primera en levantarse. Durante unos segundos, me pareció muy extraño no ver ningún resquicio de luz solar. Luego recordé que nos hallábamos en las entrañas de Heithen. Habíamos quedado en que le entregaría a Dreena el colgante, pero tenía muchas dudas sobre ello.

—Menuda cara tienes, Katia. —Erika me contempló un tanto sorprendida.

—No he dormido muy bien. Es todo tan inverosímil… —Me incorporé sobre la cama y me froté los ojos en un vano intento de arrancar el cansancio que se había instalado en mí—. Me costó conciliar el sueño, la verdad.

—El colgante se quedará en buenas manos, Katia —susurró.

Miré a mi alrededor. Estábamos solas. Nandru había dormido en el sillón que la abuela de April había ocupado la noche anterior, pero ya no se encontraba allí. Me sentí decepcionada al enterarme de que no dormiría en la misma cama que yo, aunque sabía que no estaría muy lejos, pues la regla de los cien metros aún prevalecía sobre nosotros. Exhalé un suspiro y volví a mirar a mi amiga, que se había sentado en la cama, a mi lado.

—Oye. Sobre lo que te dije ayer. Espero que no cambie nada entre nosotras. —Se mordió el labio inquieta.

—No te preocupes. Nada de lo que me dijiste nos alejará. Además, es algo del pasado, ¿no?

Asintió con una amplia sonrisa. Me dio un beso en la mejilla y acto seguido se levantó, arrastrándome consigo.

—Vamos, levántate. Nos espera un viaje algo pesado. La abuela de April dice que tendremos que viajar a lomos de «ñujus» o algo así.

—¿Qué? —Sin poder evitarlo, me reí ante la extraña palabra que Erika había pronunciado.

—¿Recuerdas los animales que tenían cuando nos secuestraron?

—Sí.

Me acordé de las fantásticas criaturas que habíamos visto el día anterior. El modo en que observaban el mundo que las rodeaba las hacía parecer poseedoras de una inteligencia impropia de un animal. La risa de April al otro lado de la habitación me recordó que nos estaban esperando. Al parecer, Nandru también estaba con ellas, porque oí su voz amortiguada.

—Será mejor... —reprimí un bostezo— que me vista.

—Vale. Te dejaré un poco de intimidad.

Vi cómo Erika se marchaba y fui a por mi maleta. Al menos tuvieron la decencia de recoger nuestros equipajes cuando nos apresaron. Busqué un jersey grueso de lana amarilla y me lo puse. Tras enfundarme en unos vaqueros, guardar mi pijama y peinarme, salí para reencontrarme con mis amigos. Estaban charlando despreocupadamente, en torno a una mesa redonda, mientras saboreaban unos pastelitos redondos rematados con algo parecido a la nata.

—Buenas —saludé, analizando cada semblante. No parecían inquietos. April se levantó y me entregó un pastelito de la bandeja.

—Pruébalo —dijo—. Están buenísimos.

Tras agarrarlo para que no cayera, se rechupeteó los dedos. Di un tímido mordisco y el dulce me explotó en el paladar. Estaba riquísimo. En un par de bocados más, di buena cuenta de ello.

—Sí, buenísimo —convine.

Agarré otro de la bandeja y esta vez me lo comí más despacio. Era un sabor tan agradable que hubiera pagado cualquier cosa con tal de llevarme una bolsa entera a casa.

—Tenemos por delante unas tres horas de viaje —dijo Dreena.

—Eso significa que deberíamos ponernos en marcha cuanto antes, ¿no? —preguntó su nieta.

Volví a mirar en dirección a la ventana. Fuera no había ningún indicio de que realmente fuera de día, tan solo los reflejos anaranjados de aquellos fuegos que parecían danzar en lo alto ofrecían una visibilidad de lo más aceptable. Aún así echaba de menos la claridad de la mañana.

Con disimulo, saqué el móvil del bolsillo de mi vaquero y comprobé que en la Tierra eran las nueve de la mañana. Me pregunté cómo medirían el tiempo en ese lugar. Observé la pantalla, ensimismada. Como era de esperar no había cobertura y no existía ningún modo de comunicarme con nadie. Pensé en mis seguidores. ¿Estarían preocupados? Al fin y al cabo, solía postear estupideces de vez en cuando. Volví a guardármelo justo cuando Dreena se levantaba de su asiento.

—Será mejor que salgamos ya.

Recogimos nuestros equipajes y volví a lamentarme por haber seleccionado una maleta tan incómoda. Tendría ruedas, pero arrastrar aquello por los caminos de tierra estaba siendo muy molesto. Salimos del edificio y, para mi sorpresa, nos encontramos con un grupo de siete personas. Debían de ser los mismos que nos trajeron hasta aquí, pues llevaban puestas aquellas horripilantes máscaras. Reconocí la figura menuda de Krydna, que dio un paso hacia delante y se retiró el cráneo de dragón que ocultaba su rostro.

—Vamos a escoltaros, si os parece bien. —Parecía molesta.

Me crucé de brazos. La presencia de aquel grupo me ponía los pelos de punta. Eran demasiado dantescos y no iban a pasar en absoluto desapercibidos durante el viaje. Sin embargo, no dije nada al respecto y me limité a dirigirles una mirada llena de desconfianza.

La abuela de April encabezaba el grupo junto a Krydna. Ambas conversaban sobre una de las torres de magia que al parecer había al norte de no sé qué ciudad. Dejé de prestarles atención para mirar hacia atrás, donde los seis compañeros de la princesa caminaban en silencio. Erika, April y Nandru avanzaban junto a mí, pero él no tardó en abandonar su posición para situarse junto a Krydna y Dreena. Noté una pequeña punzada de celos, si bien apreté los labios y seguí caminando.

Nos detuvimos frente a lo que parecía ser un establo. Habían cercado un trozo de terreno con unos cuantos troncos robustos color gris azulado. Al fondo, unas casetas de madera, del mismo color, albergaban a las criaturas que vimos al llegar. Un hombre corpulento de aspecto rudo salió a nuestro encuentro. Su rostro estaba cubierto por una mata de pelo oscura salpicada de canas, y sus ojos, oscuros como pozos sin fondo, nos escudriñaron con curiosidad, deteniéndose en nosotras, para luego volver su atención a la princesa.

—Necesitamos un par de niugus, Hervin.

—De acuerdo —murmuró el hombre, claramente poco convencido.

—La última vez volvieron todos —recordó ella con una media sonrisa.

—La anterior a esa tuvimos pérdidas. —Hervin la miró severo.

Me sorprendió que le hablara con tanta naturalidad, sin filtros ni titubeos, pero Krydna no pareció ofenderse ni escandalizarse. Posó la mano libre, con la que no sujetaba su maquiavélico cráneo de dragón, en el enorme brazo del hombre y le dirigió una sonrisa tranquilizadora.

—Esta vez no habrá errores —sentenció la princesa con una amplia sonrisa—. Tráeme un carruaje para poder llevar sus equipajes.

Nos había señalado con un pequeño movimiento de cabeza. Hervin asintió, confiando en su palabra, y, tras hacer una leve inclinación con la cabeza, volvió sobre sus pasos y se internó en una de las casetas de madera. Al poco tiempo apareció con diez ejemplares de niugus, dos de los cuales arrastraban un pequeño carruaje de madera rojiza. Se acercaron hasta nosotros y se detuvieron a escasos metros de donde estábamos.

—Gracias. Cuidaremos muy bien de ellos.

Krydna palmeó suavemente el brazo del hombre y agarró una de las riendas que le entregaba. De un ágil salto, se subió a una de las criaturas. Dos de los soldados se sentaron en el carruaje. Nandru me quitó la maleta de entre las manos y, acompañado de Erika y April, dejó las maletas en un hueco que había tras los hombres. Tras asegurarse de que los equipajes no se movían, subieron a sus respectivas monturas, tal y como habían hecho los demás. Titubeé antes de dirigirme al niugu, que había vuelto sus oscuros ojos hacia mí. Le acaricié el suave pelaje y pareció gustarle.

—Vamos, Katia. —Erika ya había subido a su niugu y me hacía señas para que me apresurara.

Apretando los labios, coloqué un pie sobre uno de los estribos y, tras sentarme sobre el asiento, aferré con fuerza las riendas que colgaban a un lado del cuello del animal. Respiré hondo, sintiendo como el nerviosismo se apoderaba de mí. Miré a April, que, ya subida a su niugu, parecía feliz. Al instante, no sin antes despedirnos de Hervin, nos pusimos en marcha.

Al igual que la otra vez, recorrimos una especie de rampa helicoidal que conectaba la ciudad subterránea con la superficie donde inicialmente había estado la ciudad de Heithen. Era lo suficientemente amplia como para que los animales transitaran por ella, incluido el carruaje del final. A los pocos minutos de emprender el ascenso, llegamos a la parte superior. Entrecerré los ojos, deslumbrada por la luz de los dos soles que se alzaban sobre nuestras cabezas. Uno de ellos era diminuto en comparación con el otro y desprendía una luz púrpura. El otro se asemejaba al de nuestro mundo, pues era de un color amarillento con tonalidades anaranjadas. Me llevé una mano a la cara para protegerme de la repentina claridad de la mañana, al tiempo que dejaba escapar un quejido.

Poco a poco, mis ojos se fueron adaptando a la luz de los dos soles. Contemplé mi alrededor con curiosidad. Una niebla densa acariciaba el suelo, de modo que no se veía por dónde pisaban los cascos de los niugus. Observé con tristeza las casas derruidas que dejábamos a nuestro paso, preguntándome por las historias que habría detrás.

Avanzamos por el árido y desolado paisaje para más tarde atravesar unas montañas cuyos picos desaparecían tras las nubes, por lo que resultaba difícil saber hasta dónde llegaban. Aquel monótono paisaje me aburría. Al parecer, todo era un sinfín de sistemas montañosos grisáceas sin un ápice de vegetación. No sé cuánto tiempo estuvimos cabalgando, pero comencé a notar un creciente cansancio. No parecía que fuéramos a parar pronto, por muchas ganas de descansar que tuviera. Intenté cambiar de postura, pero todavía sentía brazos y piernas entumecidos.

Tras lo que me pareció una eternidad, dejamos atrás la última montaña y nos internamos en un bosque de árboles frondosos cuyo tronco estaba cubierto por un manto de musgo salpicado de unas pequeñas flores de colores púrpuras y azules. En la base de algunas, unas setas luminiscentes parecían mecerse, a pesar de que no había ninguna corriente de aire. Las observé maravillada e incluso olvidé mi agotamiento. De vez en cuando, se oían los pájaros sobre las copas de los árboles. La vegetación era maravillosa, de colores vivos y dispares, y se olía una fragancia frutal bastante agradable.

Krydna detuvo su niugu y, después de levantar el brazo para advertir a los demás soldados, bajó del animal y se retiró el casco, liberando su melena rojiza. Con la cabeza, indicó a un par de soldados que hicieran lo mismo.

—Descansaremos aquí. Estamos protegidos y nadie nos verá desde las alturas.

Fue un placer desmontar porque por fin pude estirar las piernas. Reprimí un bostezo.

—Ya podría haber coches o algo por el estilo —se quejó Erika, que también parecía agotada por el trayecto.

—Antes, todo funcionaba con magia, pero ahora no podemos usarla. —Nandru nos miró severo—. Eyron seguiría nuestro rastro.

—Exacto. No estamos muy lejos, queridas. —Dreena se acercó a su nieta—. Me hubiera gustado enseñarte esto en otras circunstancias.

April esbozó una sonrisa y envolvió la cintura de su abuela en un gesto cariñoso. De repente, noté un movimiento a mi derecha y me giré a tiempo para ver unas pequeñas criaturas, que se ocultaron rápidamente tras unas de las ramas del árbol más cercano.

—Mira quiénes están aquí. —Krydna se adelantó hacia el lugar con una cándida sonrisa.

Tímidamente, tres diminutas criaturas salieron de su escondite. Supuse que se trataba de hadas, aunque no como las había imaginado así. Sus alas no eran coloridas como las de las mariposas, sino transparentes y alargadas. Sus pieles tenían diferentes tonalidades: verdosa, arenosa y violácea. Todas tenían pieles veteadas, con la misma textura que la del tronco de los árboles. Sus ojos eran muy grandes y completamente negros y de sus amplias frentes emergían dos antenas como las de un insecto. A pesar de su extraño aspecto, parecían inofensivas. Debido a su pequeño tamaño, parecían simpáticas criaturas. Me miré el pulgar, al darme cuenta de que eran de la misma medida.

Krydna extendió la mano y las tres criaturas se posaron en ella con delicadeza. La mirada de la princesa denotaba su liderazgo y con una seña entendimos que no debíamos movernos. Vi que acercó el rostro con lentitud hacia las minúsculas hadas y, tras unos segundos, su tez palideció.

—No sé si están bromeando o hablan en serio. Parece que hay problemas.

—¿Qué significa eso? —Nandru la miró con expresión adusta.

—Tendremos que separarnos para averiguarlo.

os dividimos en dos grupos. Nosotros nos alejamos con dos soldados y la princesa. Los demás se quedaron en el carruaje, en el claro del bosque, junto con nuestros equipajes. Según la princesa, los soldados nos traerían más tarde nuestras maletas. No obstante, aquella decisión me incomodaba.

Todos estaban serios y nadie se atrevió a hablar durante un buen rato. Solo el sonido de los niugus y sus pasos resonaban contra los troncos de los árboles. Habíamos encontrado el río que cruzaba el bosque y lo estábamos siguiendo hacia el sur, pero April, Erika y yo ignorábamos qué le habían dicho las lizernias a Krydna, y no entendíamos su repentino mutismo. ¿Acaso no merecíamos conocer todos los detalles?

Respiré hondo. Había perdido el interés en todas las extrañas flores y todos los rosados arbustos que componían el paisaje. Entonces, unos árboles frondosos aparecieron ante nuestros ojos. De sus altas ramas colgaban unas lianas que parecían moverse al ritmo de un silencioso compás que solamente ellas podían escuchar. Cuando pasamos por su lado, sus largos tallos se acercaron suavemente hacia nosotros. Uno de ellos logró acariciarme la cabeza y terminó retirándose para palpar el cráneo de dragón que llevaba puesto la princesa.

—No os asustéis. Son curiosos y están investigando quiénes somos —explicó Dreena al ver mi rostro alarmado.

Avanzamos tranquilamente a través de aquellos curiosos árboles que no dejaron de rozarnos con sus alargadas lianas, con las que trataban de averiguar por qué estábamos cruzando sus dominios. Cuando los dejamos atrás, respiré hondo. A pesar de no habernos hecho daño, me inquietaba que un ser extraño me tocara.

El viaje continuó, lento y pesado, hasta que el río desembocó en un pequeño lago a los pies de unas verdes montañas que se elevaban hacia los cielos nahéshicos. Las reconocí de inmediato. Habíamos bajado por una de ellas al llegar a Naheshia. Estábamos cerca de la entrada.

No obstante, Krydna bajó del niugu y nos instó a que la siguiéramos. Dejamos a los animales en la sombra de los últimos árboles que componían aquel curioso bosque y nos acercamos a los pies de la montaña más próxima.

—Tenemos que seguir el sendero que asciende a la entrada, pero aquí es donde dicen las lizernias que han visto orcos últimamente. Yo creo que mienten, puesto que nunca ha habido orcos en estas montañas, y, aunque hubieran estado, lo más probable es que ya se hayan marchado; son una raza nómada.

Tragué saliva mientras escuchaba a la princesa y se me hizo un nudo en la garganta. No quería ni pensar en la posibilidad de que tuviéramos que lidiar con aquellas horripilantes criaturas. No estaba segura de que cómo eran, pero que hubiera orcos cerca, a juzgar por las expresiones de mis compañeros, no eran precisamente buenas noticias.

Subimos de nuevo a nuestras monturas y ascendimos por la ladera, por fortuna sin tener ningún encontronazo desagradable. Tal vez habíamos sido el blanco de las bromas de aquellas pequeñas lizernias. Al fin y al cabo, les encantaba engañar a quienes se encontrasen a su paso. O tal vez nos hubieran dicho la verdad y los orcos ya se hubieran ido. Aún así, seguimos nuestro camino en silencio, atentos a cualquier movimiento.

—¿No sería más lógico salirnos del camino e ir pegados a los árboles? —pregunté en voz baja, tras unos instantes más de silencio.

—No. Es más fácil correr por aquí. Además, los orcos se camuflan mejor entre los árboles. Por aquí es más fácil huir en caso de que nos cierren el camino, ya que no hay obstáculos y el terreno es más llano —respondió Dreena con una cándida sonrisa.

El resto del camino no cambió en absoluto. Parece que no había nadie más aparte de nosotros. Subimos la empinada colina sin cruzar una sola palabra. De todas formas, estaba tensa, alerta a cualquier sonido; no era buen momento para charlar. Llegamos a una zona más plana y distinguí a lo lejos la entrada de la cueva. Sorprendida, caí en que solo hacía un día que estábamos allí; parecía increíble que hubiera pasado tan poco tiempo desde entonces. A medida que avanzábamos, me di cuenta de que el lugar había cambiado. Un muro translúcido de color blanquecino tapaba por completo la cueva.

Cuando nos acercamos, Dreena bajó de su montura y acarició la pared casi transparente, pero retiró la mano rápidamente.

—No puede ser —susurró la anciana mujer.

Cada uno bajó del animal y se acercó hacia ella. Me giré hacia Nandru, buscando una explicación, pero su expresión aterrada me sobrecogió.

—¿Qué pasa? —exigí saber.

—¿No podremos volver? —preguntó April con un hilo de voz.

—No, querida. —Su abuela se volvió asustada.

—Esto lo ha hecho Eyron. Reconozco su magia —murmuró Nandru al tiempo que inspeccionaba el muro translúcido.

—Tenemos que volver. Si intentamos contrarrestar el hechizo, nos localizará y no podremos escapar a tiempo —dijo Krydna con el semblante serio—. Chicas, tendréis que quedaros con nosotros, buscar otra grieta sería peligroso.

—De ninguna manera. No pondré a mi nieta en peligro. —Dreena apretó los puños con rabia—. Tiene que haber alguna forma…

—Si Eyron ha cerrado esta entrada, también habrá cerrado las otras. No hay un solo lugar en Naheshia que se le escape. Lo extraño es que…

Nandru no terminó la frase. Un ruido ensordecedor, acompañado de un gran temblor, hizo que el corazón se me parara durante unos segundos. Frente a nosotros, se levantó una densa nube de polvo. Varios fragmentos de piedra volaron por doquier. Esquivé un guijarro y, cuando volví la vista hacia el origen de semejante estruendo, distinguí una enorme figura de aspecto amenazador; al parecer había descendido sobre nuestras cabezas. No pude contenerme y se me escapó un grito. Medía unos dos metros y era de complexión fuerte. Su rostro era aterrador, con una mandíbula prominente de la que emergían dos enormes y afilados colmillos que rozaban sus marcados pómulos. Su piel gris oscura estaba cubierta de una tosca armadura. Sobre su cabeza, completamente rapada, enarbolaba una enorme espada; al verla, retrocedí, espantada, hasta chocar contra Erika, que me agarró por los hombros.

—Más arriba —dijo con voz temblorosa.

Miré hacia donde señalaba. Por encima de nuestras cabezas había un saliente del que asomaban ocho orcos, con la muerte reflejada en sus rojizos ojos. Krydna fue la primera en reaccionar. Sacó dos dagas de un cinturón que llevaba y echó a correr en dirección al único orco que había saltado. Este bajó la espada en dirección a la princesa y por unos segundos pensé que la había alcanzado, pero en el último momento ella dio un salto y esquivó el golpe. El monstruo no tuvo tiempo de levantar el arma de nuevo. En un abrir y cerrar de ojos, la mujer saltó sobre él y le clavó los dos filos; uno a cada lado del cuello. La sangre salió disparada por doquier y, con un estruendo horrible, la bestia cayó al suelo, muerta.

Sus compañeros rugieron de cólera y uno a uno saltaron para vengarse por la muerte del que había caído.

—¡Marchaos! —bramó la princesa.

Los dos soldados desenvainaron y echaron a correr hacia Krydna con el fin de pelear junto a ella, pero Nandru no hizo caso a sus órdenes y echó a correr en dirección a uno de los orcos. Dreena nos empujó hacia atrás, en dirección al sendero por el que habíamos venido. No obstante, la batalla me tenía completamente paralizada. Uno de los guerreros, cuyo rostro seguía oculto bajo las dantescas máscaras que llevaban, estaba herido y se sujetaba el brazo ensangrentado. Su compañero se dio cuenta y consiguió apartarlo de la trayectoria del mangual de uno de los orcos, que se quedó clavado en la tierra a pocos centímetros de ellos. Una llamarada que surgió de entre las manos de Nandru lo abrasó vivo antes de que recuperara su arma y volviera a atacar.

Dreena me agarró del brazo para que me alejara, pero me zafé de ella y retrocedí varios pasos. April me dirigió una mirada asustada.

—Si me alejo, Nandru no podrá ayudarlos —dije con voz temblorosa.

—No permitiré que os pase nada. Eyron sabrá que estamos aquí y no tardará en llegar. Nandru ha utilizado sus poderes y seguro que el rey ya se ha dado cuenta. —Por primera vez, la abuela de April empleaba un tono autoritario—. Vámonos, Katia.

Sentí la mano de Erika cerrarse en torno a mi brazo. Eché una última mirada a la batalla, estaban en clara desventaja.

—Todo saldrá bien —susurró mi amiga, aún aferrándome con fuerza.

Noté que tiraban de mí y, con resignación, avancé junto a ellas con el fin de ponernos a salvo. Era obvio que, sin Nandru, Krydna y sus guardas no lograrían sobrevivir a los siete orcos que quedaban. Oí un estruendo y unas cuantas rocas se desprendieron del saliente que había sobre sus cabezas. Me obligué a no mirar más y, tras subirnos a los niugus, que comenzaban a encabritarse, emprendimos la huida colina abajo. Nandru no tardó en materializarse junto a nosotras.

—Uno de los orcos está perdiendo mucha sangre. Son muy resistentes, pero he acabado con dos más.

—Eyron te habrá localizado ya. Tenemos que largarnos cuanto antes y no dejar más rastros —lo reprendió Dreena—. Marchaos al bosque de las lizernias y avisad al resto. Yo subiré para ayudarlos.

—¡¿Qué?!—April miró a su abuela, estupefacta—. Pero...

—Nada de peros. Id.

—Pero, abuela... —replicó mi amiga.

Dreena no hizo caso a su nieta. Se llevó los dedos a los labios y profirió un fuerte silbido; un niugu se acercó enseguida. La vimos alejarse.

—Vamos. —Erika agarró las riendas del niugu de April y la obligó a ponerse en marcha.

Cabalgamos lo más deprisa que pudimos, deshaciendo el camino por el que habíamos venido. Cruzamos a toda velocidad el bosque de árboles que tan curiosos me habían parecido antes, pero esta vez no intentaron tocarnos con sus lianas. Seguimos el cauce del río y por fin, tras la angustiosa travesía, conseguimos regresar al claro donde habíamos dejado al resto del grupo, junto con nuestros equipajes.

Nos miraron estupefactos cuando llegamos. Los cuatro soldados de Krydna se levantaron, como movidos por un resorte. Bajamos de nuestras monturas, doloridos por el viaje.

—La princesa y los demás están en peligro. Unos orcos nos tendieron una emboscada en la grieta.

No esperaron a que dijéramos nada más. Subieron a sus respectivos niugus y salieron despedidos por donde habíamos aparecido. Los perdimos de vista rápidamente. Me volví hacia April, cuyo rostro era casi tan pálido como el del propio Nandru. La estreché entre mis brazos al tiempo que le susurraba que todo iría bien.

—¿Por qué no hemos ido todos? —gruñó Erika—. O mejor, ¿qué necesidad había de moverse si a la princesita ya la habían avisado esas hadas?

—Las lizernias mienten bastante y los orcos no suelen quedarse mucho tiempo en un mismo lugar —la excusó Nandru.

—Pero nos ha puesto en peligro a todos —me quejé, enfadada—. Y ahora no podremos volver a casa.

Me senté en el carruaje, que seguía aparcado, mientras dejaba escapar un suspiro. Sentía que de un momento a otro me iba a desmayar. April comenzó a buscar algo en su equipaje. Sacó el saquito de piedras y las cartas que siempre la acompañaban, y esta vez me recliné con interés en cuanto ella se sentó a mi lado para barajar.

—Al menos así siento que hago algo —murmuró.

Nandru y Erika se acercaron con curiosidad. Observamos cómo nuestra amiga cerraba los ojos y se concentraba al tiempo que seguía moviendo las cartas entre sus manos. Finalmente, se detuvo, seleccionó una y, tras dejarla sobre su regazo, le dio la vuelta y la miró fijamente. Su expresión pareció relajarse.

—Han logrado escabullirse, pero alguien está muy herido… ¡Aún así, si actuamos pronto podremos salvarlo!

Esperamos aproximadamente una media hora y, para nuestro alivio, oímos los cascos de los niugus acercarse. Un par de lizernias se asomaron entre las ramas con curiosidad. No parecían ser las mismas que nos habían recibido con anterioridad. Las observé unos instantes, mientras murmuraban algo entre ellas. Al cabo de unos segundos, aparecieron nuestros acompañantes. Uno de ellos, reclinado sobre su montura, apenas se mantenía derecho. Una mancha de sangre se extendía e incluso manchaba el pelaje del niugu. Traté de no mirarlo para no marearme.

—Vámonos —instó Krydna.

Una sanguinolenta cicatriz cruzaba su mejilla y su rostro estaba perlado de sudor. En su mano derecha llevaba el cráneo de dragón, partido por la mitad. Dreena llegó la última. Estaba agotada; incluso parecía que, de un momento a otro, iba a caer de su niugu. Aún así, nos dirigió una sonrisa tranquilizadora.

—Tenemos que irnos antes de que lleguen los esbirros de Eyron. Hemos empleado demasiada magia, de modo que no pasaremos desapercibidos. Estamos en peligro, amigos míos.

Tragué saliva, asustada. Un rugido se elevó en el cielo. En pleno atardecer, Nandru oteó las nubes anaranjadas y una expresión de angustia cruzó su rostro.

—Los dragones de Eyron.

ogramos volver a Heithen sin ningún percance, aunque en más de una ocasión tuvimos que escondernos de una multitud de dragones que surcaba los cielos. Bajo el manto de aquellos gigantescos árboles, logramos ocultarnos y pasar desapercibidos. Cuando todo se calmó y Dreena curó mediante pomadas y mejunjes extraños a los heridos, volvimos a ponernos en marcha. El viaje fue tenso y agotador, pero finalmente llegamos sanos y salvos.

Al segundo día de nuestro regreso, apareció Lyra. Era alta y delgada, de grandes y expresivos ojos rosados. Sus largos y blancos cabellos enmarcaban un rostro moreno y alargado de facciones angulosas. Poseía una increíble belleza aristócrata, acentuada por sus ropajes: un vestido largo y de color vino se ceñía a su figura y varios amuletos le adornaban el cuello y los dedos. Sujetaba en su mano derecha un báculo en cuyo extremo curvo brillaba una piedra preciosa similar a un jade.

Al parecer, la abuela de April y ella estudiaron magia en la misma torre, donde forjaron una sólida amistad que seguía viva después de tantos años separadas. No obstante, nunca perdieron el contacto por completo. Así pues, se visitaban de vez en cuando. Sin embargo, se notaba que tenían caracteres diametralmente opuestos. Por ejemplo, Lyra no se reía mucho, al contrario que Dreena. Además, la abuela de April dominaba el elemento del aire, mientras que su compañera controlaba tierra y agua.

Estábamos todos reunidos en el *hall* del edificio donde dormíamos. Habíamos cenado y decidido que April debería aprender algo de magia; tal vez pudiera dominar alguno de los siete elementos. Aunque en Naheshia existía la magia elemental, los que la poseían no podían generar nada, sino alterar lo que ya existía. Por tanto, los elementos que se podían dominar eran el agua, el fuego, la tierra, el aire, la luz, la oscuridad y la electricidad. Existían personas capaces de dominar de uno a dos. Por su parte, las que carecían de habilidades eran apartadas de la sociedad. Y, luego, quienes dominaban de tres a cuatro solían ocupar clases altas e incluso reinar. Eyron, tal como averigüé más tarde, controlaba cinco elementos, entre ellos el más poderoso de todos: la oscuridad.

—¿Y si no consigo nada? Tal vez mis dones solo se limiten a leer las cartas y adivinar el futuro… —Abatida, April bajó la cabeza. Volví mi atención hacia la conversación que se estaba desarrollando frente a mí.

—No digas eso. —Erika pasó un brazo por encima de su hombro en un ademán protector—. Debes intentarlo y, si no lo consigues, no pasa nada. Ya tienes más que nosotras.

—Está bien… Pero, si no os importa, querría intentarlo sola. No quiero distraerme.

—De acuerdo.

Erika se volvió hacia mí y me hizo una señal con la cabeza. Decepcionada, la seguí hacia el exterior del edificio. Me hubiera gustado presenciar una clase de magia. Por el rabillo del ojo, vi como Nandru nos seguía. Últimamente lo notaba ausente, quizá pensando que el enfrentamiento estaba demasiado cerca. Había intentado convencerme de que entregara el colgante a la princesa Krydna, decía que esa no era mi lucha. Sin embargo, y más cuando nos quedaríamos por la fuerza en Naheshia, me negué en rotundo.

Recordé el día en la casa rural en el que April se había puesto pálida y había tenido una visión de Nandru muerto, vencido por Eyron en la más absoluta soledad. Me negaba ante esa posibilidad, y estaba convencida de que debíamos acompañarlo, aunque fuera protegidas en la retaguardia. Era una idea descabellada que comenzaba a formarse en mi cabeza. Nandru seguía llamándome egoísta, aunque, en ese caso, habría entregado su colgante para desprenderme de toda responsabilidad.

Los fuegos danzarines nos recibieron en el exterior. Ya me había acostumbrado a la luz tenue del lugar y a ver toda clase de personas extrañas transitar con normalidad por las calles de la ciudad subterránea. Miré el establo de Hervin, que estaba situado a unos metros de nosotros, y observé a los niugus con fascinación. Algunos de ellos mordisqueaban unas hojas enormes de color pardo. Me quedé tan ensimismada observándolos que no me percaté de que alguien se había acercado.

—Vamos a entrenar. —La voz de Krydna hizo que me volviera, sorprendida por su presencia.

—Oye, Katia, ¿qué te parece si aprendemos algunas nociones de lucha? Por si necesitamos defendernos y tal.

—Si te soy sincera, no me apetece mucho —reconocí.

No me imaginaba teniendo que levantar la pesada espada que en esos momentos llevaba Cleo a su espalda. Winnor, por el contrario, sujetaba un arco cuyos extremos parecían cuchillas afiladas, y en su hombro llevaba un carcaj lleno de flechas. Reparé también en las dos dagas que Krydna tenía prendidas de su cinto.

—Vente tú —dijo la princesa, dirigiéndose a mi amiga—. Veo que estás en forma, a diferencia de Katia.

—Gracias —repliqué.

—Querida, estás muy delgada. Te partiría en dos de una patada. Deberías comer más.

—Ya lo hago. —Me crucé de brazos, algo molesta—. Ve si quieres, Erika. Me quedaré dando vueltas con Nandru.

—Sí, a diferencia de ti, yo no tengo elección —musitó él.

—Pero... ¿qué os he hecho yo? —repliqué, aún más herida.

Erika me envolvió en sus brazos y depositó un cariñoso beso en mi coronilla.

—Os dejo solos —susurró—. En unas horas nos vemos, no me eches mucho de menos.

Puse los ojos en blanco y me despedí. Era una sensación extraña, ver cómo mi amiga se alejaba, acompañada de ese curioso grupo de guerreros. Me giré hacia Nandru, dispuesta a enfrentarlo.

—¿Por qué me odias tanto?

—No es nada personal, Katia.

Suspiré y cambié de tema para ponerle final a esa absurda conversación.

—En fin. ¿Hay algo interesante que hacer?

—Te he visto mirar a los niugus

—Sí, me gustan —reconocí, todavía enfurruñada.

Volví a observarlos durante unos instantes. El pelaje atigrado me recordaba al de los gatos que solía haber cerca del instituto, salvo que unos eran pardos, otros grises y otros casi tan negros que las rayas eran imperceptibles. Esperé a que añadiera algo.

—¿Quieres que demos un paseo? —preguntó.

—¿Podríamos? —Se me escapó una pequeña sonrisa, por un segundo me olvidé del enfrentamiento de antes.

El muchacho asintió y se dirigió hacia los niugus, y lo seguí de inmediato. No se sorprendieron por nuestra presencia y siguieron con sus quehaceres. Hervin, el hombre que los cuidaba, salió de detrás de la caseta que había al fondo y se acercó a nosotros. Llevaba una especie de guante con púas en la mano, con el que seguramente los iba a cepillar.

—¿Nos prestarías dos para montar? —preguntó Nandru.

—Sí, claro. Pero cuidadlos, por favor. En estos tiempos nacen muy pocos.

—Solo daremos una vuelta —explicó el chico con su encantadora sonrisa—, cerca de aquí. Los trataremos con cuidado.

Tras asentir, el hombre se marchó y volvió al cabo de unos instantes con un par de riendas monturas sencillas. Las colocó sobre dos niugus, uno negro y el otro gris claro, y nos los entregó al tiempo que hacía breve una reverencia.

—Estaré por aquí, cepillando a los demás.

Se retiró y Nandru me entregó el animal de pelaje más claro. Me quedé ensimismada, mirándolo a los ojos. Poseía un brillo inteligente que me sobrecogió y me obligó a desviar la mirada. Su cuerno ramificado, situado sobre su cabeza, entre las dos orejas puntiagudas, era más corto que el del que llevaba mi compañero. Con delicadeza, acaricié al niugu y sentí su suave pelaje. Era muy agradable al tacto.

—Vamos, sube —me apremió Nandru al tiempo que se montaba con una agilidad envidiable.

Titubeando, pasé una de mis piernas sobre el lomo del animal y me impulsé hacia arriba. Me senté sobre su grupa, no sin cierta torpeza, y agarré con firmeza las riendas. Nandru golpeó con el talón en el costado del niugu y a galope se dirigió al bosque de hongos situado tras la ciudad. Solté un grito cuando mi niugu salió disparado detrás de Nandru. Traté de mantenerme sobre él, reponiéndome del susto que había precedido a aquel movimiento tan brusco y vertiginoso, y acto seguido rompí en una sonora carcajada. ¡Me encantaba!

Recorrimos la ciudad a lomos de aquellos magníficos animales y no tardé en aprender a disfrutar del paseo. Volvimos al establo tras recorrer todo el perímetro y, cuando bajé, emocionada por aquel pequeño viaje, acaricié con ternura la cabeza de mi nuevo compañero. Había sido una experiencia inolvidable. Sonriendo, agradecí al cuidador por dejarnos a sus niugus, y nos alejamos hacia el centro.

—Muchas gracias —dije a Nandru.

Este curvó sus labios en una sonrisa encantadora. Me percaté de que se lo veía más relajado y tranquilo que de costumbre.

Los días pasaron, aunque realmente no habría sido consciente de los días que habían transcurrido si no hubiera consultado constantemente mi móvil. Seguía sin haber señal, pero seguía indicándome la hora en la Tierra, de modo que tenía controlado el tiempo que llevábamos allí, entre las sombras rotas por los fuegos danzarines.

April seguía acudiendo todas las tardes a sus clases de magia. No nos contaba muchas cosas y nosotras tampoco preguntábamos, pues entendíamos que no quería hablar de ello. Sin embargo, siempre que volvía de sus lecciones, la embargaba una profunda tristeza, y eso me preocupaba. Quizá no lograra avanzar y sintiera que estaba decepcionando a Dreena, que, por el contrario, no había perdido su alegría. Erika, por su parte, sí que nos enseñó cómo manejaba el arco y la espada. Le prometí que intentaría aprender a manejar una de las dos armas y se contentó con mi promesa. Mientras ellas entrenaban, Nandru y yo salíamos a montar en niugu, visitábamos al Oráculo o simplemente nos pasábamos por la casa de Hedea, que era una anciana que habíamos conocido en nuestro segundo paseo. Se trataba de una mujer tan vieja que contaba ya con casi quinientas primaveras. Sabía mucho sobre plantas medicinales y ungüentos que tenían propiedades curativas e incluso podían mejorar algunas habilidades, aunque por tiempo limitado. Su casa estaba repleta de calderos, cucharas de madera y botes llenos de ingredientes de muchas clases que utilizaba en sus pociones.

Aquella tarde nos encontrábamos en su hogar, viéndola trabajar en un nuevo brebaje. Al parecer, muchas de las combinaciones las había conseguido haciendo pruebas y las había dejado anotadas en el enorme libro que descansaba sobre la mesa del salón. A pesar de que su casa estaba llena de trastos y más trastos, me sentía cómoda yendo a ver a Hedea. Incluso me atrevería a decir que me había encariñado un poco. Llevaba conmigo una libreta y la tenía sobre mi regazo mientras veía cómo la ágil anciana se movía de un lado a otro agarrando botes, devolviéndolos a su sitio y buscando algo con frenesí.

—Hedea —dije en voz alta para que se escuchara sobre el estruendo que producía al buscar el misterioso componente—. He pensado que podría apuntarme unas cuantas recetas suyas. Anoche pensé que, ya que no se me da bien luchar, tal vez pueda curar a los heridos en las batallas.

Nandru se puso tenso al oír la palabra «batallas». Seguía molesto por nuestra presencia allí, pero yo sabía que lo que de verdad le ocurría era que estaba preocupado por si nos pasaba algo.

—Es una buena idea, cielo. —La anciana se estiró y agarró uno de los botes que había sobre su cabeza—. ¡Ah! Aquí están los dichosos dientes de dragón.

Bajó el recipiente de cristal y la vi agarrar un diente de color marfil. El resto lo dejó donde lo había encontrado.

—Podrías empezar por los vendajes de firilio. Se hacen con las enormes hojas de los ederúes. Solo crecen al norte de Evaliir. Por suerte, los mercaderes los exportan y los traen hasta Shylerzia. Y luego Telya, esa chica que ves a veces por aquí, me los trae. Shylerzia está a tres jornadas de aquí. Mira, tienes que untarlas con un ungüento, ahora te paso la receta, y con ellas envuelves la herida. En unas horas cicatriza y cierra hasta las más difíciles. Sí, sí, eso será muy útil. En la página veintitrés tienes la receta.

Me acerqué al enorme libro y lo abrí por la página que me había indicado. Era consciente de que estaba escrito en otro idioma, pero gracias al hechizo del Oráculo lo entendía automáticamente. Transcribí esa hoja en mi libreta, estrenándola con la receta del ungüento de firilio. Me di cuenta de que Nandru no me quitaba el ojo de encima.

—Es una pena que no estéis juntos —Hedea continuó hablando—. Hacéis buena pareja.

Me sonrojé y desvié la mirada, fingiendo estar concentrada en el libro de mi nueva amiga. Seguí escribiendo, anotando todo lo que podría ayudarme e incluso dibujando la forma de los ingredientes que componían el ungüento.

De repente, un estruendo hizo que diera un respingo en mi asiento. Oí maldecir a la anciana y Nandru se levantó como movido por un resorte. Me volví para contemplar el estropicio. El caldero se había volcado y un líquido ligeramente violáceo se desparramaba por el suelo, filtrándose por uno de los muchos desagües del salón. Todas las casas disponían de varios y estaban comunicados con el río que discurría bajo nuestros pies.

De pronto, el corazón me dio un vuelco y me levanté de mi asiento de un salto.

—Nandru —dije. Se me había ocurrido una idea que parecía estúpida, pero... también interesante y... peligrosa. El muchacho se volvió hacia mí—. Nandru. Sé cómo podríamos atacar a Eyron.

—¿Te has vuelto loca, Katia? —espetó.

—Queréis atacar desde fuera. Sin embargo..., desde dentro será más efectivo y rápido. Si existen desagües, podríamos colarnos en el castillo por los túneles subterráneos.

Por primera vez en mucho tiempo, me sentí cohibida. Nueve pares de ojos estaban puestos en mí, a la espera de que hablara. Siempre me había gustado la atención, de ahí el éxito de mi incipiente carrera como modelo, pero esto era distinto. Había mucho en juego y estaba de los nervios.

Nos habíamos reunido en la sala del Oráculo, frente al estanque donde lo habíamos visto la primera vez, y esperaban que les comentara la idea que había tenido en casa de Hedea, aunque yo ya la había comentado con Nandru, Erika, April y Dreena. El muchacho seguía diciendo que era una locura, que no me metería en la boca del lobo solamente por ser la portadora del colgante y empecinarme en seguir lo que dictaban las cartas de mi amiga.

La noche anterior las habíamos echado, y nos habían indicado que, para que el plan tuviera éxito, era necesario que yo participara en él. También nos indicaban que debíamos permanecer unidos para lograr la victoria y eso nos incluía a nosotras, que deberíamos permanecer en Naheshia pasara lo que pasara. Desvié la mirada de mi grupo de amigos y observé al Oráculo. Este inclinó la cabeza levemente para indicarme que podía hablar. Me aclaré la garganta y me retorcí las manos con nerviosismo.

—Debemos infiltrarnos en el castillo para atacar desde dentro.

—¿Cómo?

Krydna me miró como se mira a un montón de estiércol. Parecía realmente fastidiada por estar allí, con nosotros. Quizá para ella fuésemos una pérdida de tiempo, pero solo queríamos ayudar, siguiendo las indicaciones de los naipes de April. Ya sabíamos que el futuro que predecían no tenía por qué cumplirse. Aun así…, debíamos aferrarnos a esa posibilidad. Respiré hondo antes de responder.

—Por los desagües. Sé que suena asqueroso, y creedme, soy a la que menos gracia le hace, pero contaríamos con el factor sorpresa.

—Pretendes luchar en su terreno. Es más, pretendes luchar. *Tú*. Sinceramente, no sé por qué los terrienses tenéis que inmiscuiros —dijo la princesa con frialdad—. Erika es la única que se salva, porque tiene iniciativa, pero… no estáis preparados. ¿Tenéis la menor idea de a qué os enfrentáis?

—¿Lo sabes tú? —espeté—. ¿Por qué pones tantas pegas? ¿No quieres recuperar el castillo? ¿Acaso no era tu hogar?

Mis palabras fueron como una bofetada para Krydna, que se quedó rígida, y en su rostro se dibujó una expresión de dolor y rabia. Los demás se mantuvieron en silencio, sin atreverse a intervenir. Noté como la mano de Erika se posaba en mi hombro.

—Sí, era mi hogar —dijo ella por fin—. Y no es necesario meterse en los desagües. Recuerdo que había un par de pasadizos ocultos, aunque no sabemos si Eyron los ha descubierto.

—Podríamos ir unos cuantos y comprobar si los vigila —aventuré.

—Sigo sin saber porqué tenéis que luchar en nuestra guerra. —Krydna se cruzó de brazos.

—Creo que no tenemos elección —intervino de pronto el Oráculo.

—Sí la tenemos, o más bien la tiene ella: que entregue el colgante y se mantenga al margen. No es su lucha —replicó Krydna, malhumorada .

Instintivamente, acaricié con la yema de mis dedos la esfera de cristal, y vi de soslayo cómo el Oráculo negaba lentamente con la cabeza.

—Estuve leyendo acerca de la maldición de Dionte, la que ata a Nandru al colgante, y hubo algo que se nos pasó por alto. Ningún ser mágico puede ser el portador del Dionte, solo alguien cuyas habilidades mágicas no estén desarrolladas. Así pues, Katia no puede entregarle el colgante a nadie, puesto que ninguno de los aquí presentes cumple los requisitos.

El silencio se apoderó de todos nosotros y sentí cómo un escalofrío recorría mi espalda. Quise llenar el vacío que había, pero no supe qué decir.

—Probemos. —La voz autoritaria de Lyra rasgó el aire.

La princesa se giró para observarla, dándome la espalda. Lyra le dirigió una mirada severa; no parecía contenta. Sus labios estaban fruncidos. Tras una pausa, se acercó a mí y me tendió la mano.

—Debes traspasarme el Dionte —ordenó.

Retrocedí, reacia a entregárselo. Noté la expectante mirada de todos puesta en mí. El corazón me martilleaba fuertemente en el pecho. No quería desprenderme del colgante, ¿y si salía corriendo? Eché un rápido vistazo a la puerta y comprendí que sería imposible alejarme más de diez metros. Lyra dio un paso hacia mí y extendió su mano. Titubeé. Si el Oráculo mentía, perdería a Nandru para siempre. Aferré con fuerza la esfera.

—Katia... —me apremió Erika.

Era demasiada presión; todo el mundo me observaba, esperando a que hiciera algo. Sentí un dolor desgarrador cuando, finalmente, me quité el colgante y se lo entregué.

—Yo... —comencé, dubitativa. No sabía qué palabras usar. ¿Había una fórmula para esto? Mi voz sonó trémula cuando continué—: Yo, Katia, te entrego mi Dionte y te nombro nueva portadora.

En cuanto terminé de pronunciarlas, Lyra profirió un grito y soltó el colgante. Horrorizada, vi cómo su mano se había ennegrecido, tal y como le había ocurrido a Nandru. Lo busqué con la mirada, pero no se encontraba entre nosotros. Había desaparecido. Recogí la esfera del suelo y volví a colocármela alrededor del cuello. Tras acariciar el cristal, él volvió a materializarse.

—Es cierto. —Lyra estudió con una mueca de dolor su mano herida—. No hay nada que hacer: Katia tendrá que ir al castillo. De todas maneras y por el momento, será mejor que solo hagáis un reconocimiento, para organizar mejor la batalla —prosiguió la hechicera—. Eyron ha desplegado más soldados. No obstante, está más preocupado por buscar a Nandru para matarlo que por cualquier otra cosa. No esperará tener visita tan pronto. Además, tiene más hombres fuera del castillo que dentro. Os daremos unos mantos de protección; si sois pocos, así seréis más sigilosos.

—Está bien. Iremos Nandru y yo —respondió molesta la princesa Krydna.

—Recuerda que yo también voy en ese *pack* —intervine.

Me miró, visiblemente molesta, pero la ignoré. Seguía impresionada: estaba atada a Nandru, pasara lo que pasara. No sabía cómo sentirme al respecto, y estaba claro que aquello me ponía en peligro.

—Podemos teletransportaros, aunque solo tendréis media hora para volver sanos y salvos —dijo Dreena—. Pasado ese tiempo, Eyron podrá detectaros y tendríamos que sellar el portal para evitar que nos rastree. Princesa, media hora en nuestra medición de tiempo equivale a dos hyads.

—Tiempo de sobra —respondió Krydna, desafiante—. No hay tiempo que perder, vamos a prepararnos. Oráculo, usted y Lyra prepárense para reunir toda la energía que puedan.

—Volved en cuatro hyads.

Todos asentimos levemente y los dejamos a solas. Le di un momento a April, que se dirigió hacia su abuela. Ambas se tomaron de las manos y la mujer depositó un beso en la frente de su nieta. Se dijeron algo y se rieron. Junto a mí, Erika las observó con cierto interés hasta que nuestra amiga regresó con nosotras.

—Por lo que mi abuela ha dicho, cuatro hyads son una hora. Tendremos que buscar cómo entretenernos —dijo.

La plaza estaba desierta. Miré la columna de agua que se erguía frente a nosotros, con todos los pececillos que nadaban en su interior. Pensé en aprovechar la hora para visitar a Hedea, pero la voz de la princesa resonó por la plaza.

—¡Tú! —Me giré justo a tiempo de esquivar un arco que me había lanzado.

Un segundo más tarde y me habría golpeado en la cara. Estuve a punto de gritarle. Sin embargo, me recompuse y me agaché para recoger el arco. ¿Qué se creía que era esa estúpida princesita? Cada vez tenía más claro que nunca nos llevaríamos bien. Las guerras sacaban lo peor de cada persona, y, aunque Krydna llevaba mucho peso sobre sus menudos hombros, tenía un carácter asquerosamente egocéntrico y arrogante.

—Erika, ¿por qué no le enseñas a nuestra amiga Katia a lanzar unas cuantas flechas? —Con Erika, su voz era todo dulzura, y eso me irritó más aún.

¿Por qué era tan agradable con todos menos conmigo? No entendía por qué me odiaba tanto. ¿Era porque tenía en mi poder el colgante de Nandru? Un momento... ¿Estaría Krydna enamorada de él? Mis ojos se desviaron hacia el muchacho, que no se había percatado de nuestra conversación; estaba ocupado hablando con Cleo y Winnor, a unos metros de nosotras.

—Será divertido —repuso mi amiga con una alegría fingida, pues todo su cuerpo se había tensado.

—Pues venga, vamos —dije, de mala gana.

Krydna me dio con brusquedad el carcaj con las flechas y me lo colgué en mi hombro. Nunca había disparado un arco. Me pregunté si lograría tener puntería. Si lo consiguiera, tendría al menos una habilidad de la cual sentirme orgullosa. Al lado de April y Erika, y de toda la gente tan especial de Naheshia, me sentía como una inútil. Por un lado, April tenía un don y estaba desarrollándolo, logrando hacer cosas cada vez más increíbles con la magia que había heredado de su abuela. Por su parte, Erika poseía un talento increíble para luchar. En alguna ocasión la había acompañado a sus clases de taekwondo y boxeo, y había visto la fuerza que tenía en los pies y en los brazos. Nunca había llegado a competir, pero asistí durante muchos años a clases. Ahora me arrepentía amargamente de haber malgastado mi tiempo siendo una cara bonita en un par de fotos. Sí, había ganado dinero, pero aquello jamás me había llenado, al menos no del todo.

Llegamos a la linde del bosque de hongos, donde un par de muñecos fabricados con telas estaban de pie, apoyados en los troncos y atravesados por varias flechas. Nos detuvimos a unos cuantos metros de estos y Krydna extrajo uno de sus puñales. Echando la mano hacia atrás, lo lanzó con rabia hacia la cabeza de uno de los muñecos; el filo del arma lo atravesó y se quedó incrustado en el tronco del árbol que había justo detrás. Fue algo impresionante, pero Krydna recogió su arma con cierto desdén, como si no hubiese sido nada digno de mención. Se volvió hacia mí, levantando la barbilla y mirándome desafiante.

—Tu turno, Katia. Sin presión.

Saqué una flecha de mi carcaj y la coloqué en mi arco tal y como había visto en las películas. Apunté hacia la cabeza del muñeco con pulso vacilante. Erika se acercó a mí y se situó a mi espalda, apoyando una de sus manos en mi cadera para colocarme en posición; con la otra, me colocó los dedos correctamente sobre el arco. Noté su rostro cerca de mi oído.

—No tiembles, respira hondo y calcula la distancia —susurró.

Desvié la mirada hacia Krydna, que, para mi desconcierto, nos miraba algo irritada. Volví mi atención a mi arco y, siguiendo las instrucciones que me daba Erika, lo levanté un poco más para ajustarlo a la distancia adecuada. Solté la cuerda y la flecha salió disparada, un verdadero proyectil que se arqueó ligeramente para luego caer y atravesar limpiamente la cabeza del muñeco. Solté un grito de júbilo, eufórica. Nandru y April me sonrieron.

—Cuestión de suerte —repuso la princesa con altivez.

—Tal vez. O tal vez no —respondí, sin tratar de esconder mi sonrisa.

De pronto, una idea me asaltó y, para comprobar si estaba en lo cierto, rodeé con mis brazos el cuello de Erika y la abracé. Me fijé en la expresión de Krydna y noté cómo cambiaba. Parecía molesta. Sonreí para mis adentros, adivinando qué estaba pasando.

—¿Qué tienes con la princesita? —susurré a Erika, aprovechando que seguía abrazada a ella.

—¡Joder! —exclamó ella en voz baja. —¿Tanto se nota?

Nos separamos y asentí con la cabeza.

—Ya me lo contarás —susurré—. ¿Os habéis liado?

Erika asintió y a sus labios asomó una sonrisilla traviesa. Volví mi atención hacia la princesa, que me tendía la flecha que momentos antes había disparado. En vez de guardarla, volví a cargarla en el arco y apunté hacia lo que sería el corazón del muñeco.

—Cuestión de suerte. —Repetí las palabras de Krydna y, acto seguido, disparé.

La flecha voló y se clavó en el preciso lugar al que había apuntado. Le dirigí a Krydna una mirada triunfante antes de recoger la saeta y guardarla. Ella puso los ojos en blanco y April reprimió una carcajada.

—Será mejor que volvamos. Al menos ya irás armada —gruñó la princesa.

La pelirroja comenzó a caminar en dirección a la sala del Oráculo y Erika se adelantó para alcanzarla. Las observé. Los dedos de mi amiga se deslizaron entre los de la princesa en un gesto cariñoso. Me alegraba por ella, pero había algo que me preocupaba.

—Parece que Erika ha ligado —comentó April en un susurro.

Su brazo se enroscó en torno al mío y seguimos andando. Me encogí de hombros, sin saber muy bien qué decir.

—¿Estás bien? —preguntó.

—Sí. Solo algo nerviosa.

Era una mentira a medias. En realidad estaba *bastante* nerviosa por lo que nos esperaba. De pronto, Nandru posó su mano en mi espalda para consolarme.

—No te pasará nada, Katia. No dejaré que te toquen.

Lo miré sorprendida y él me respondió con una débil sonrisa. Sentí una sensación cálida en mi pecho. Nandru era precioso, demasiado guapo para ser real, y sus ojos violáceos me miraban con algo que comenzaba a parecer cariño. Puede que, después de todo, sí tuviera alguna oportunidad con él. Un rayo de esperanza brilló en mi interior.

Cuando me quise dar cuenta, ya estábamos franqueando la entrada de la sala del estanque, donde nos esperaban todos. Boquiabierta, vi que en mitad del estanque habían aparecido unas ondulaciones de color púrpura. Me recordaban a una especie de tela vaporosa moviéndose lentamente. Dreena nos colocó un manto rojo oscuro sobre los hombros y nos lo anudó para ajustarlo. Cuando llegó mi turno, me agarró la cara con ambas manos y me miró con infinito cariño.

—Ten cuidado, hija —dijo—. No te despegues de ellos y sé sigilosa. ¿Recuerdas cuando venías a mi casa? Siempre nos ganabas jugando al escondite, ya fuera porque te escondías bien o porque nos encontrabas sin que te viéramos venir.

Sonreí, recordando aquellos momentos de cuando era niña. Siempre hacíamos que Dreena jugara con nosotros. Le devolví la sonrisa, transmitiendo el aprecio que le tenía.

—No pasará nada. Volveré en media hora —la tranquilicé.

Me despedí de Erika y April. Cleo fue el primero en saltar dentro de la extraña masa de ondulaciones y destellos. Lo vi desaparecer sin asombrarme lo más mínimo. A estas alturas, ya estaba acostumbrada a las leyes que regían Naheshia. Winnor lo siguió, y tras él fue Krydna. Nandru se detuvo al borde, se volvió hacia mí y, para mi sorpresa, me tendió la mano. Le dirigí una mirada dubitativa a mis amigas, que me apremiaron con una ligera sonrisa. Nandru me esperaba.

Di un paso más y acaricié la palma de su mano. Era suave, tan suave como reconfortante. Sus dedos se cerraron en torno a los míos y saltamos juntos.

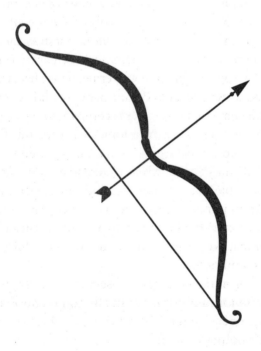

Grité. No pude evitarlo. Había cerrado los ojos y seguía apretando fuertemente la mano de Nandru, lo único sólido y constante en la oscuridad que nos tragaba. Noté que me hundía en… ¿el agua? Hacía frío, tanto frío que parecía que miles de cuchillos se hundían en mi piel.

De pronto, una bocanada de agua se me metió en la boca y solté sin querer a Nandru. Al abrir los ojos, vi que nos encontrábamos en mitad de un mar embravecido. Las olas nos empujaban de un lado para otro y un manto estrellado cubría nuestras cabezas, con las dos lunas coronando el cielo, pero no pude pararme a admirarlas. El caos me rodeaba. Intenté moverme, nadar hacia cualquier parte. Entonces, me di cuenta de que había perdido el rastro de Nandru. Me hallaba sola, no veía a mis compañeros en el agua.

Algo tiró de mí por detrás, agarrándome de la capa que Dreena nos había colocado hacía tan solo unos escasos minutos. El terror se apoderó de mí y me paralizó. Quienquiera que me hubiera atrapado me subió a una barca, lanzándome contra la madera del fondo. Gruñí por el impacto, pero entonces unos brazos fuertes me envolvieron. Estaba temblando, mojada y asustada.

—Katia, perdona. No quería hacerte daño. —La dulce voz de Nandru sonó en mi oído.

Me incorporé un momento para observar a mi alrededor. Krydna, Cleo y Winnor también estaban allí, todos chorreando agua y con cara de pocos amigos. Nandru seguía abrazándome, haciéndome sentir un poco mejor.

—¡Estúpidos! Deberían habernos dejado en la orilla, no mar adentro. Espero que no hayan captado tu magia —espetó la princesa.

—Tenía que crear algo que nos llevara a la orilla —respondió impasible Nandru.

Me senté a su lado, aún temblando de frío. Los dientes me castañeteaban.

—Esto nos hará perder mucho tiempo —gruñó ella—, y no es que nos sobre, precisamente.

En pocos minutos, Cleo y Winnor remaron y nos condujeron hacia la orilla. Enseguida la vi: la enorme muralla de color marfil con ribeteados turquesa y las torres de vigilancia con cúpulas del mismo color despuntaban hacia el cielo. Me fijé en el castillo que se adivinaba en el interior de la fortaleza, cuyas torretas eran mucho más altas que el propio muro que lo albergaba. A nuestro alrededor, unos árboles rosados y verdes crecían salvajes, abrazando la construcción. Supuse que estábamos en Aszeria, la capital de Eyron.

Una llamarada roja hizo que levantara mi vista hacia el cielo. El sonoro ruido de un fuerte aleteo me sobrecogió, y el corazón me dio un vuelco al ver un enorme dragón sobrevolando nuestras cabezas y posándose en una de las torres del castillo. Me quedé un instante mirando al enorme animal con una mezcla de horror y fascinación. Krydna me instó a que bajara de la embarcación, que comenzó a desmaterializarse nada más nos alejamos de ella. Anduvimos en silencio por entre los árboles, alerta al menor movimiento o sonido.

—Al menor indicio de que nos encontremos en peligro, activaré el portal —indicó Krydna—. Ya has arriesgado suficiente el plan invocando esa barca, Nandru. Sabes perfectamente que Eyron puede descubrirnos siguiendo el rastro de tu magia.

—Deja de sermonearme. Sé muy bien lo que Eyron puede y no puede hacer.

En mi fuero interno, me alegré de que Nandru le hablara tan bruscamente a la princesa. Se lo merecía, por arrogante. Krydna frunció los labios y siguió caminando. La seguimos en silencio, procurando no hacer ruido, y nos acercamos a la muralla más cercana al castillo. No sé cuánto tiempo estuvimos andando, pero se me antojó una eternidad. Finalmente, la princesa se detuvo en un inmenso árbol cuyas raíces sobresalían de la tierra y se extendían por doquier. Puso la mano en el tronco y lo acarició con la yema de los dedos.

—Dreybell, mi hermano, construyó esto sin que nuestros padres se enterasen. —Su voz sonó rota. —Le gustaba explorar. A menudo creaba una copia de sí mismo y se largaba a vivir aventuras. Lo gracioso es que casi siempre salían mal y mis padres lo castigaban cuando volvía.

Krydna esbozó una triste sonrisa. Miré mis pies, incómoda. Sentía que ese momento era demasiado íntimo como para compartirlo con nosotros, y que tal vez debíamos dejarla sola, pero, aún así, me quedé firmemente clavada en el sitio. Nadie se movió.

—Vamos —susurró.

La observé mientras se agachaba y tiraba de una de las raíces. Una estrecha trampilla se abrió a los pies del enorme árbol, y, sin dudar, la princesa saltó al hueco y desapareció de nuestra vista. Cleo y Winnor la siguieron de inmediato. Luego, Nandru también bajó. Me asomé, dubitativa, calculando cuánta distancia habría desde el boquete hasta el suelo.

—Vamos, Katia —me apremió él. Lo distinguí bajo la luz de las lunas que se filtraban a través de las ramas.

Me senté en el borde y él extendió los brazos para agarrarme. Cuando sus manos rozaron mis caderas, noté cómo mi corazón se estremecía. Cerré los ojos y me dejé caer, pero Nandru me sujetó y me depositó suavemente en el suelo. Un pinchazo de decepción me aguijoneó cuando nos separamos. Sobre mi cabeza, el hueco se cerró y nos quedamos a oscuras.

—No parece que hayan encontrado esta entrada, a no ser que nos esperen al otro extremo —anunció en voz baja la princesa—. Permaneced atentos.

Recorrimos el angosto pasadizo prácticamente a tientas. Me pegué a la espalda de Nandru y avancé sujetándome de su capa. Me daba pavor tocar la húmeda pared y que hubiera algún bicho, viscoso y repugnante. Recé para que llegáramos lo más rápido posible, porque comenzaba a agobiarme. Para empeorar las cosas, nos detuvimos de pronto. Aguanté la respiración mientras Nandru y los demás agudizaban el oído para asegurarse de que no hubiera nadie al otro lado. Silencio. Oí que algo se movía un poco más adelante y una tenue luz se coló en el túnel. Salimos del pasadizo y me di cuenta que nos encontrábamos en una espaciosa habitación.

Una enorme cama ocupaba la estancia, construida con piedra blanca. A sus pies, una extensa alfombra azul ocultaba el suelo, aportándole al lugar cierta calidez. Sin embargo, en cuanto me fijé más, advertí que este lugar llevaba mucho tiempo deshabitado. Una gruesa capa de polvo cubría los muebles y la chimenea que ocupaba una de las paredes estaba repleta de cenizas. Los tapices que colgaban habían perdido color e incluso un par de ellos estaban desgarrados. Observé con horror la enorme telaraña que atravesaba una parte del techo abovedado y los cristales rotos de la única ventana que había.

Krydna recorrió la estancia, procurando sortear los fragmentos de vidrio que había repartidos por la alfombra. Se detuvo frente al cristal del espejo que había al lado de un armario de dimensiones considerables. El material desvaído le devolvió un triste reflejo. Por una vez, empaticé con la tristeza de la princesa. Parecía hallarse a años luz de nosotros. Cleo se percató, porque puso una mano sobre su hombro. Ella nos miró, con los ojos llenos de angustia, como si hubiera recordado de golpe dónde se encontraba y por qué. De inmediato, su expresión cambió y volvió a adoptar su aspecto severo de siempre. No dije nada; tampoco tenía nada que decirle para que se sintiera mejor.

—Esta era la habitación de Dreybell. Hay otro pasadizo en mi habitación. Comprobaremos si sigue disponible y nos iremos antes de que nos detecten. Está al otro lado del pasillo.

Krydna abrió lentamente la puerta y comprobó que el pasillo estaba igual de desierto. Tal vez ese lado del castillo estuviera realmente abandonado. Quizá hasta se habían olvidado de que existía; desde luego, en el exterior me había parecido lo suficientemente grande para ello. No tardamos en llegar a lo que había sido la habitación de Krydna, que también presentaba el mismo aspecto abandonado. Como la de Dreybell, tenía tapices adornando sus paredes, pero su alfombra, de color rojo granate, había sido arrancada y solo quedaba un fragmento. Un par de muebles estaban rotos y desperdigados por la estancia. A juzgar por el destrozo, había tenido lugar una violenta pelea.

Krydna fue directa a uno de los tapices y lo retiró. Tras empujar uno de los ladrillos de piedra blanca, varios se desplazaron a un lado y dejaron al descubierto una apertura.

—Volvamos a casa —dijo ella—. Conjuraré el portal una vez salgamos.

Pasó por la apertura seguida de Cleo y Winnor. Otro oscuro pasadizo más. Fantástico. Nandru entró y yo me aferré a su capa, no sin antes tomar una bocanada de aire.

De repente, un estruendo hizo que nos detuviéramos en seco. Me giré a tiempo de ver cómo la puerta de la habitación se hacía añicos y tres enormes y fornidos hombres entraban, armados hasta los dientes y con armaduras formadas por escamas metálicas. El más alto hizo un gesto con la mano y, horrorizada, noté una fuerza invisible que me lanzó a un lado. El terror se apoderó de mí. Me olvidé incluso de cómo respirar y todo pareció congelarse a mi alrededor.

—¡Corred! —chillé.

—¡No iréis muy lejos! —bramó una voz cavernosa. Pertenecía al hombre que me había lanzado violentamente a un costado—. Os están esperando al otro lado. Estáis muertos.

—Princesa Krydna… —Me dolía todo el cuerpo.

—Hay que invocar el portal aquí —exhortó Winnor a la princesa.

Desde mi posición no podía verla, pero supe que estaba tejiendo el portal a toda prisa y a duras penas. Me levanté, me descolgué el arco y cargué una flecha. Apunté a uno de ellos y disparé. Aquello lo pilló por sorpresa y logré atravesarle el hombro. Por el rabillo del ojo, distinguí a Nandru salir del hueco y, con un movimiento de manos, invocar una llamarada que lanzó contra el compañero del que yo misma había herido. Corrí hacia ellos, con el corazón en un puño y sin creer aún que hubiera sido capaz de reaccionar con un ataque.

Sin embargo, cuando ya estaba a punto de entrar en el hueco y de agarrar la mano que Nandru me tendía, alguien me agarró de la capa y tiró hacia atrás, ahogándome. Instintivamente, me llevé las manos al cuello, soltando sin querer mi arco. Mi captor hizo un movimiento rápido y un vendaval pasó por mi lado, lanzando a Nandru contra Cleo y Winnor. Con un terror creciente, vi el portal ya encendido, igual que el que había sido abierto en la sala del Oráculo. Vi el pánico en la mirada de Nandru y la tristeza en los ojos de Krydna, y, empujados por el peso de Nandru, todos cayeron dentro de las ondulaciones que formaban la barrera mágica. Proferí un alarido de terror y, sin pensarlo siquiera, me arranqué el collar de Nandru y lo lancé en dirección al lugar por el que habían desaparecido. Lo vi brillar, fundiéndose con el último destello que produjo el portal antes de cerrarse, y luego se desvaneció en el aire.

Todo pareció detenerse durante una fracción de segundo. El soldado al que había disparado corrió hacia el lugar donde momentos antes habían estado mis amigos, enfurecido. En sus ojos reverberó la rabia cuando se giró hacia mí.

—¡Han creado un maldito portal! —gritó, encolerizado—. Eyron nos va a matar. Todo ha sido por tu culpa, estúpida.

Retrocedí como un animal asustado, pero choqué contra mi captor, que aún me aferraba de la capa. Sus enormes manos me agarraron del cuello y, para mi horror, me levantó del suelo como si no pesara más que una pluma. Pataleé desesperada, luchando por liberarme. Sus dedos comenzaron a ejercer presión y dejé de respirar. Lo miré, supongo que como la mosca que está a punto de ser devorada por la araña, sabiendo que en unos segundos moriría, dejando demasiados asuntos pendientes. Clavé mis uñas en sus manos en un último y desesperado intento de salvarme. Como toda respuesta, él me estampó contra la pared. Mi cabeza se embotó por el golpe, y quedé tan aturdida que apenas llegué a notar un par de fragmentos de piedra y polvo caer sobre mí debido a la rotura de uno de los ladrillos. Intenté aferrarme a la vida, a pesar de que mis sentidos comenzaban a apagarse. La mirada aterrorizada de Nandru fue lo primero en lo que pensé en mis últimos segundos de vida. Y el colgante… Si moría, pasaría a ser de otra persona… Igual que pasó con Greta. Si moría…, tal vez Erika cargaría con este… El hombre volvió a agarrarme y me apretó contra la pared. Sus enormes dedos volvieron a estrangularme y con la mano que tenía libre sacó una daga. Vi horrorizada cómo el frío brillo de la hoja se cernía sobre mí.

—Si me matas… —logré articular—, no sabréis… —La presión se aflojó un poco más—, no sabréis… dónde está… —Traté de tomar una gran bocanada de aire—. Yo… soy… la portadora… del colgante…, pero…

Estaba desvariando. Me costaba pensar con claridad, y vi cómo una sombra pasaba rápidamente, o tal vez fue el soldado que parecía ser el líder, que se interpuso entre su compañero y yo.

—¡Suéltala!

Caí contra el suelo con un sonoro ruido. El dolor me recorrió toda la espina dorsal y me encogí sobre mí misma en un vano intento por protegerme.

—Llevadla a los calabozos. Creo que Eyron querrá verla. Luego te dejaré matarla, si quieres.

Antes de perder el conocimiento, sentí cómo dos pesados brazos me levantaban y, acto seguido, todo oscureció.

Traté de moverme en cuanto recuperé la consciencia, pero un intenso dolor me recorrió desde la cabeza a los pies. Estaba desorientada y demasiado confusa. ¿Dónde estaba? El ambiente era húmedo y olía fatal. Hice un esfuerzo sobrehumano por incorporarme y sentarme para estudiar lo que había a mi alrededor. Dejé escapar un quejido en cuanto me moví; cada milímetro de mi cuerpo crujió, resentido. Apoyé mi magullada espalda sobre la pared y traté de analizar con detenimiento mi situación.

Me encontraba en unos calabozos, a juzgar por las rejas de hierro que me impedían salir de aquel cubículo en el que me habían metido. Una única antorcha iluminaba de forma tenue el lugar y el silencio lo impregnaba todo. Un miedo paralizante me sobrecogió. ¿Me habían dejado sola? Gateé hasta los barrotes que me retenían e intenté observar a través de estos, pero fue en vano.

Debía levantarme para intentar buscar cualquier salida posible, así que ignoré el fuerte dolor que recorría mi cuerpo, la quemazón de mi garganta y el daño que me había hecho en la espalda, y me apoyé en la verja para ponerme de pie. Cuando lo conseguí, cerré los ojos y acerqué mi rostro al frío hierro. Estaba agotada y todavía no había hecho nada. Giré la cabeza para escrutar la celda. Envuelto en la oscuridad, entreví un bulto arrebujado en una maraña de mantas. Me acerqué con lentitud, conteniendo la respiración, y mis dedos se cerraron en torno a un extremo de la manta. Había algo pesado bajo ella y su tacto me produjo un escalofrío, pero no dudé en apartarla para ver qué había.

Al descubrir su contenido, me dejé caer al suelo y grité, chillando como nunca al ver el cuerpo inerte que había bajo la manta. Retrocedí, sin poder apartar la vista del cadáver, hasta chocar contra las rejas.

Un movimiento repentino a mi espalda me hizo dar un salto; no había escuchado los pasos del soldado que acababa de aparecer. Era un hombre corpulento y muy alto, y observé con horror su rostro cicatrizado. Le faltaba un ojo, tornando su aspecto espeluznante, y la boca se retorcía en un rictus extraño, un malvado amago de sonrisa. Cuando habló, unos dientes amarillentos y puntiagudos brillaron bajo la luz de la antorcha que sujetaba.

—¿Qué es este escándalo? —bramó.

Di varios pasos atrás, procurando alejarme tanto de él como del cuerpo.

—Mocosa, no hagas ruido o lo lamentarás.

Con esa amenaza, el hombre dio media vuelta y se marchó. Tras unos segundos, oí una puerta cerrarse y entendí que me había vuelto a quedar sola. Eché un rápido vistazo hacia el bulto del otro lado y, para mi horror este se movió, incorporándose en la semioscuridad. Reprimí un grito, tapándome la boca, pero mi pulso se aceleró de inmediato y comencé a temblar de miedo.

—¿Eh? Anda, ¿quién eres? —preguntó.

A la tenue luz de la antorcha, vi que se trataba de un chico, y su tono de voz sonaba amistoso. Mi nuevo e inesperado compañero salió de entre las sombras y las llamas iluminaron su rostro. Tenía un cabello largo y rojizo que enmarcaba un joven rostro de facciones angulosas, en el que brillaban unos ojos de colores dispares: el derecho era ámbar y el izquierdo, verde. Me quedé unos instantes observándolo. Por alguna razón, su cara me era familiar.

—Tú… ¿quién eres? —inquirí.

—El príncipe Dreybell. Veo que aún no te han matado, así que debes de ser importante. ¿Quién eres?

—¿Dreybell? —pregunté desconcertada, ignorándolo. ¿Sería el hermano de la princesa Krydna?—. Pero se supone que tú… ¡Se supone que estás muerto!

—¿Nos conocemos?

—No —negué con la cabeza—. Es solo que… Me uní a la rebelión de la princesa Krydna.

—¿Mi hermana está bien? —preguntó. Sus ojos se llenaron de felicidad.

—Sí, está bien. Pero no te diré mucho más hasta que no sepa que eres de fiar —añadí—. ¿Cómo es que no estás muerto?

—El día que nos capturaron a todos, el mago que trabajaba para mi familia lanzó un hechizo: si yo moría, este castillo quedaría reducido a cenizas. Fue una suerte que Eyron le tenga cierto aprecio a este lugar. No me mató, pero me encarceló y aquí estoy. No me he vuelto loco de milagro. Suelo dormir como un lirón para evadirme y no ser consciente de que estoy aquí. Perdona si te he asustado.

—Se agradece hablar con alguien —reconocí con una media sonrisa.

Iba a sentarme en el suelo cuando la puerta se abrió con demasiada violencia. Los tres hombres que nos habían atacado en los túneles irrumpieron ante nosotros. Abrieron las rejas y uno de ellos dio una zancada y me agarró. Proferí un grito de terror cuando me cargó sobre sus hombros.

—¡Dejadla! —bramó Dreybell.

El muchacho se precipitó contra el soldado más cercano y le propinó un puñetazo. Aún así, su contrincante fue mucho más fuerte y lo empujó hacia el interior de la celda. Tuve tiempo de dirigirle una mirada repleta de horror. Él negó con la cabeza, decepcionado por no haber hecho más.

Mi miedo aumentaba a cada paso que nos alejábamos. Subimos un largo tramo de escaleras, cruzando lo que parecía un interminable pasillo, y finalmente llegamos a una amplia estancia cuyo techo abovedado, decorado con pinturas, estaba sujetado por varias columnas. Frente a nosotros, un hermoso trono se levantaba imponente sobre una pequeña elevación. Miré al hombre que había sentado sobre él, y aunque no lo había visto antes, supe sin lugar a dudas que se trataba de Eyron.

Y no estaba solo. Reconocí la delgada figura de Clara a su lado. La miré, atónita. En efecto, era ella. La joven ladeó la cabeza, reconociéndome, y esbozó una tímida sonrisa.

De repente, el hombre que me había agarrado me dejó caer al suelo; solté un quejido de dolor. Los vi hacer una exagerada reverencia hacia el rey y el aludido se levantó; la oscura túnica que vestía ondeó en torno a sus pies. Su estatura me impresionó, y mis ojos recorrieron sus lacios cabellos oscuros, que caían en cascada sobre sus hombros, enmarcando un pálido rostro de rasgos afilados. Sus ojos de hielo se clavaron en mí, dejándome petrificada de terror. Era como mirar de cara a la muerte. Me fijé en la cicatriz que cruzaba sus labios y el modo en el que me sonreía, y al instante me vino a la mente la imagen de una serpiente acechando a su presa. Tragué saliva, sabiendo que su mirada gélida sería lo último que vería antes de morir. Parpadeé varias veces para retener mis lágrimas y me obligué a ser fuerte, o al menos a aparentarlo. ¿Podría leerme la mente? Procuré dejarla en blanco. Clara se inclinó para susurrarle algo al oído y acto seguido él se dirigió a mí.

—No nos andaremos con rodeos, Katia. —No me sorprendió que supiera mi nombre. Tal vez acababa de decírselo ella. Me obligué a mí misma a no mostrar sorpresa alguna—. ¿Dónde está el colgante de Nandru?

—Yo... yo no lo tengo... —respondí, vacilante—. Lo lancé y... desapareció. Pero ¡qué cosas! Sigo siendo la dueña y sin mí nunca podrás encontrarlo, de modo que..., ¿por qué no negociamos?

Eyron se acercaba a mí poco a poco mientras yo hablaba. Tragué saliva. El corazón iba a salírseme del pecho. Intenté controlar el temblor. Estaba muerta de miedo, para qué negarlo. El rey suspiró.

—Clara, ¿te importaría dejarnos a solas?

La muchacha asintió, bajó las escaleras que conducían al trono y pasó a mi lado. Fijé mi mirada en la suya, tratando de descifrar qué pasaba por la mente de mi antigua compañera, pero, para mi sorpresa, no encontré en sus ojos nada más que amabilidad.

—¡Nos vemos luego, Katia!

En cuanto nos quedamos solos, los delgados dedos de Eyron se cerraron en torno a mi cuello, clavándome sus afiladas y negras uñas.

—¿A qué crees que estás jugando?

Sus ojos se hundieron en los míos y dejé de respirar. Sus pupilas no eran redondas, sino alargadas, como las de una serpiente; una fina rendija con la que estaría teniendo pesadillas el resto de mis días. Comencé a ahogarme e, instintivamente, di un paso atrás, con tal mala fortuna que las uñas de Eyron, todavía clavadas en la piel, me arañaron hasta hacerme sangre. Un escozor recorrió mi cuello. Lo aguanté como pude, pero Eyron me obligó a mirarlo, a no apartar la vista de sus negros ojos. Mis ojos se anegaron en lágrimas, mis pulmones ardían; todo mi cuerpo se convirtió en una espiral de dolor y pánico, hasta que la cabeza comenzó a darme vueltas y, pese a todo, cerré los párpados con fuerza.

Jamás pensé que mi muerte sería tan dolorosa. Me aferré desesperadamente al recuerdo de mis amigas, April y Erika, y al de Nandru. En cuanto su rostro apareció en mi mente, Eyron me soltó con una sonrisa triunfal y yo caí de rodillas al suelo con un sonoro estruendo.

—Te has enamorado del estúpido de Nandru. —No era una pregunta—. Pero nunca te va a corresponder. A Nandru le gustan las mujeres como Ethel. ¿Te ha hablado de ella?

Asentí a duras penas.

—Conozco su historia —admití, con una voz tan ronca que sentí que no era mía.

—¿Y crees que se va a fijar en alguien como tú? ¿Tan banal? Pobrecita.

—Dudo mucho que me hayas traído hasta aquí para decirme esto —repliqué con esfuerzo.

—No. Tú solo me interesabas porque eras la portadora del colgante, y ni siquiera eso has sabido hacerlo bien.

—Y aún así te he conseguido fastidiar, aunque sea un poco. Te he retrasado. He sido más lista y, cuando tus mamuts vinieron a por nosotros, conseguí que el colgante desapareciera. Y todo sin magia.

Traté de esbozar una sonrisa triunfal, pero no conseguí perturbar el semblante de Eyron, que tan solo se limitó a arquear una ceja y a mirarme como si fuera una montaña de estiércol.

—¿Por qué está Clara aquí? ¿Sabe que matasteis a su madre? —pregunté.

—No puedo ser el portador del colgante, ni yo ni nadie que posea habilidades mágicas. —Me sorprendió que me dijera la verdad. No obstante, por alguna razón, evitaba responder a mi pregunta—. ¿Dónde se esconde Nandru? Habéis estado jugando con la princesita, ¿verdad? Sé que están preparando una ofensiva y que tienen un endeble grupo de rebeldes escondidos en algún lugar de mi reino. Dime dónde está y te dejaré volver con tus amigas a la Tierra. Al fin y al cabo, no tenéis por qué inmiscuiros en asuntos que no os conciernen.

Supe que mentía. Ya había asumido que mis últimos momentos serían aquellos. Que mi tiempo se había terminado ahí. Supe que no me rescatarían. Ya me habían explicado en una ocasión que conjurar un portal o realizar cualquier hechizo requería energías y mis nuevos amigos habían consumido todas al crear dos, uno de ida y otro de vuelta. A lomos de niugus tardarían demasiado. Lo mejor sería que todo acabara pronto para evitar que vinieran a por mí.

Traté de reprimir el temblor que sentía y de acallar las lágrimas que amenazaban con derramarse por mis ojos. Lo miré, desafiante.

—No pienso decirte dónde se esconde Nandru. Ya lo averiguarás el día que te mate. Temes a la profecía, ¿verdad? Por eso llevas buscándolo desde que te enteraste que volvería y acabaría contigo.

—Tranquila… Si no me lo dices, te lo sonsacaré a la fuerza.

Eyron me agarró por los hombros y sus dedos se hundieron en mi piel, perforándola. Un alarido escapó de mi garganta. Sentí cómo la sangre resbalaba por las heridas. Pero lo peor, lo más doloroso de todo, fue cuando utilizó su poder dentro de mí. Noté que algo me invadía, me debilitaba, me retorcía. Traté de no pensar en nada de lo que había visto los últimos días. Me aferré al recuerdo de Nandru en la fiesta de Halloween. Pensé fuertemente en lo bien que le quedaba el traje de chaqueta. Me concentré también en Erika y April. Sabía que Eyron estaba viendo todo aquello y eso lo enfureció más aún. Una descarga me arrancó un bramido y un dolor agudo agujereó cada parte de mi ser. No sabía qué me estaba ocurriendo, pero sentía como si me estuviera desgarrando desde dentro.

Sabía que mi final estaba cerca y simplemente me dejé llevar. Mi cuerpo sufrió varias convulsiones y los ojos se me llenaron de lágrimas, que esta vez no traté reprimir. Me daba rabia darle la satisfacción de verme llorar. Abrí la boca, sintiendo unas horribles arcadas, y lo único que pude hacer fue expulsar la sangre que me estaba comenzando a ahogar. Noté las miradas indiferentes de los soldados que asistieron a mis últimos minutos sin mostrar ningún sentimiento de compasión. Las piernas dejaron de sostenerme y Eyron me soltó para que cayera a sus pies. Mis dedos acariciaron la sangre que había manchado el inmaculado suelo de la sala. Pensé en el fuerte contraste del blanco frente a la roja sangre que estaba derramando en esos mismos momentos. Mi visión comenzó a desenfocarse y los sonidos de mi alrededor a llegarme amortiguados.

Mientras agonizaba, noté un fuerte estruendo cerca, acompañado de una corriente de aire frío, pero no logré diferenciar si era el producto de mis últimos delirios o si estaba ocurriendo de verdad. A mi alrededor todo comenzó a volverse oscuro, pero yo dejé escapar un suspiro, agradecida por dejar de sentir el inmenso dolor que me envolvía, y...

Morí.

brí los ojos en un lugar desconocido y oscuro. Traté de comprobar en qué situación me encontraba, pero, cuando me moví, un terrible dolor se propagó por mi cuerpo. Estuve a punto de gritar cuando unas grandes manos me taparon la boca, impidiendo que articulase cualquier sonido. Traté de apartarme y escapar con las pocas fuerzas que me quedaban. Sin embargo, mi nuevo captor se puso sobre mí a horcajadas para inmovilizarme. Mis ojos no tardaron en adaptarse a la oscuridad y adiviné una silueta que me era familiar. Estábamos en una especie de pasillo angosto y de techo bajo.

—No grites —susurró una voz masculina que ya había escuchado antes—. Por favor, estamos en peligro.

Asentí, conmocionada, quedándome quieta, y el chico se apartó de mí. Vi cómo hacía un movimiento suave con una de sus manos y una esfera anaranjada iluminó tenuemente el lugar. Observé al muchacho. Era Dreybell, pero… era imposible, se quedó encerrado en las mazmorras cuando esos malnacidos me obligaron a presentarme ante Eyron.

—Dreybell… ¿Cómo? ¿Qué ha pasado? —atiné a decir.

—No soy tan buen mago como mi hermana —reconoció, avergonzado—. Ahora bien, cuando se me presentó la oportunidad, me abalancé sobre el guardia con un hechizo de desdoblamiento. Me escondí, os fuisteis y mi doble me liberó, entonces volvimos a fundirnos. Eso me dejó un poco aturdido y por eso llegué tarde… Lo siento.

—¿Cómo hemos llegado hasta aquí?—pregunté, confusa.

—Me teletransporté en cuanto te pude agarrar, pero…, no hemos podido ir muy lejos, lo siento. No sé si conseguiremos salir con vida. Eyron ha doblado la vigilancia y ha sacado a sus jinetes por los alrededores. Debo reconocer que reparar tus tejidos ha hecho que me quedara sin energía. Creo que lo mejor es que nos quedemos escondidos.

—Estaba… ¿muerta? —pregunté, sintiendo un nudo en la garganta.

—No, pero estabas cerca… Tenías varios órganos destrozados. Tranquila —añadió, cuando vio mi expresión de horror—, te he recompuesto lo mejor posible. El dolor no te lo he podido quitar del todo, pero se te irá en cuanto duermas.

Al ser consciente de todo lo que estaba ocurriendo, sentí que me atragantaba con mi propio dolor. Sin embargo, no era un dolor físico, sino emocional. Había soportado demasiado. Me habían torturado, había pasado el mayor infierno de mi vida y, por si fuera poco, había estado al borde de la muerte. Esta vez no traté de reprimir mis lágrimas, aunque sí que agaché la cabeza, avergonzada. Mis hombros se estremecieron y solté un llanto amargo y silencioso. Dreybell titubeó, pero finalmente me abrazó y yo agradecí esa calidez. Mis brazos rodearon el cuerpo del muchacho y enterré mi rostro en su pecho. Olía bien. No sé cuánto tiempo estuvimos así, en silencio, enredados el uno en el otro.

Cuando me calmé, me sequé las lágrimas, un poco avergonzada por haberme mostrado tan vulnerable ante mi nuevo compañero. Aunque, en realidad, dadas las circunstancias, eso era lo de menos. Nos separamos un poco y nos sentamos el uno junto al otro con la espalda apoyada en la fría pared de piedra.

—Creo que vamos a pasar mucho tiempo aquí —dijo él—. ¿Me vas a contar de qué conoces a mi hermana?

Dudé si contarle o no la verdad, pero, dado que me había salvado la vida, no veía por qué no confiar en él. Estuve un buen rato narrándole cómo conseguí el colgante de Nandru, cómo lo utilicé para que hiciera todo cuanto quisiese; le conté, incluso, que me había enamorado sin darme cuenta y que mis amigas y yo habíamos viajado hasta Naheshia desde la Tierra para acompañarlo. Le conté cómo nos habían secuestrado y llevado hasta Heithen, donde había conocido a su hermana Krydna, y que pretendíamos luchar contra Eyron.

—Conozco a Nandru —dijo él cuando terminé.

—No lo sabía.

—Sí… Lo había visto en algunas de las reuniones que mi padre tuvo con Eyron. Era su consejero, su mano derecha. La noticia de que Eyron le echó la maldición de Dionte a su hombre más fiel voló por todo el reino como los zietres.

—¿Qué es un zietre? —pregunté.

—Son un seres diminutos con alas —respondió—. Perdón, se me olvidaba que eres una terriense.

—En la Tierra tenemos una expresión similar: «La noticia corrió como la pólvora».

—¿Pólvora? ¿Qué es eso?

Reí, procurando no hacer mucho ruido.

—Es una mezcla con la que hacemos proyectiles y fuegos artificiales.

—Qué raros sois los de la Tierra —dijo con una sonrisilla—. Entre que no tenéis poderes y esto…

—Pero nos va muy bien —aclaré.

—Ya te he visto, ya.

—¡Oye! —Le di una palmada en el brazo y al instante me arrepentí.

El brusco movimiento me recordó lo entumecidos que tenía los huesos. Dejé escapar una exclamación e intenté quedarme lo más quieta posible hasta que el dolor se apaciguó. El muchacho me dirigió una mirada preocupada.

—Lo siento.

—No pasa nada, es mi culpa —repuse, sujetándome el costado derecho, donde estaba sintiendo unas agudas punzadas.

Respiré hondo y esperé. Finalmente, todo volvió a la calma. Recordé a Hedea y lo bien que me iría una de sus pociones o ungüentos milagrosos. Me di cuenta de que la echaba de menos. Reparé en que Dreybell seguía mirándome preocupado, y le sonreí.

—Estoy bien, de verdad —dije, al tiempo que me envolvía con la capa, que, para mi desgracia, ahora estaba sucia y algo desgarrada.

Estuvimos un largo rato en silencio, cada uno en sus cavilaciones. Observé distraída la esfera que nos iluminaba y recordé los fuegos danzarines que había en Heithen. Echaba de menos el lugar, echaba de menos a mis amigos. Miré a Dreybell, tratando de adivinar sus pensamientos. Ahora que me fijaba, su perfil era casi perfecto; estaba distraído y con los ojos cerrados. Su pelo, rojizo y ondulado, caía sobre sus hombros y brillaba bajo la lucecita que había conjurado él mismo hacía más de una hora. Su belleza no le iba a la zaga a la del propio Nandru. Al sentirse observado, Dreybell abrió los ojos y posó su mirada en mí. Sin saber por qué, permanecimos unos instantes observándonos en silencio.

Tal vez fuera por la situación, por todo lo que había pasado anteriormente, o por la necesidad de sentirme viva. Sin pensarlo dos veces, me lancé hacia él. Mis dedos rozaron su mandíbula al tiempo que mis labios buscaban con desesperación los suyos. Me había arrodillado frente a él para acortar el espacio que nos separaba. Sus manos no tardaron en rodear mi cintura y, sin vacilar, me estrechó entre sus brazos. La temperatura de mi cuerpo subió en cuanto sus manos acariciaron mi espalda por debajo de la ropa y ascendieron para luego colarse bajo mi sujetador. Busqué su cuello y lo besé para luego darle un tímido mordisco, arrancándole un gemido. Nuestra respiración se aceleró, incluso nos olvidamos de quiénes éramos y qué hacíamos en ese angosto pasadizo. Me senté a horcajadas sobre sus piernas mientras me liberaba de la pesada capa que ya comenzaba a ahogarme. Ignoré el latente dolor que me recorría, centrándome en la excitación del momento. Llevaba puesto un jersey fino, lo que le facilitaba a Dreybell acariciar cada parte de mi cuerpo.

Solté un gemido cuando me levantó la camiseta, me apartó el sujetador y lamió uno de mis pechos. Dejé que me tumbara cuan larga era en el suelo de aquel lugar, y Dreybell se quitó la camiseta, dejando al descubierto su torso desnudo. Bajo la luz de la esfera, varias cicatrices relampaguearon. Me pregunté cómo se las habría hecho, pero preferí callarme y dejar que se inclinase sobre mí para seguir besándonos con un ansia que jamás había experimentado. De pronto, el príncipe se detuvo, algo azorado.

—Tengo miedo de hacerte daño. Aunque te haya curado, sigues herida —dijo con voz ronca.

Se apartó con suavidad y yo me sentí algo decepcionada. Ya no me dolía nada; tan solo notaba pequeñas punzadas fáciles de ignorar. Me senté al tiempo, recolocándome el sujetador y pasando mis brazos por las mangas del jersey. Mis mejillas estaban encendidas como dos teas y me costó calmarme. Inspiré hondo.

—No pasa nada. De todos modos, es mejor que no pase nada, de momento. No he traído protección —respondí en voz baja.

—¿Protección?

—Ya sabes, un medio para no quedarte embarazada.

—¡Ah! Aquí se beben un brebaje nada más hacerlo si no desean tener hijos.

—¡Qué práctico! —sonreí.

Me coloqué del todo el jersey y él volvió a ponerse la camisa holgada de botones que se había quitado. Su brazo pasó por encima de mi hombro y yo me apoyé en él. Mi corazón seguía latiendo muy fuerte. Enredé mis dedos en los suyos, al tiempo que trataba de digerir aquello. Acabábamos de conocernos, pero eso no debía hacerme sentir mal. Había necesitado ese contacto tanto como respirar y, sinceramente, no me arrepentía. Al menos, no de momento.

Estuvimos un rato en silencio, oyendo los ruidos que se producían a nuestro alrededor. Dreybell se irguió y se quedó observando durante unos instantes el otro extremo del pasadizo.

—Creo que la cosa se ha calmado. Deberíamos arriesgarnos, si no nunca llegaremos a Heithen.

—Sí... Deben estar muy preocupados por mí.

Recordé el modo en el que Nandru me había mirado antes de desaparecer por el portal. Sus ojos habían estado repletos de dolor y preocupación, e incluso de rabia. Seguí a Dreybell hacia la salida y las dos lunas de Naheshia nos recibieron, suspendidas en el firmamento.

Fuera, el mundo parecía tranquilo.

—Tenemos que ir pegados a los árboles —dijo él mientras me ayudaba a anudarme la capa de Dreena en torno a los hombros—. Habrá guardias en cada torre vigilando en las alturas. Si por algún casual nos descubren y tenemos que separarnos, ni se te ocurra meterte en el mar. Hay bestias que te llevarían hasta el fondo y te devorarían. Sigue la orilla hacia el sur.

—No nos separaremos —sentencié.

Agarré su mano con tanta determinación y naturalidad que me costó asimilar que hace apenas unas horas ni siquiera lo conocía. Salimos al exterior con el único propósito de llegar sanos y salvos a Heithen.

En ese momento tragué saliva y me aferré a la esperanza de que nada podía salir peor.... Sin embargo, me equivocaba.

Tras abandonar las murallas del castillo, nos internamos en un bosque de árboles de diferentes tonalidades. Estábamos cansados, pero el miedo a ser descubiertos era un buen aliciente para no detenerse. Nada más salir de la arboleda, distinguimos unas formas montañosas cubiertas de musgo que tuvimos que rodear para evitar posibles caminos que pudieran tomar nuestros enemigos. Anduvimos entre la oscuridad, guiados por las dos lunas, procurando caminar siempre cerca de la orilla y dejando el mar a nuestra izquierda.

En cada cueva nos detuvimos para descansar, siempre alerta. En ciertos momentos, Dreybell me dejó dormitar entre sus brazos. Estaba agotada, pero teníamos que llegar cuanto antes a Heithen. Mis ganas de volver a ver a mis amigos eran tan fuertes que logré avanzar con energía a pesar del dolor y el cansancio.

En la tercera parada que hicimos, nos refugiamos en un hueco entre las rocas que daban al mar embravecido. Las olas golpeaban con violencia la base de nuestro improvisado refugio y no pude evitar tiritar por el aire helado que llegaba. El príncipe se acercó a mí y me abrazó para proporcionarnos calor. Le sonreí, agradecida ante el gesto, y nos quedamos los dos sentados escuchando el mar.

—¿Cuánto calculas que quedará? —pregunté.

—Si no nos detenemos mucho más, cuando los dos soles se vuelvan a alzar sobre nuestras cabezas, aproximadamente.

No sabía a cuántas horas equivaldría eso en la Tierra. Nos quedamos en silencio, observando como el agua brillaba delante de nosotros. Las dos lunas se reflejaban en ella y conseguían iluminar el paraje con colores increíbles. Se me cortó la respiración con el espectáculo que ofrecía el paisaje. Era un lugar precioso. El ruido de las olas me tranquilizaba y el cansancio empezó a hacer mella en mi.

Una figura alargada emergió del agua, provocando un estruendo, se elevó en el aire y volvió a sumergirse. Pese a que apenas había sido un vistazo fugaz, conseguí vislumbrar su cuerpo rojizo, coronado por dos cuernos. Me tapé la boca para no chillar y miré sorprendida a Dreybell.

—Es un dragón de agua —respondió—. De pequeño siempre iba a la playa para ver si aparecían.

El muchacho parecía conmovido por la aparición de aquel animal.

—Este mar se llama Thyare —comentó. Me pareció que iba a añadir algo más, pero se quedó en silencio, ensimismado.

—Thyare —repetí—. En la Tierra también les ponemos nombre.

—Si seguimos hacia delante nos encontraremos con Eferea, no sé si es buena idea pararnos en ese pueblo. —reflexionó Dreybell—. ¿Tienes hambre?

Llevaba horas muriéndome por probar bocado. Habíamos bebido agua en un arroyo que había cerca de las montañas, pero no habíamos encontrado nada que comer por la zona. Asentí y eso sirvió para que Dreybell se levantara. Lo imité y me acerqué de nuevo hacia el mar que había bajo nuestro improvisado y temporal hogar. Habíamos entrado por el otro lado de la cueva y, tras andar un trecho, habíamos encontrado la salida, aunque realmente no podíamos avanzar, dado que esa salida daba directamente hacia las embravecidas aguas de Thyare. Traté de distinguir algo entre la oscuridad, si bien no vi nada interesante. Me giré hacia el muchacho.

—Es curioso que hayamos desembocado aquí —empecé a decir—. ¿Sabes si hay...?

No pude terminar de formular la pregunta. De repente, algo o alguien se aferró a mi tobillo y me arrastró hacia atrás, dirección al fondo del mar. Grité, aterrorizada, y traté de aferrarme al borde rocoso de la cueva. Dreybell reaccionó a tiempo y consiguió dar un salto, y, justo cuando mis dedos resbalaron, me agarró por los brazos y tiró de mí. Mi corazón latió desbocado cuando me atreví a mirar qué o quién se aferraba con tanto ahínco a mi pierna. La sangre se me congeló y todo pareció detenerse durante una fracción de segundo. Las manos terminadas en garras de una criatura de piel azulada se aferraban a mi tobillo y habían logrado atravesar mi pantalón y desgarrar mi piel. La sangre manó y pareció agradar a la bestia, que se relamió los labios con una lengua larga y puntiaguda, dejando entrever unos dientes afilados como sierras en cuanto se percató de que la estaba mirando. Era humanoide, pero desde luego no era humano. Sus ojos eran todo pupila, negros como la noche, y sus cabellos verdosos y cortos parecían hechos de tiras de algas. Agitó furiosa su cola de pez al ver que no conseguía arrastrarme con él y las demás aletas de su cuerpo vibraron de rabia. Oí que de su garganta emanaba una especie de siseo, que me recordó al de las serpientes que había visto en un documental con April.

Volví a gritar cuando la criatura hizo otro esfuerzo por trepar por mi pierna. Dreybell reaccionó y envolvió mi cuerpo con uno de sus brazos, y con su mano libre conjuró una esfera luminosa de color azul que lanzó contra la cara de la criatura. Cegada por el hechizo, esta se zafó de mí y cayó hacia el fondo del mar. Con un último tirón, Dreybell me subió de nuevo a la plataforma de roca.

—¿¡Qué cojones era eso!? —grité, temblando—. ¡Me ha herido!

El pantalón era demasiado ajustado como para poder doblar los bajos con el fin de ver el destrozo que había hecho en mi pierna, así que me lo quité. Dreybell conjuró una esfera luminosa, parecida a la que había hecho aparecer en el pasadizo, y la acercó a la herida. Vi que se trataba de dos largos y profundos arañazos que seguían sangrando, manchando el suelo de piedra. Miré mis manos, rasguñadas en mi intento de aferrarme a algo para no caer en las garras de aquella extraña criatura. ¿Sería eso una sirena? En nuestras leyendas solían ser hermosas. Respiré hondo.

—¿Es que no voy a tener ni un momento de suerte? —me quejé.

Por toda respuesta, el muchacho posó su mano detrás de mi cabeza y me dio un largo y dulce beso que consiguió calmarme. Arrebolada, le respondí con otro. Nos separamos algo azorados.

—Vamos a limpiar la herida. ¿Te importa que cargue contigo?

Negué con la cabeza y Dreybell se acuclilló para que pudiera subirme a su espalda. Salimos de la cueva y avanzamos en silencio mientras yo descansaba mi mejilla contra su espalda. Por primera vez, me alegró ser bajita; así podía llevarme y yo no me sentía gorda. De todas formas, intenté que mis brazos no lo ahogaran y que estuviera cómodo. Me llevaba como si nada.

No nos alejamos mucho de la ribera del mar y, tras unos cuantos minutos, llegamos a un pequeño arroyo que parecía emerger de la base de una de las montañas. Dreybell me dejó con cuidado encima de una pequeña roca y se dispuso a limpiarme los cortes. Después de ello, me vendó con un trozo de la capa que Dreena me había dado antes de partir a Aszeria.

Cuando conseguí levantarme, me volví a poner el pantalón. Si apoyaba el pie aún me dolía, pero no comenté nada al respecto. El dolor del ataque de la sirena y de las heridas de la tortura se mezclaban de tal manera que ya casi no sentía nada.

Dreybell tomó mis manos y las giró para contemplar las heridas. Su ceño estaba fruncido y las lunas iluminaban de forma tenue su rostro. Antes de poder abrir la boca, sus dedos repasaron los rasguños y lentamente se desvanecieron. Miré mis manos, atónita.

—Gracias. —Me costaba creer todo lo que ese chico estaba haciendo por mí: salvarme dos veces la vida y curarme. ¿Por qué se esforzaba tanto?

Decidimos ponernos de nuevo en camino, dejando atrás las colinas de musgo. Cuando uno de los dos soles emergió tímidamente, distinguimos la forma de una muralla de color tierra que se alzaba majestuosa, protegiendo el pequeño pueblo que había en su interior.

—Pararemos una hora para comer en la taberna y nos iremos, pero antes será mejor que cree un hechizo ilusorio para ambos —dijo al tiempo que estudiaba detenidamente nuestro entorno.

—¿Un hechizo ilusorio?

—Ellos no nos verán con nuestro aspecto, sino como dos vecinos del pueblo, sin más.

Dejé que Dreybell me envolviera en una especie de tela transparente que, en cuanto me cubrió por completo, se desvaneció, despejando así mi campo de visión. Cuando lo miré de nuevo, di un respingo, ya que donde hacía segundos había estado Dreybell, ahora había a un hombre de unos sesenta años ataviado en una especie de túnica. Tenía el cabello grisáceo y la cara marcada de profundas arrugas. Reí, divertida.

—No quieras ver tu aspecto —bromeó—. Estás mucho más vieja y encorvada.

Le di un codazo y acto seguido nos echamos a reír. Cuando logramos controlar la risa, nos acercamos a la puerta más próxima, ante la que había varios soldados apostados. Parecieron reconocernos y, sin preguntar siquiera, nos abrieron. Entramos en el interior del modesto pueblo y abrí los ojos como platos, incapaz de asimilarlo todo de un solo vistazo.

Las estrechas calles conducían a una pequeña plaza donde un precioso pozo cubierto de una planta similar a la hiedra anunciaba el centro del pueblo. Alrededor de dicha plaza, las casas se agolpaban en desorden, todas hechas del mismo material que las murallas. Solamente los tejados cambiaban de color, así como la forma de las ventanas y de las puertas. Algunas, decoradas con arcos y bajorrelieves, tenían dos plantas y más o menos el mismo tamaño. A pesar del caos que reinaba en la distribución de las viviendas, era innegable que el lugar poseía cierto encanto.

Dreybell me agarró de la mano y me condujo hasta uno de los edificios que había frente al pozo. Nada más acercarme a la estructura, me fijé en que las plantas que lo envolvían se movían por sí solas. Lo señalé con una sonrisa.

—Se mueven.

Aquello no era producto del aire, puesto que no corría ni una pizca. El movimiento de esa extraña hiedra me recordaba al de las lianas que habíamos visto al tratar de llegar a la grieta. Solté a mi compañero, me acerqué a ellas y extendí la mano hacia la más cercana. De pronto, la rama se irguió y retrocedió a gran velocidad. El resto de ellas hicieron lo mismo y abrazaron temblorosas la estructura de piedra.

—Las has asustado —sonrió Dreybell.

El muchacho tomó de nuevo mi mano y dejé que me llevara hasta la taberna. Cuando entramos, un olor a comida recién hecha nos dio la bienvenida. Observé con curiosidad a mi alrededor. El suelo y las paredes eran de madera oscura y unas mesas redondas precedidas por unos cuantos taburetes se distribuían por el local. Una barra separaba la estancia en dos y, tras esta, el mesero se encontraba inclinado sobre un horno donde un par de animales que no distinguí se estaban cocinando sobre las brasas. Cuando oyó que la puerta se abría, se volvió hacia nosotros. Era un anciano de piel curtida por el sol y rostro redondeado.

—Que la Diosa los guíe —dijo, a modo de saludo—. ¿Qué desean?

—La mejor carne que tenga —dijo Dreybell—. ¿Y tú, querida?

—Eh, no sé. ¿Qué clase de animales están cocinando? —pregunté en un susurro.

—Lo mismo para ella —contestó él en voz alta.

Fui a quejarme, pero Dreybell me envolvió con los brazos y me condujo a la mesa más apartada. Había varias personas comiendo y conversando, por lo que nadie nos prestó atención. El tabernero llegó enseguida con dos cuencos de madera llenos de comida; Dreybell le pagó un par de monedas y el hombre se fue tras dejar dos jarras de agua en la mesa. Miré la comida con desconfianza. En Heithen había sobrevivido a base de frutas y barritas energéticas que April llevaba consigo y que, por cierto, comenzaban a escasear. En una ocasión había llegado a probar la carne de un animal que se parecía mucho a las gallinas que teníamos en la Tierra.

Olisqueé el plato y Dreybell me miró, enarcando una ceja. Le devolví la mirada al tiempo que entornaba los ojos.

—¿Qué es? —pregunté.

—Son animales que se encuentran por los bosques. No sabría describírtelos. Trepan por los árboles y se esconden en sus madrigueras que hacen en el interior del tronco. Son alargados y tienen una cabeza que termina en una trompa. Están ricos. ¡Pruébalo!

Suspiré mientras volvía mi atención al plato. No había cubiertos, así que, haciendo una mueca, metí la punta de los dedos en el plato y separé la carne de los huesos. Pellizqué el primer trozo y me lo llevé a la boca. Lo saboreé con calma, a la espera de sentir cualquier gusto extraño; en cambio, para mi sorpresa, no estaba nada mal. Tenía un toque, picante y dulce a la vez, muy agradable.

Comimos con las conversaciones de quienes estaban a nuestro alrededor. La puerta chirrió cuando ya estaba terminando el plato. Sin que me diera cuenta, las mesas se habían quedado vacías y todo el barullo de voces casi había desaparecido. Miré la puerta de forma instintiva y me quedé paralizada al ver al grupo que acababa de entrar. Dreybell se levantó con tanto ímpetu que los platos se movieron cuando sus piernas rozaron la mesa. Su vista se clavó en el rostro de su hermana, mientras que April, Erika y Nandru la seguían de cerca.

Por el rabillo del ojo, vi cómo movía las manos y adiviné que había retirado el hechizo ilusorio al sentir menos peso sobre mis hombros.

—¡Erika, April!

El grupo se encaminaba hacia el otro lado de la taberna, donde todas las mesas estaban vacías. Cuando se giraron y me vieron, las chicas se quedaron congeladas un segundo, entre un paso y otro, y entonces echaron a correr y se abalanzaron sobre mí. Al momento, ya estaba rodeada por los brazos de mis amigas. Reprimí un quejido al notar cómo una punzada de dolor me recorría ante aquel abrazo, pero no podría haberme importado menos. April había empezado a sollozar contra mi hombro y Erika acariciaba mis cabellos con ternura mientras nos mirábamos, emocionadas. Se separaron cuando Nandru se acercó a nosotras y, antes de poder decir nada, el albino me envolvió entre sus brazos. Mi corazón dio un salto y me estremecí al sentir que su cuerpo temblaba ligeramente bajo mi abrazo. Se separó un momento para poner sus manos a cada lado de mi rostro y me miró a los ojos con seriedad.

—Lo siento —dijo.

Me olvidé de respirar en cuanto apoyó su frente sobre la mía. Sus labios estaban demasiado cerca y por un instante pensé que me besaría. Sin embargo, desilusionada, vi cómo se separaba y volví a la realidad.

—Estabas muerta —dijo April, aún con lágrimas en los ojos—. Tuve una visión y luego lo consulté con las cartas. Nandru se disolvió y volvió al colgante. Ninguno de nosotros se atrevía a agarrarlo. Fue horrible, Katia, me sentí fatal porque fui yo quien os convenció para venir.

—No pasa nada, Dreybell me salvó.

Me di cuenta que la princesa Krydna había estado en silencio, observando a su hermano con expresión de incredulidad. Al oír su nombre en mis labios, pareció reaccionar. Por primera vez, vi lágrimas en sus ojos y, sin mediar palabra, se precipitó a los brazos de su hermano. Recordé de pronto que él y yo nos habíamos besado. Incómoda, miré a Nandru. Si lo supiera, ¿se sentiría molesto? Imposible. Yo no le importaba tanto.

—Dreybell me salvó —repetí, desviando la mirada y fijando mis ojos en April—. Me sacó de la sala donde Eyron me estaba torturando.

Al oír ese nombre, los ojos de Nandru brillaron con una rabia que me sobrecogió.

—¿Te torturó? —preguntó, encolerizado.

Sus puños se crisparon. Erika le palmeó la espalda con delicadeza y, tras pasar su brazo alrededor de mis hombros, me condujo de nuevo a la mesa donde habíamos estado antes comiendo.

—Tengo algo para ti —dijo.

Tras rebuscar en uno de los bolsillos de su chándal, extrajo mi colgante y me ayudó a anudármelo alrededor del cuello.

—Me parece que necesitas una buena ducha. Estás horrible.

—Gracias. Encima estoy llena de heridas. Una especie de sirena ha intentado comerme —me quejé, y les mostré la pierna. Hasta el pantalón tenía restos de sangre.

Nandru se agachó al verla y, tras destrozar mi pantalón mientras quitaba el vendaje, me masajeó la zona con suavidad. Un cosquilleo agradable se extendió por mi cuerpo y los arañazos desaparecieron por completo. Había olvidado lo poderoso que era. Lo miré con un infinito cariño; sin embargo, me devolvió una mirada repleta de culpabilidad.

—Lo siento —dijo con voz queda—. Caímos en el portal y se cerró, y luego nadie pudo abrir otro. No sé porqué me debilité, lo intenté, pero no podía. Resultó muy frustrante. Luego dejé de sentirte y algo invisible me arrastró de nuevo al colgante. Ha sido lo más horrible que he vivido. No quiero perderte nunca más.

Su última frase me pilló por sorpresa. El muchacho comprendió la magnitud de sus palabras y bajó la mirada, algo azorado. April y Erika se levantaron y se marcharon hacia la entrada, donde Krydna y Dreybell seguían hablando, ajenos a todo lo demás. Observé a mis amigas marcharse y volví mi atención a Nandru, que seguía arrodillado frente a mí. Mis manos buscaron su rostro. Acaricié su pálida piel al tiempo que echaba un rápido vistazo hacia la espalda del príncipe, que estaba absorto en su hermana. Me sentía un poco culpable, si bien algo dentro de mí necesitaba probar una cosa. Me incliné sobre los labios de Nandru y lo besé. Él me correspondió de inmediato, bebiendo de mis besos. Abrí los ojos sorprendida y observé su cara. Tenía los ojos cerrados. Me fijé en sus párpados claros y en su expresión relajada. Cerré los ojos para dejarme llevar por el momento. Notaba un torrente cálido en mi interior. Nandru me miró.

—Tenemos que volver a Heithen antes de que anochezca.

Asentí con una amplia sonrisa. Dreybell y Krydna se acercaron a nosotros con una expresión indescifrable. ¿Nos habrían visto besándonos? Estudié con detenimiento el rostro de Dreybell. No, no parecía. De lo contrario, tendría una expresión distinta… Krydna llegó hasta nosotros y, tras morderse el labio, habló:

—Nandru, mi hermano dice que ha estado en las mazmorras de Eyron. Antes de que te pille por sorpresa, queríamos contarte que Ethel está viva. La mujer a la que amabas, por la que Eyron te castigó con esta maldición, está viva.

El nombre de Ethel se grabó a fuego en mi cerebro al tiempo que mi corazón se rompía en mil pedazos. Y es que, cuando miré la expresión de Nandru, vi un brillo de felicidad en sus ojos que jamás le había visto. El hecho de que estuviera viva solo podía significar una cosa: Nandru no tardaría en volver corriendo a sus brazos.

thel estaba viva. Ethel y Nandru volverían a estar juntos después de tantos años, y eso solo quería decir que ya lo había perdido. Lo había tenido por un breve tiempo, pero todo había terminado ya. Habíamos llegado hacía dos días terrestres a Heithen y todo el mundo estaba sumido en sus tareas. Unos estaban fabricando armas y escudos, otros los encantaban para mejorar sus propiedades, otros fabricaban medicinas y brebajes bajo la supervisión por Hedea. Yo decidí mudarme a la habitación contigua a la que solía ocupar con April, Erika y Nandru. Necesitaba quedarme a solas y no participar en los acontecimientos que iban a preceder a la guerra, que ya no tardaría en desatarse.

Para asegurarme de que estaría realmente sola, le dejé a Erika el colgante de Nandru. Conscientes de lo delicado de la situación, mis amigas aceptaron mi petición y respetaron mis deseos de aislarme, de modo que nadie se percató de que continuamente despertaba asustada por las pesadillas que me asaltaban. En ellas, Eyron me torturaba hasta que mi cuerpo no lo soportaba más, y moría una y otra vez. En esta ocasión, una mujer lo acompañaba. No conseguía verle el rostro, aunque sabía perfectamente que era Ethel.

Al cuarto día, decidí salir a dar una vuelta. No encontré a nadie por el edificio y eso me alivió. Aún no me apetecía ver a Dreybell o a mis amigas, o peor, a Nandru. Bajé las escaleras en silencio, crucé el vestíbulo y salí al exterior. El hombre que cuidaba los niugus me saludó en cuanto me vio salir. Estaba a unos metros de la entrada, arrastrando a un ejemplar dentro del recinto que tenía para ellos. Recordé la tarde en la que dimos un paseo montados sobre dos de ellos y sentí que mi corazón se encogía, pero me obligué a no pensar en ello. Agité la mano para devolverle el saludo y comencé a andar en dirección contraria. Al principio no pensé muy bien hacia dónde me dirigía. No obstante, cuando me detuve frente a la casa de Hedea no dudé en llamar a la puerta.

La anciana abrió enseguida. La había visto el día que volvimos y desde entonces no supe mucho de ella. Había estado fabricando brebajes y ungüentos para la batalla. April me lo contó el día en que les comuniqué a ella y a Erika que necesitaba quedarme un tiempo a solas.

—Estás pálida, muchacha —me riñó Hedea mientras tiraba de mí hacia dentro.

Pasé, sin saber muy bien qué decir. La anciana me adelantó y volvió a su caldero, en el que estaba removiendo frenéticamente una pasta algo espesa y de color blanco azulado.

—Querida —dijo, soltando el enorme cucharón y volviéndose hacia su estantería repleta de botellitas y cajas—, te voy a dar algo para que te relajes. ¿Son esas pesadillas las que no te dejan dormir?

—¿Cómo has sabido...? —comencé a preguntar, pero Hedea me interrumpió.

—Aparte de naheshi, soy vieja, y sabe más el diablo por viejo que por diablo. ¿O no se nota?

—Es verdad...

La mujer me dio un cuenco y, tras inclinarse sobre la chimenea, recogió una especie de tetera y llenó mi recipiente con agua. El calor desentumeció. La anciana corrió, entonces, hacia la despensa de su abarrotada cocina y buscó en varias cajas hasta que encontró unos ramilletes de flores y un par de hojas. Los dejó caer en el interior de mi bebida y acto seguido lo removió con una cucharita. Me quedé absorta viendo cómo el vapor emergía en forma de pequeñas volutas.

—¿Para qué sirve? ¿No querrás envenenarme, vieja bruja? —bromeé. Teníamos confianza suficiente como para ello.

—Me alegra saber que no has perdido el sentido del humor —respondió Hedea, volviendo su atención a lo que fuera que estuviera elaborando en su caldero—. ¿Dónde has dejado al muchacho?

—¿A Nandru? —pregunté.

—Sí. ¿A quién si no? Aunque, cuando volviste del castillo de Eyron, noté que había cierta tensión con el príncipe.

Hedea se rio, divertida. Vi cómo metía un dedo en su mezcla y la observaba con atención. Se la acercó a la nariz, haciendo una mueca de desagrado, y corrió hacia el fondo de la casa, donde tenía un par de cajones apilados con pequeños frascos de cristal. Sabía que esperaba una respuesta por mi parte, de modo que me senté en el banco que había frente a la mesa donde el enorme libro seguía abierto. Apoyé el cuenco en mis rodillas sin soltarlo.

—Digamos que lo besé cuando me curó. Fue un impulso estúpido para sentirme viva.

—¿Y lo habéis hablado?

—La verdad que no he hablado con nadie. Llevo cuatro días encerrada en una habitación.

—¡Qué raros sois los terrestres! —rezongó Hedea mientras seguía con su caldero.

—Sentimos ser una raza subdesarrollada —dije con sarcasmo.

—No es para tanto. —La anciana me miró con dureza—. Habéis desarrollado mucha tecnología para salir adelante pero… Siempre seréis algo inferiores a nosotros.

Le saqué la lengua.

—¿Así me tratas, jovencita? —La mujer sonrió, y añadió para sí misma—: Esto ya está.

Sacó un cajón del fondo de uno de los armarios que tenía en el otro extremo de la casa, abarrotados de cachivaches, y comenzó a repartir la mezcla en varios frascos de cristal de pequeño tamaño con la ayuda de un embudo. La observé trabajar un rato en silencio, aún con la extraña bebida en mi regazo.

—¿Piensas que voy a envenenarte, Katia? —preguntó la anciana.

—No… Es solo que… No sé…

—Te ayudará con los nervios y esta noche dormirás como un didú.

—¿Un didú?

—Son unos animales que viven en árboles y duermen un montón.

—Está bien, Hedea… Confío en ti —suspiré.

Bebí, esperando que la infusión fuera amarga. En cambio, para mi sorpresa, era dulce y hasta estaba rica. Vacié el vaso, procurando no tragarme ninguna planta de las que había en el fondo, y lo dejé sobre la mesa.

—Está bueno.

—Además de relajarte, tiene unas propiedades curiosas: te proporcionará el coraje que te falta, así que antes de que se pase el efecto y te duermas por ahí ve a hablar con Nandru o con el principito y luego del tirón a la cama.

La miré sorprendida. Fui a replicar, pero ella se levantó del sillón, me tomó la mano y tiró de mí hacia el exterior de la casa.

—Es por tu bien —dijo.

—¡Me has engañado! —me quejé.

Pronto comencé a sentirme distinta. Era agradable, como si pudiera con todo y debiera salir de mi burbuja para enfrentarme a la realidad. Me dejé conducir hasta fuera y me despedí de Hedea.

—Siento que puedo con todo —dije con una sonrisa y un brillo de determinación en mi mirada.

—Sí. Ve, ve. Y no tardes, que luego te espera un sueño muy reparador.

Sus labios finos y surcados de arrugas esbozaron una pícara sonrisa. Me despedí rápidamente y eché a correr en dirección al centro del pueblo. No supe por qué había decidido tomar ese camino, pero, para mi sorpresa, vi a Nandru cerca del edificio del Oráculo, acompañado de April, Erika y la princesa Krydna. Me detuve ante ellos, sintiéndome como en una nube

—¡Hola! —sonreí, extasiada.

Mis amigas se sorprendieron al verme allí con semejante sonrisa. Erika enarcó una ceja y me miró con desaprobación.

—¿Qué te has tomado? —preguntó.

—Me han obligado a tomarme una infusión. Tranquila, que solo me da coraje. Y ya que estoy aquí, siempre he tenido curiosidad por hacer esto contigo.

Agarré el rostro de Erika con absoluta confianza y, sin darle tiempo a reaccionar, la besé. Sus labios eran dulces, aunque no de la forma que buscaba.

—Me ha gustado —dije—, pero no siento mariposas como cuando beso a Nandru. Con Dreybell también sentí alguna mariposa.

Erika se rió ante mis palabras y me miró con infinito cariño. Me volví hacia Krydna; en lugar de echar chispas, me miró con sorpresa.

—¿Has besado a mi hermano? —preguntó.

—Sí. Y perdona por besar a Erika, sentía curiosidad y es mi mejor amiga.

—Erika es importante para mí, pero no me pondría celosa por eso. Me pondría celosa si... —Se detuvo al darse cuenta de que estaba hablando de más.

—¿De qué te pondrías celosa? —pregunté con curiosidad.

—Si ella..., si ella no sintiera nada por mí. —Krydna se mordió el labio y volvió su rostro en otra dirección. Se había sonrojado ligeramente. Algo me decía que me estaba metiendo en terreno pantanoso.

—Yo había venido a hablar con Nandru —dije—. ¿Me lo prestáis?

Erika se quitó el colgante que llevaba alrededor del cuello y me lo dio. Di las gracias y April me miró con cariño. Acto seguido, Nandru y yo nos alejamos.

—Solo quería decirte que estoy enamorada de ti, Nandru, aunque creo que eso ya lo sabes.

—Si tan enamorada estás..., ¿por qué besaste a Dreybell?

—Porque me gusta —respondí con total sinceridad, como si fuera obvio—. Además, ¿qué más da? Tú sigues enamorado de esa tía.

—Ethel.

—Sí, esa. Una tía que no te ha buscado ni nada.

—Prefiero escuchar sus explicaciones a imaginarme cosas que tal vez no sean verdad —respondió con suavidad.

Nos quedamos en silencio. El corazón me latía violentamente. No obstante, quizá por la infusión de Hedea, me sentía en calma. Respiré hondo.

—¿Tú sientes algo por mi? —pregunté al fin.

—Sí. —La respuesta me pilló por sorpresa—. Pero me da miedo no sentir por ti ni una parte de lo que siento o sentí por Ethel. Todo esto es muy confuso, Katia.

—Entiendo. Algo es algo.

—No deberías conformarte con «algo» —dijo, poniéndose serio—. Mira, al principio me parecías alguien superficial, que solo pensaba en sí misma, en fiestas, en ropa, en cosas banales. Sin embargo, eres mucho más que eso. Has demostrado ser valiente y tenaz. Cuando quieres a alguien, eres capaz de entregar incluso tu vida.

Sus palabras me sobrecogieron. Emocionada y conteniendo un par de lágrimas, lo miré con una sonrisa.

—Gracias, Nandru.

—No tienes por qué darlas. Mereces a alguien que dé su cien por cien. Yo no puedo dártelo ahora mismo, pero…, tal vez Dreybell…

—No estoy tan desesperada por encontrar novio —repliqué, algo herida—. Dreybell me gusta. En cambio, tú me fascinas, me haces sentir todo lo bonito que se puede sentir en el mundo. No sé por qué. No has hecho nada para merecer mi amor y, aun así…, aquí están estos malditos sentimientos. De todas formas, no creas que no soy orgullosa; tengo amor propio. No mendigaré tu amor, ni me arrastraré por ti, ni iré al fin del mundo para perseguirte. Estoy aquí por Greta, April y Clara, y por toda la gente que quiere derrotar a Eyron.

—Lo sé —dijo—. Por eso me fascinas, criatura terrestre.

—¡Oye! No me pongas motes cutres.

Ambos nos reímos para deshacernos de la tensión que nos había invadido. Sentía algo muy pesado: la infusión estaba adormeciéndome.

—Te sonará raro, pero la vieja me ha dado una droga o algo así y me estoy durmiendo.

—¿Para qué te fías de Hedea? —me regañó.

Su voz sonaba dulce, o quizá era yo que me estaba durmiendo y ya comenzaba con mis ensoñaciones. Me costaba caminar hacia el edificio donde nos hospedábamos. Reprimí un bostezo y me esforcé en llegar por mi propio pie, pero finalmente lo conseguí. Entramos a mi nueva habitación y me dejé caer en la cama. Noté como Nandru me desabrochaba las zapatillas y me las quitaba.

—Oye —dije en voz baja—, ¿puedes acostarte a mi lado? Prometo no meterte mano.

Solté una risita. El colchón se hundió levemente bajo su peso mientras mis párpados se cerraban de puro cansancio. Sentí las yemas de sus dedos acariciando mi cabello. ¿Me estaría mirando? Quise abrir los ojos. No obstante, estaba demasiado cansada y simplemente me dejé llevar por el sueño.

Si los días anteriores me habían parecido caóticos, apenas pude creer la que se nos vino encima con los preparativos en los días que siguieron. Ya habíamos establecido una fecha para partir hacia los dominios de Eyron y enfrentarnos a sus fuerzas. La pequeña aldea subterránea se quedó prácticamente vacía, ya que se enviaron varios grupos en dirección a las ciudades de Destïa, Minzen, Yrthia, Thyare y Evaliir para traer más hombres y mujeres que quisieran hacer frente a la tiranía del rey que gobernaba en toda Naheshia.

Empecé a entrenar más a menudo y con más perseverancia. La rutina era dura, pero quería mejorar mi habilidad con el arco, aunque también visitaba a Hedea con frecuencia para enfrascar más medicinas que deberíamos llevarnos a la batalla. Erika, por su parte, no se despegaba de la princesa Krydna, y juntas se encargaban de entrenar a los nuevos reclutas. En cuanto al beso… Habíamos hablado sobre ello y, por suerte, no estaba molesta. April, por otro lado, comenzaba a manifestar algunos poderes. No obstante, eran tan débiles que no le servirían para luchar. Cuando se lo dijeron, la noticia le sentó como un jarro de agua fría, y más tarde nos contó, afligida, que sentía que estaba decepcionando a su abuela Dreena. Sin embargo, con el tiempo asimiló sus limitaciones, se propuso superarlas y, al hablar con Dreena y entender que no la estaba defraudando, volvió a ser la chica alegre de siempre.

Era sencillo perder la noción del tiempo, por lo que traté de aferrarme a los horarios que teníamos en la Tierra. Según la pantalla tintineante de mi móvil, era por la tarde, pero en los subterráneos de Heithen parecía que el tiempo se hubiera parado para siempre. Los fuegos danzarines que flotaban sobre nuestras cabezas iluminaban el pueblo siempre con la misma intensidad, sin importar qué momento del día fuera. Aquella luz constante hacía que no te dieras cuenta del transcurso de las horas, y, sinceramente, no entendía cómo la gente aún no se había vuelto loca. A mí ya me estaba afectando anímicamente no ver la luz del sol.

Cuando decidí que estaba lista para hablar con Dreybell, me contaron que se había marchado hacía varios días con el primer grupo en dirección a Yrthia, una isla al oeste de Heithen. Me quedé preocupada: ¿se habría enfadado porque lo había evitado todos estos días? O tal vez lo que pasó entre nosotros no significó nada para él y no merecía la pena calentarse la cabeza sintiendo que le debía una explicación. Casi me arrepentía de haber pospuesto aquella conversación.

Nandru tenía que acompañarme allá donde fuera, puesto que yo seguía siendo la portadora del colgante, por lo que seguía pasando más tiempo con él que con cualquier otra persona. No habíamos vuelto a hablar de nuestros sentimientos, lo que realmente era un alivio: no estaba preparada para oírlo decir que lo nuestro era imposible.

Aquel día fuimos al edificio donde Winnor había instalado su taller: allí fabricaban armaduras, ropa, proyectiles y armas. Era la primera vez que flanqueaba la puerta de aquel lugar, y lo encontré repleto de mesas y herramientas. Al fondo, varios hornos caldeaban la estancia y la iluminaban con tonos rojizos y anaranjados. Varias personas, hombres y mujeres, se hallaban enfrascadas en la fabricación de puntas de flecha y espadas. No se detuvieron para mirarnos, sino que siguieron inclinados sobre sus creaciones cuando entramos. Winnor, en cambio, sí se levantó y dejó un casco a medio hacer sobre la mesa en la que había estado trabajando.

—Nandru, Katia. ¿Cómo estáis? —saludó, con una amplia sonrisa.

—Bien —respondí, observando con admiración el taller—. Todo esto es increíble.

De pronto, un hombre diminuto, que apenas me llegaba a la cintura, pasó por mi lado, llevando entre sus robustos brazos un par de lanzas. Nunca había visto a alguien de una altura tan menuda y no pude evitar observarlo con curiosidad mientras se dirigía al horno más próximo. Dejó las armas en el suelo y se volvió hacia mí al notar que lo miraba. Su rostro arrugado estaba cubierto por una rubia y larga barba despeinada. Me dirigió una expresión torva y se giró de nuevo para comenzar a fundir el metal del que estaban compuestas las lanzas. Nandru me dio un suave codazo.

—Mirar fijamente a la gente es de mala educación —susurró.

—Perdona… Es que es clavado a los enanos de *El señor de los anillos* —dije, aún sin apartar la mirada del hombrecillo.

—Siempre pensé que esas novelas de fantasía medieval que tanto os gustan las habría escrito alguien que conocía Naheshia —comentó el muchacho al tiempo que tiraba suavemente de mí para que dejara de observarlo—. Los enanos viven en Zer y pertenecen al pueblo de los zerkyu.

—Todavía me cuesta creer que todo esto sea real —dije sonriendo.

—Muchos naheshis han visitado la Tierra y se han mezclado con terrienses. —Winnor intervino en nuestra conversación con una sonrisa—. No me extrañaría que algunos se fueran de la lengua o incluso que invitaran a sus amigos humanos aquí.

—Winnor, no quiero parecer muy brusco, pero el tiempo apremia. —Nandru había vuelto a recuperar su aspecto severo—. ¿Qué armas quieres que encante?

—Seguidme.

Winnor se dirigió hacia el fondo del taller. Lo seguimos de inmediato, pasando entre las mesas. Me sorprendió que ninguno de los presentes levantara la cabeza para mirarnos; tal vez nos tenían ya muy vistos y no les inspirábamos curiosidad, o quizá sabían que cualquier distracción los retrasaría en la entrega de los productos que estaban fabricando. Llegamos a otra estancia, mucho más luminosa que la anterior, en la que solo había un par de mesas ocupadas por armas y trajes ya terminados. Dreena y Lyra se encontraban allí, charlando de pie, y cuando entramos se volvieron hacia nosotros.

—Hola, Katia —me saludó la abuela de April con una amplia sonrisa—. ¿Has comido?

—Sí —asentí, recordando la extraña sopa de algas que había probado.

—Hemos encantado también los proyectiles. —Lyra posó sus ojos en Nandru. Como siempre, la hechicera iba directa al grano.

—Buena idea —respondió él—. Cuantas más armas mágicas tengamos, mejor. Ahora bien, tened en cuenta que no podremos fabricar muchas, porque somos muy pocos quienes podemos transferir nuestra energía a un objeto, y es un proceso muy cansado, así que necesitaremos tiempo para recuperarnos.

—Yo no soy tan poderosa como Lyra —intervino Dreena—, pero creo que podré ayudar.

Lyra recogió una pequeña daga de una de las mesas y la levantó frente a nosotros. Sentí un pequeño escalofrío al ver la afilada cuchilla brillar bajo las luces llameantes del techo. Percibí en ella, de pronto, un fulgor anaranjado.

—Esta, por ejemplo, tiene un tiempo de uso limitado, pero, si logras hundir el filo en el cuerpo de alguien, este se abrasará desde dentro.

Volvió a dejar con suavidad el arma en su sitio. Las espadas contiguas también tenían cada una su propio brillo tenue. Unas eran azuladas, otras púrpuras y otras verde claro.

—Esta de aquí —siguió diciendo Lyra, al tiempo que señalaba la de tono verdoso— envenena a su víctima.

—Lo malo es que son de un solo uso, por eso queríamos hacer todas las que pudiéramos —intervino Dreena.

—¿Creéis que más gente se unirá a nuestras filas? —pregunté.

—Sí. No muchos, pero cada hombre cuenta —respondió la abuela de April.

—No creo que los céreos quieran bajar al sur —reflexionó Lyra—. Son una raza muy orgullosa y no les gusta el clima cálido.

Miré inquisitivamente a Nandru, pero no se percató de que le estaba tratando de hacer una pregunta silenciosa. No tenía ni idea qué era un céreo.

—Los evalirenses posiblemente sí se unan a nosotros. Están furiosos con la muerte de sus reyes y se la tienen jurada a Eyron, aunque aún no han ocasionado revueltas ni ningún problema. Los zerkyus también se unirán sin dudarlo. Ya han mandado a un representante, lo habréis visto en el taller.

—¿Qué hay de los jinetes de dragones? —preguntó Nandru.

—Aún no hemos recibido noticias de Yrthia. El príncipe Dreybell ha ido a buscar al último criador de dragones para ver si puede proporcionarle alguno. De esa forma, atacaríamos desde las alturas y derribaríamos a cualquier jinete; un dragón sin jinete no suele atacar a menos que se vea en peligro.

—Si Yrthia no colabora, estaremos en desventaja —musitó Nandru.

—En efecto —reconoció Dreena—. Es muy difícil derribar a los jinetes desde abajo, tendríamos que matar directamente al dragón, pero, sinceramente, no querría tener que hacerlo. Están en peligro de extinción.

Aquella noticia me sorprendió y me asaltó el recuerdo de la noche en la que vi un dragón de agua. No podía creer que tan solo hubieran pasado cinco días desde aquel encuentro.

—No tenemos mucho tiempo. —Dreena se había movido hacia una de las ventanas—. En cuanto Dreybell y los demás regresen, saldremos hacia Aszeria. —La mujer fijó sus ojos en mí, y, para mi sorpresa, vi reflejada en ellos una infinita preocupación—. Katia, sé que las visiones de April la sitúan en esta batalla junto a ti, pero también sé que el futuro puede reescribirse... Estoy preocupada por mi nieta. ¿No podrías convencerla para que se quede aquí?

—Lo intentaré —prometí con el corazón encogido.

—Dreena. —Lyra colocó una mano en el hombro de su amiga—. Estarán bien, son fuertes. Debemos tener fe en nuestra victoria. Eyron jamás ha tenido que hacer frente a una sublevación; a pequeñas revueltas, sí, pero nada parecido a esto, y estamos preparados. Cuando vean que estamos dispuestos a luchar, muchos se pasarán a nuestro bando y abandonarán a ese malnacido.

—No le tengo miedo —mentí. Sin embargo, no engañaba a nadie—. No volverá a atraparme.

Aunque esbocé una sonrisa, sentía un temor creciente dentro de mi pecho. No quería volver a pasar por aquello. Desvié la mirada y fingí observar el resto del armamento que utilizaríamos. Dreena y Lyra prosiguieron en su conversación, y yo me alejé en dirección a una de las mesas del fondo para acariciar la superficie metálica de un yelmo. Me recordó a los que había visto en las películas medievales. No obstante, este tenía grabadas unas runas que lo adornaban.

—¿Estás bien? —La voz de Nandru me hizo dar un bote. Borré mi expresión preocupada y lo miré, procurando esconder mis temores.

—Sí, ¿por qué lo dices?

Me agarró por los hombros y me atrapó con la mirada. Nunca me había fijado en cómo cambiaba la tonalidad de su iris con la luz. ¿Era violeta o morado? Quise acercarme más a él para comprobarlo. Durante unos segundos, todo a nuestro alrededor desapareció.

—No dejaré que te haga daño —dijo con gesto adusto.

Para mi sorpresa, me atrajo hacia sí y me abrazó. Aquello me pilló desprevenida y, sin saber muy bien cómo reaccionar, rodeé su cintura, apoyé mi mejilla en su pecho y sentí el vaivén de su corazón.

—Esta vez no te pondrá la mano encima. —Noté un regusto amargo en su voz—. Y no finjas que no te da miedo... Me he dado cuenta de que estabas temblando. A mí no puedes engañarme, Katia, no soy tan estúpido.

Aquello me arrancó una pequeña sonrisa.

—¿Ah, no? Pensaba que lo eras —bromeé para quitarle hierro al asunto—. De lo contrario no habrías acabado maldito.

—Egocéntrica —dijo entre dientes para devolverme el golpe.

Aterricé en la realidad cuando alguien se aclaró la garganta. Lyra y Dreena nos miraban con los brazos cruzados. Entonces me di cuenta de que estábamos fundidos en un abrazo. Azorada, me separé de él. Lyra nos miraba con la ceja enarcada, y Dreena, con comprensión.

—Esto es serio —nos regañó la hechicera—. Nandru, a trabajar.

Algo a regañadientes, Nandru la siguió y se sentó con ella en una mesa del taller. Lyra le tendió una de las dagas que había traído consigo, indicándole que comenzarían a encantar las de fuego. Nandru recogió el arma y, tras cubrirla, con sus manos cerró los ojos y se concentró en ella. Su rostro se contrajo en una mueca de sufrimiento y noté cómo apretaba los dientes y cómo sus músculos se tensaban. Lyra y Dreena también parecían sentir una gran angustia al descargar su energía en sus respectivas dagas. Intenté no interrumpirlos, pero me afligía contemplar su dolor al realizar ese proceso. Finalmente, sus rostros se relajaron y dejaron sobre la mesa las dagas, que ahora brillaban con un tono anaranjado. Me mordí el labio.

—Necesito tomar un poco de aire —susurré.

Esperé a que Nandru asintiera antes de precipitarme fuera de la sala. No había imaginado que encantar armas fuera un proceso que requería tal sacrificio, y el corazón me latía desbocado. Intenté no alejarme demasiado de la puerta para evitar que Nandru se viera obligado a regresar al colgante.

En la sala contigua, la gente seguía trabajando sin parar, aunque no había tantas personas como cuando habíamos pasado antes. El enano seguía al lado del horno, fundiendo metales, y los demás trabajadores, unos cinco más, estaban todos enfrascados en sus tareas. Se respiraba una atmósfera agradable, más relajada. Traté de no pensar en las expresiones de dolor de Dreena y Lyra. ¿De verdad se sentía tanto dolor cuando se traspasaba la energía? ¿Merecía la pena?

Me apoye en la pared al lado de la puerta para poder observar toda la estancia. Mi vista se detuvo en una mujer con largas trenzas que cosía al fondo de la sala, justo al lado de la puerta principal, y que antes no había estado allí. Entre sus gruesos dedos sostenía una larga aguja que movía con elegancia, dando puntada tras puntada mientras unía una manga de cuero a la parte superior de un traje.

De pronto, las puertas se abrieron con un estruendo ensordecedor que me ancló al suelo, desorientada. Todos los trabajadores miraban atemorizados la alta figura que se recortaba ante nosotros. Tardé unos instantes en reconocer al príncipe Dreybell, creí que se trataba una pesadilla. Tras él, entraron cinco hombres envueltos en gruesas armaduras metálicas; la muerte se reflejaba a través de sus ojos. Horrorizada, vi cómo abatían con sus espadas a varios trabajadores. Los gritos y el sonido de la sangre y los huesos al chocar contra el filo de las afiladas armas inundaron cada recoveco de la estancia. Un charco de sangre se extendió poco a poco desde uno de los cadáveres hasta mis pies. Retrocedí horrorizada, al ver cómo el cuerpo de la joven que estaba a mi lado caía contra el suelo empedrado. Su mirada vidriosa se quedó fija en mí.

No supe reaccionar cuando el hombre más cercano me agarró y colocó una afilada daga en mi cuello, dispuesto a terminar con mi vida. A mi espalda Lyra, Dreena, Nandru y Winnor irrumpieron en la sala de la masacre. Confusos, se detuvieron en seco al ver los cuerpos de sus aliados. Entonces, mi captor se giró repentinamente hacia ellos, arrastrándome consigo. El frío metal se clavaba en mi piel y noté que un filo hilo de sangre caía desde donde la hoja me había rasguñado la garganta.

Dreybell hizo una seña a sus hombres para que no atacaran y avanzó hacia nosotros con una sonrisa maquiavélica que me provocó arcadas. La cabeza me daba vueltas y me costaba respirar. Habíamos sido traicionados por la persona que menos esperábamos y todos sabíamos lo que ello significaba. Estábamos perdidos.

No podía creer lo que estaba ocurriendo. Uno de los soldados me había capturado. Entretanto, los otros cuatro, vestidos con armaduras de metal oscuro, montaban guardia tras Dreybell. El frío metal del arma aún rozaba mi garganta y todo apuntaba a que, si hacía el menor movimiento, se hundiría en mi piel poniendo fin a mi aventura. Busqué los ojos de Nandru, que me devolvió una mirada serena. Aun así, su expresión lo delataba: temblaba de rabia, aunque noté que estaba aterrado por mí. Con mucho sigilo, me pidió que me estuviera quieta. Solo quería tranquilizarme.

—¿Qué significa esto? —preguntó Lyra, con la misma voz autoritaria de siempre, sin mostrar el más mínimo atisbo de miedo. Winnor se había llevado una mano a la empuñadura de la espada que pendía de su cinto.

—Significa que los rebeldes estáis acabados y que la profecía está a punto de ser eliminada —sonrió maliciosamente.

—Pero, príncipe Dreybell, ¿cómo has podido traicionarnos? —preguntó Dreena con un hilo de voz.

—Ya no soy el príncipe Dreybell. Me uní a Eyron y renuncié a todo, incluso a mi título y a mi familia. Os hemos engañado —rio, y esta vez se dirigió a mí—. ¿De verdad creías que escapar de Eyron sería tan fácil?

Lo miré, desconcertada, y traté de repasar mentalmente todo lo que había sucedido aquel día en el que Eyron me torturó hasta casi matarme. Reprimí un escalofrío. ¿Nos había dejado escapar a propósito para encontrar el escondite de los rebeldes?

—Aquel día ni siquiera estuviste cerca de morir, solo te desmayaste —prosiguió. Me clavé las uñas en la palma de la mano—. Todo estaba planeado. Os detectamos en el preciso instante en el que tú lanzaste el primer conjuro, Nandru, y no fue casualidad que nos quedáramos con Katia. ¡No veas mi sorpresa cuando te me lanzaste encima como una desesperada en aquel pasadizo!

Una nueva oleada de rabia me recorrió y cerré los ojos para dejar de verle la cara, pero él continuó hablando.

—Pronto todo Heithen quedará reducido a cenizas.

—¡April! —Dreena se tapó la boca con una expresión horrorizada.

—Tanta magia os ha debilitado, por lo que veo. No podréis luchar mucho —observó Dreybell—. En cuanto mate a Katia, Clara se convertirá en la portadora del colgante y te ordenará que luches en nuestras filas para acabar con el resto de los rebeldes. Luego, cuando tu utilidad haya llegado a su fin, te mataremos, Nandru.

El corazón me dio un vuelco. De repente, Winnor sacó la espada con una mirada feroz y atacó al soldado que tenía más cerca. El otro interpuso su arma a tiempo y dio un salto hacia atrás. Lyra aprovechó para lanzar una esfera plateada que emergió de la palma de su mano hacia Dreybell, pero este la esquivó y la esfera se estrelló contra la pared, produciendo una sonora explosión. Vi a Nandru hacer un brusco movimiento con las manos y la daga que estaba rozando mi cuello saltó despedida. Aproveché el momento para darle una fuerte patada a mi captor, pero no pareció dolerle lo más mínimo. La abuela de April conjuró un vendaval y lo proyectó contra mi captor. Este intentó sujetarme, si bien me agaché justo a tiempo para que el hechizo pasara por encima de mi cabeza y lo empujara hacia atrás. Nandru se abalanzó hacia él, enarbolando una lanza que había recogido del suelo. El soldado, demasiado ocupado en atraparme, no lo vio venir y la afilada punta atravesó su garganta; cayó al suelo desangrándose y gimiendo de dolor. Winnor se desembarazó de su oponente y los demás soldados de Dreybell se abalanzaron hacia nosotros.

Lyra consiguió a duras penas conjurar otro proyectil similar al anterior y abatir al nuevo contrincante de Winnor.

Sin pararse a ver cómo este caía fulminado, fue rápidamente a por el siguiente. Dreybell observaba la escena con una expresión descompuesta. Contra todo pronóstico, sus fuerzas iban perdiendo. Sin embargo, no tardó en recuperar la compostura y se abalanzó hacia Dreena, aprovechando que los demás estaban luchando y ella estaba distraída conjurando otro vendaval para ayudar a Nandru. Su expresión repleta de odio me sobrecogió. No reconocía al chico amable y dulce por el que tan atraída me había sentido días atrás. Me incorporé de un salto y eché a correr hacia él. Antes siquiera de que levantara la espada para atacar a la abuela de April, di un salto y lo empujé hacia un costado, alejándolo de ella. Ambos caímos contra las puertas, que se abrieron bajo nuestro peso, y aterrizamos contra el suelo de la habitación contigua con un estruendo. Su arma rodó lejos de él, pero no trató de alcanzarla. En cambio, levantó la mano desprendiendo una esfera de luz púrpura; con un movimiento brusco, la dirigió hacia el techo e hizo explotar el arco de entrada. Un alud de rocas se precipitó desde las alturas, bloqueando la salida. Al otro lado, Dreena gritaba mi nombre, y luego el de Nandru, que no respondió. Quise pensar que seguía luchando contra los soldados que quedaban. En un abrir y cerrar de ojos me levanté y eché a correr hasta el fondo de la estancia.

—Katia, ¿a dónde vas? —bramó furioso Dreybell—. No alargues más las cosas. Nuestro ejército no tardará en irrumpir... Será rápido, lo prometo. No obstante, si me ayudas..., convenceré a Eyron de que te perdone la vida.

Tiré una de las mesas para tratar de ganar tiempo. No era dueña de mis actos, la desesperación me controlaba. Agarré de la mesa una pequeña daga de reflejos verdes y la levanté frente a mí. El gesto pareció hacerle gracia, porque estalló en una sonora carcajada.

—¿Qué pretendes hacer con eso?

Retrocedí, confundida. No tenía la menor idea de cómo salir viva de aquella situación. Ni siquiera había una ventana por la que escapar. Noté un pequeño temblor que provenía del arma y recordé que el filo estaba encantado con un hechizo para envenenar a su víctima. No sabía si lo alcanzaría, pero tenía que intentarlo. Di varios pasos atrás hasta golpearme con una de las mesas, y, con la mano que había dejado libre, recogí uno de los pequeños cuchillos que había detrás de mí. Fue un movimiento tan rápido que pasó desapercibido para Dreybell. Sus ojos seguían mirando de manera burlona el arma que tenía levantada. Apreté el mango hasta que mis nudillos palidecieron. El príncipe comenzó a andar en mi dirección, con fría calma, consciente de que acabaría conmigo en un santiamén.

—Basta de tonterías.

Dreybell se abalanzó sobre mí y sus dedos se cerraron con brusquedad sobre mi muñeca, retorciéndomela hasta que solté la daga. Aproveché aquel movimiento para atacar con el cuchillo que tenía escondido y se lo clavé en el brazo. Con un alarido, me soltó y caí hacia atrás, tirando la mesa y desparramando las armas por doquier. Una punzada de dolor se extendió por mi columna, pero por fortuna no me clavé ningún filo.

—¿Qué te creías? ¿Que me matarías con ese estúpido juguete? —espetó el muchacho.

Me agarró por el cuello y, furioso, me levantó del suelo. Nuestros rostros quedaron a la misma altura e hice una mueca. Había fallado. Tenía la esperanza de haber agarrado uno de los cuchillos de fuego. Sin embargo…, no fue así. El aire me abandonaba poco a poco y sentía como si mis pulmones fueran a explotar en cualquier momento. Traté de patalear, pero fallaba en cada movimiento. Miré aterrada y con lágrimas a los ojos a Dreybell, que ni se inmutó. Iba a morir en aquella habitación. Abrí la boca para pedir ayuda, y solo conseguí emitir una especie de gruñido. Me dolía el pecho y la vista se me nublaba.

De pronto, Dreybell me soltó y caí de rodillas. Mi sorpresa fue mayor cuando él también se desplomó contra el suelo empedrado.

—¿Qué? —logró articular.

Tendido a unos centímetros de mí, levantó la mano y, tras arrancarse el pequeño puñal, observó su brazo herido. Traté de recuperar el aire al tiempo que fijaba mis ojos en el mismo punto que él. Horrorizada, vi cómo su piel se ennegrecía y se hacía jirones, como si un hongo se extendiera por su cuerpo a gran velocidad. Percibí el terror reflejado en su mirada.

—Estaba hechizada —comprendió.

Estaba debilitándose rápidamente, aunque consiguió levantarse y alejarse de mí. Yo me quedé quieta, demasiado impresionada como para moverme. De pronto, Nandru apareció con Lyra, Winnor y Dreena. Habían logrado abrir un hueco entre las piedras. Dreybell se detuvo en seco, llevándose la mano hacia el pecho, y por un momento pareció dispuesto a seguir luchando, pero entonces de sus labios emergió un lánguido quejido y su cuerpo se deshizo en cenizas. Tras unos instantes en los que nadie supo qué hacer o decir, Nandru corrió hacia mí y examinó mi cuello.

—Tienes moratones.

—Estoy bien —repuse—. Logré darle con uno de los cuchillos de fuego.

—Tenemos que irnos. —Winnor seguía con la espada desenfundada y manchada de sangre—. Tenemos que evacuar Heithen. Los soldados de Eyron llegarán en cualquier momento.

—Será mejor que nos dividamos e intentemos avisar a la gente —propuso Nandru.

—Está bien. Me aseguraré de que los soldados se preparen—. Winnor observó de forma sombría el montón de cenizas en que se había convertido el antiguo príncipe.

—Deberíamos crear un portal para evacuar a los ciudadanos —propuso Lyra—. Yo me ocuparé. Avisad a todos para que vayan al Oráculo.

Dreena miró a su amiga, estupefacta. Fue una mirada que me sobrecogió y cuyo significado no pude entender en aquel momento. Las dos mujeres salieron corriendo del edificio y Nandru y yo no tardamos en imitarlas. En el exterior todavía reinaba la calma. Corrimos hasta el bosque, donde se encontraba el grupo que seguía entrenando.

—Tenemos que evacuar. —En cuanto Nandru habló, la princesa se volvió hacia nosotros y guardó en su funda las dos dagas que tenía en su mano.

Los otros tres soldados y Erika nos miraron sorprendidos.

—Dreybell nos ha traicionado —continuó—. Ha enviado uno de los ejércitos de Eyron hacia aquí y no tardarán en llegar. Tenemos que marcharnos ya —apremió—. Lyra está abriendo un portal en la zona del Oráculo, pero no aguantará mucho tiempo.

Mis ojos no abandonaron a Krydna, esperando que reaccionara a las palabras de Nandru, pero para mi sorpresa no cuestionó su historia, sino que solo asintió con una enorme tristeza antes de hacer una seña a sus compañeros para que avanzaran. Estos corrieron hacia el pueblo para advertir a todos los rezagados de la evacuación.

Erika me tendió mi carcaj y mi arco. La miré extrañada.

—Lo tomé prestado para aprender a disparar —explicó—. Hay que buscar a April. Creo que está en el edificio.

—Vamos —respondí sin vacilar.

Nandru, Erika y yo nos separamos del grupo de Krydna y nos dirigimos corriendo hacia donde habían estado nuestras habitaciones. Irrumpimos en el vestíbulo como un vendaval, conscientes de que debíamos darnos prisa, ya que no sabíamos cuándo comenzaría el ataque. Subimos las escaleras a todo correr y entramos en la habitación.

—¿April? —preguntó Erika.

Nuestra amiga salió de la habitación contigua, llevando consigo la baraja de cartas y el saquito de piedras. Aproveché la ocasión para recoger mi libreta con las recetas de Hedea y un par de prendas que metí en una pequeña mochila. Erika tiró de mi brazo.

—¿Qué haces? Tenemos que salir cuanto antes —dijo.

Nandru se volvió hacia nosotras, algo preocupado. Había estado vigilando el pasillo. April seguía lívida y con los ojos humedecidos.

—¿Qué te ocurre? —preguntó mi amiga.

Me fijé en que sus manos temblaban y sus nudillos se habían vuelto blancos de la fuerza con la que se aferraban al saquito. Su mirada estaba teñida de temor.

—Hay gente que va a morir —susurró—. No vamos a salir todos de aquí, pero... Todo es tan confuso que no puedo ver las cosas con claridad.

Entonces, una gran explosión retumbó en el edificio. Nos quedamos en silencio, anclados a nuestro sitio: sabíamos lo que significaba.

Habían llegado.

Tragué saliva. Erika fue la primera en dirigirse a la salida, y tras un momento de duda, la seguimos. El corazón me martilleaba en el pecho y un fuerte nudo me oprimía la garganta. Logramos salir a la calle, donde la gente ya comenzaba a correr en dirección al Oráculo. El pacífico pueblo de Heithen se había convertido en un maremágnum de gritos, desesperación, horror y caos. A mi espalda, una llamarada se alzó hacia el techo, consumiendo las primeras casas de la ciudad subterránca. En cuanto terminamos de cruzar las puertas, nos vimos empujados por la marea de personas que corrían despavoridas hacia el centro de la ciudadela. Era una pesadilla. Aquello no podía ser real. Me obligué a seguir hacia delante, a pesar de que comenzaba a asfixiarme entre el gentío.

Otro nuevo estallido retumbó por toda la ciudad. Fragmentos de piedra volaron por encima de nuestras cabezas mientras corríamos esquivando proyectiles. Una columna se desprendió de un edificio y aplastó a un pequeño grupo, mientras un alarido desgarrador se elevaba sobre los gritos de los que huían. Una humareda negra se extendía a nuestras espaldas, ocultando todo a su paso. De repente, las huestes de Eyron se nos echaron encima como si fueran fantasmas. Nandru me puso la mano en el hombro, dándome ánimos para no desfallecer. Todo a nuestro alrededor parecía haber enloquecido. La gente nos empujaba desde atrás y los que teníamos agolpados delante nos impedían avanzar. Estuvimos a punto de caernos y ser aplastados por el gentío. De pronto, Nandru tiró de nosotras y nos desviamos hacia un callejón vacío, abriéndonos paso a empujones.

—Si seguimos así, no llegaremos a ningún lado —dijo él con el semblante serio.

¿Qué debíamos hacer? Los soldados de Eyron no tardarían en llegar hasta nuestra posición, arrasando con la marea de personas que avanzaba hacia el Oráculo. Miré hacia arriba y mis ojos se abrieron como platos.

—Tenemos que subir. —Señalé hacia arriba—. Avanzaremos más rápido si vamos por los tejados.

Nandru asintió. Hizo un movimiento con las manos y sobre la pared surgió una neblina azulada que acabó adquiriendo prácticamente nuestro tamaño.

—Entrad.

Obedecimos. Pensábamos que el portal de Nandru nos llevaría hasta el tejado. Sin embargo, sus planes habían cambiado y nosotras, simplemente, nos vimos arrastradas con ellos…

Atravesar un portal no era una sensación agradable. La vista se te nublaba y parecía como si una membrana viscosa se te pegase a la piel. Cada una de tus células sentía una presión tremenda e incluso el aire dejaba de entrarte en los pulmones. Al final, de un plumazo, todas esas sensaciones se evaporaban y solo quedaba un tremendo cansancio. No era la primera vez que lo experimentaba, pero seguía siendo igual de desagradable. En cuanto salimos al otro lado, caí contra el duro suelo.

Bajo mis dedos, noté la aterciopelada alfombra que cubría el suelo de un lugar que me era muy familiar, y la sangre se me heló en las venas. Levanté la cabeza y fijé mis ojos en el tapiz más cercano que había. Había reconocido al instante la estancia: era la habitación de Dreybell. Me puse en pie de inmediato y le dirigí una mirada inquisitiva a Nandru.

—Dijiste que nos llevarías al tejado —reproché—, y nos metes en las entrañas del mismísimo castillo de Eyron.

—No habríamos conseguido atravesar el portal de Lyra. Había muchos soldados y la gente estaba presa del pánico.

—Podrías haber invocado otro portal para salvarlos. —April lo miró, algo decepcionada.

—Mis portales no habrían aguantado lo suficiente. Podría haber matado a alguien en cuanto el portal se desvaneciera. Lo siento… Esto es lo mejor que se me ha ocurrido. He pensado que el castillo estaría desprotegido, porque Eyron ha desplegado a un montón de hombres para atacar Heithen. Y con suerte estará tan distraído que no habrá detectado mi magia.

Todos nos quedamos en silencio, esperando algún movimiento que nos advirtiera de que nos habían pillado. Sin embargo, la calma fue la única respuesta que obtuvimos. Erika se sentó en el borde de la cama y apoyó la barbilla entre sus manos. April, por el contrario, se quedó mirando la puerta con una expresión aterrada; parecía esperar que de un momento a otro alguien apareciese por allí. No sé cuántos minutos estuvimos quietos, en tensión, esperando que ocurriese cualquier cosa.

—¿Cuál es el plan? —pregunté, harta de la inquietante espera.

Nandru dejó de observar la puerta de madera y nos miró, preocupado. De pronto todos nos pusimos en guardia al captar un movimiento proveniente de la entrada del pasadizo que se ocultaba tras uno de los tapices. Instintivamente, mi mano se cerró en torno al arco y lo descolgué de mi hombro. En un abrir y cerrar de ojos, ya había cargado una de las flechas y apuntaba hacia el origen de aquel ruido. Esperé en tensión. Erika se había levantado y tenía entre sus manos dos puñales arrojadizos. Nandru y April habían adoptado posturas similares. Sus dedos se crispaban en el aire como si sujetaran una esfera invisible, preparados para cargar algún hechizo en caso que hiciera falta.

Parecieron que los segundos se alargaran hasta que, para nuestra sorpresa, la cabellera pelirroja de la princesa Krydna asomó tras el tapiz. Entró en la estancia acompañada de varios soldados.

—Los dragones han llegado y luchan en nuestro bando —anunció con voz temblorosa. La tristeza brillaba en sus pupilas—. Lyra ha muerto. Ha habido otras bajas, pero aún no hemos podido identificarlos a todos. Tuvimos que huir de las entrañas de Heithen y abandonar a los caídos.

—Mi abuela estaba con Lyra. ¿Está… bien? —La voz trémula de April hizo que se me encogiera el corazón.

Dejé de apuntar con el arco y pasé uno de mis brazos por los hombros de mi amiga para reconfortarla. Lyra había muerto. Traté de digerir la noticia. No había podido hablar mucho con ella, pero parecía una mujer fuerte y valiente. Cerré los ojos, entristecida por la noticia.

—Estará bien, ya lo verás —dije en un susurro.

No estaba muy segura de si mis palabras la ayudarían a calmarse. La noticia de la muerte de Lyra nos había pillado a todos por sorpresa. Mi amiga apoyó la cabeza en mí y comenzó a llorar. Solté el arco para abrazarla. Erika se acercó a nosotras para apoyarla también. Al fin y al cabo, ella había intimado más con la amiga de su abuela, que había sido su mentora hasta el momento.

—Era una buena profesora y una mejor persona —sollozó April.

—Ahora no podemos caer en el derrotismo —susurré—. Esto no ha acabado.

—April. —Krydna se acercó para que la escucháramos—. No hemos visto a tu abuela. No obstante, eso no significa que esté…

—Tenemos que avanzar —intervine—. Repito: ¿cuál es el plan?

—Hemos venido a luchar desde dentro —dijo la princesa—. Ahora Eyron no tiene a tantos hombres en el castillo, porque están todos desplegados fuera, luchando. Tenemos que aprovechar que no sabe que hemos entrado. Será mejor que no arruinemos el factor sorpresa.

Tras decir esto, Krydna abrió la puerta y salió de la estancia. Los soldados la adelantaron para protegerla, y nosotros los seguimos desde la retaguardia con la incertidumbre de si lograríamos algún día salir de toda esa pesadilla en la que nos habíamos involucrado. Me pegué a mis amigas y me percaté de que April temblaba ligeramente. Intenté reconfortarla, abrazándola. Ella pareció agradecer mi gesto y me dedicó una leve sonrisa.

Seguimos andando por el ancho pasillo de piedra. A juzgar por el polvo y las enormes telarañas que salpicaban el lugar, era evidente que nadie solía frecuentar esa zona del castillo. Avanzamos hasta la estancia del trono y tragué saliva al recordar lo que había vivido allí hacía apenas una semana. Pero la estancia estaba vacía, lo que nos desconcertó a todos. Intercambié una mirada inquisitiva con Nandru y él se encogió de hombros. Inspeccionamos el lugar, esperando una posible emboscada, pero no sucedió nada.

—¿Dónde están? —La voz de Krydna rompió el incómodo silencio.

—¿Se habrán ido? —preguntó Erika, al tiempo que apretaba la empuñadura de uno de sus puñales.

—No creo. —Nandru volvió a estudiar con atención la sala. Cada músculo de su cuerpo estaba en tensión, listo para saltar de un momento a otro.

—Ya habrán asediado el castillo —intervino la princesa—. Obviamente, estarán pendientes de la pelea que se ha desatado fuera.

Agudicé el oído. Tan solo se escuchaba el sonido de una batalla, amortiguada por las paredes de piedra que nos aguardaban. Sin duda el horror de la guerra se había desatado también junto a los muros de Aszeria. Observé el cielo estrellado a través de los ventanales que se abrían sobre nuestras cabezas y me pareció ver el brillo de una llamarada.

—¡Los dragones han llegado! —anunció uno de los soldados de Krydna—. ¡La victoria es nuestra!

Una lengua de fuego hizo estallar uno de los ventanales situados a mi derecha. Los afilados fragmentos de cristal volaron en todas direcciones, provocando un gran estruendo. Un enorme dragón blanco pasó junto al castillo batiendo con furia sus alas y emitiendo un atronador rugido hasta perderse en la oscuridad. Mi rostro debía estar tan lívido como el de April, que continuaba mirando fijamente, con ojos como platos, al punto en el que había aparecido la hermosa y temible criatura. Nos mantuvimos en silencio mientras intentábamos escuchar la llegada de cualquier posible enemigo.

—¡Nandru! ¡Nandru!

Una voz femenina llamó nuestra atención y nos giramos hacia ella. La sangre se me heló en las venas. Recortada contra la entrada se encontraba la mujer más hermosa que había visto jamás. Su cabello azul oscuro estaba recogido en un elegante moño adornado con preciosas joyas que centelleaban a la luz de las lámparas que teníamos sobre nuestras cabezas. Sus ojos violetas estaban fijos en mi compañero y sus labios carnosos y rojos estaban entreabiertos en una expresión de sorpresa. Llevaba un precioso vestido que le llegaba hasta los tobillos y acentuaba su delgada y curvilínea figura. No había duda de que pertenecía a la realeza, pues su porte era digno de una reina. Dejé de mirarla para estudiar el rostro de Nandru y, para mi decepción, él la miraba con adoración. Noté como mi corazón se encogía de dolor y comprendí que aquella mujer no podía ser otra que Ethel.

—¡Nandru! —repitió ella. Su voz era melodiosa y muy dulce. —Eyron me ocultó que estabas vivo… Tenía que comprobarlo por mí misma.

Tanto los soldados como Krydna, Erika y April adoptaron una pose defensiva. Por el rabillo del ojo, vi que sacaban sus respectivas armas de sus cintos. Instintivamente, me descolgué el arco y lo cargué con una de las flechas envenenadas que había traído conmigo. Nandru levantó los brazos, como pidiendo una tregua, y avanzó varios pasos en dirección a ella. Ethel, sin inmutarse, se acercó a él.

—Estás vivo —dijo ella, ignorándonos—. Si lo hubiera sabido antes…

—¿No lo sabías? ¿No te dijeron que tu esposo Eyron me maldijo? —respondió él.

Ambos estaban dolorosamente cerca y se miraban con un amor que me estaba desgarrando el corazón. Parpadeé varias veces, conteniéndome las lágrimas.

—He abandonado a Eyron —dijo ella sin apartar su mirada violácea de él—. Aunque aún no lo sabe. Ha abandonado el castillo con varios hombres para ponerse a salvo. Sabían que la batalla estaba perdida.

—¿Dónde están, Ethel? ¿Lo sabes?

—No —negó con la cabeza—. Nandru, yo… te sigo amando. Podríamos irnos lejos. Recuperar lo perdido.

Ethel levantó sus finos dedos para acariciar el rostro de Nandru, pero para mi sorpresa él retrocedió y me miró.

—Eso no es posible…, ya no… Yo…

Desvié la mirada para comprobar la reacción de ella y, horrorizada, vi cómo su cuerpo se envolvía en una especie de pequeños hilos de luz azulada.

—Nandru, ¡cuidado! —atiné a gritar.

Pero ella había cerrado sus largos y afilados dedos en torno a su brazo, envolviéndolo también a él en esos extraños hilos. Eché a correr hacia ellos, y a mis espaldas aún pude oír gritar a Erika decir algo como: «¡Katia, no!». Sin embargo, era demasiado tarde. Había llegado hasta la pareja para agarrar a Nandru del otro brazo. Una gran sacudida hizo que me marease hasta casi perder la conciencia y, con un fogonazo blanco que me cegó, de repente todo cambió a mi alrededor.

Percibí un fuerte olor a humedad. Seguía aferrada al brazo de Nandru y al arco, que tenía pegado al muslo en posición de ataque. La escasa luz que había iluminaba el interior de unas catacumbas. Estábamos en una sala circular con nichos que contenían ataúdes de mármol decorados con bajorrelieves. La atmósfera fúnebre del lugar hizo que me estremeciera, especialmente cuando reparé en la enorme estatua de una mujer con alas que se erguía en el centro de la sala. Las antorchas colgaban de siniestras gárgolas que parecían estar a punto de atacarnos. ¿Estábamos aún en el castillo?

—¿Dónde estamos? —inquirió él.

—En un lugar seguro —repuso Ethel, que se había teletransportado con nosotros. Su voz ahora sonaba más metálica.

Reprimí un escalofrío. Sentía que el peligro nos acechaba.

—¿Quién es esta? —Ethel me miró con hastío.

Nandru se adelantó y se interpuso entre nosotras en un intento de protegerme. Que él estuviera tan tenso quería decir que estaba en lo cierto: estábamos en apuros. Levanté el arco y apunté hacia Ethel, dispuesta a disparar a la más mínima sospecha.

—Veo que ahora te conformas con poca cosa —repuso la mujer, avanzando por la estancia con una seguridad que me desconcertó—. No tardarán en llegar, poneos cómodos.

No quise mover ni un músculo. Nandru tampoco abandonó su posición. Su respiración pausada hacía eco por la sala. Ethel se encogió de hombros y continuó su paseo, pero no dejé de apuntarle con el arco y ella terminó volviendo su rostro hacia mí, esbozando una sonrisa jocosa.

—Adelante, terriense. Dispara.

Di un paso hacia mi derecha para alejarme de Nandru y, sin mediar palabra, solté la flecha, apuntándola hacia su corazón. Con un fluido movimiento de brazos, Ethel logró esquivar mi ataque, invocando una pared invisible contra la que la flecha impactó, rebotando hacia mí. Apenas me dio tiempo a apartarme de la trayectoria de la saeta, puesto que rozó mi brazo, rasgando mi camiseta, aunque afortunadamente no me hirió. Suspiré aliviada, puesto que era una de las flechas envenenadas y su contacto habría acabado en cuestión de segundos conmigo. Recogí el proyectil del suelo y volví a cargar mi arco. Tendría que pillarla distraída.

—¿Quienes van a venir? —inquirí, apretando los dientes.

El sonido de los pasos me alertó de que alguien había entrado en la estancia. Antes incluso de escuchar su voz, un escalofrío me recorrió, como si de alguna manera supiera quién estaba detrás de mí.

—¿Os hemos hecho esperar? —El recuerdo de su voz me paralizó.

Pasaron varios segundos hasta que me atreví a volverme para fijar los ojos en el mismísimo Eyron. Una docena de hombres, ataviados con uniformes color morado muy oscuro, se habían puesto tras él, todos con las armas y los escudos en alto, dispuestos a saltar si hiciera falta. Tragué saliva. El rey reparó en mí y esbozó una sonrisa burlona.

—Creo que vamos a cambiar de planes, Ethel. ¡Qué estúpida has sido, Katia!

Lo miré sin entender. Nandru puso un brazo delante de mí para hacerme retroceder, dispuesto a todo para protegerme.

—Te has traído el colgante —se mofó Eyron. Instintivamente, me llevé la mano hacia el colgante que tenía oculto bajo mi camiseta—. Íbamos a romper el hechizo para matar a Nandru, pero ahora podré utilizarlo para recuperar mi trono y torturarlo un poco más.

—¡No! —exclamé.

Eyron tenía razón. Si no hubiera cruzado ese portal... Mi corazón dio un vuelco al darme cuenta de que lo había echado todo a perder. Por mi culpa íbamos a perder, y yo..., yo iba a morir. Se me hizo un nudo en la garganta y sentí que, de un momento a otro, las piernas dejarían de sostenerme. Miré hacia arriba, consciente de que estábamos muy cerca de la sala del trono, posiblemente bajo ella, a menos de cien metros de la princesa Krydna y de mis amigas. De lo contrario, el plan de Eyron no hubiera funcionado, dado que Nandru no podía alejarse más de esa distancia del colgante. Acaricié la esfera de cristal, meditando rápidamente qué podía hacer para evitar ese desenlace. No obstante, era un problema sin solución.

—Eras un buen aliado, Nandru —comentó Eyron—. Eras poderoso, tenías buenas ideas… Hubieras llegado muy lejos si no hubieras fallado mi prueba.

—¿Qué? —Nandru se giró hacia Ethel, totalmente desconcertado.

—Oh, querido. —Ethel lo miró divertida—. Nunca he estado enamorada de ti. Toda nuestra «relación» fue una prueba ideada por mi Eyron para averiguar hasta qué punto le eras fiel.

Una sonrisa burlona se dibujó en sus labios rojos. A mi lado, noté como Nandru se quedaba rígido, tratando de digerir que su amor había sido una mentira. Si aquello le dolió, no lo reflejó en su expresión, ahora impasible. No apartó sus ojos de Ethel, y me pregunté qué pensamientos estarían ahora bullendo en su mente. Traté de adivinar cuál sería el primer paso de Eyron. Sin embargo, se estaba divirtiendo a nuestra costa. Los doce soldados seguían de cerca a su rey, a la espera de cualquier orden.

Tuve una idea. Rápidamente, localicé en mi carcaj una de las flechas mágicas que llevaba, la cargué en el arco y apunté hacia el rey. Los soldados sacaron sus espadas e hicieron ademán de moverse, pero Eyron ordenó que se detuvieran. El rey me miró con una tranquilidad irritante. Aunque Nandru me agarró del brazo para detenerme, logré desasirme de él, y además le dirigí una mirada de advertencia.

—¿Te crees más rápida que mi magia, mortal? —se mofó Eyron—. No te resistas y seré lo suficientemente generoso como para darte una muerte rápida.

Sus pupilas verticales se clavaron en mis ojos. Sin previo aviso, un torrente helado atravesó mi cuerpo haciendo que mis piernas flaquearan. Caí de rodillas sobre el suelo de piedra, sintiendo una punzada de dolor en el pecho. Traté de tomar una bocanada de aire, pero descubrí con horror que no podía. Era como si mi cuerpo se hubiera paralizado, como si rechazara el oxígeno, e incluso mover las manos se había vuelto un esfuerzo demasiado pesado. Apreté los dientes y reuní las pocas fuerzas que me quedaban para apuntar el arco hacia ellos. Eyron creyó que le dispararía, pero en el último segundo moví el arco y disparé al techo, justamente sobre las cabezas de los soldados, hacia una roca que había visto antes suelta. El impacto provocó que el techo se derrumbara sobre ellos.

Nandru no esperó a que Eyron reaccionara. Juntó las palmas de sus manos y proyectó una esfera de luz que lanzó contra este, logrando pillarlo desprevenido. Vi cómo el cuerpo del rey impactaba contra la pared, abriendo varias grietas que reptaron hasta el techo. Le dirigí una mirada a mi amigo y, tras asentir con la cabeza, supe qué tenía que hacer. Salí corriendo al tiempo que apretaba fuertemente el colgante. Si conseguía alejarme lo suficiente, podríamos escapar valiéndonos de la maldición.

Giré una esquina y me interné en un pasillo iluminado de forma tenue por una antorcha que colgaba de una argolla. Las calaveras que decoraban las frías paredes me miraron a través de sus cuencas vacías. Sus dentaduras parecían burlarse de mí, como si ellos supieran que no lo conseguiría. No obstante, a pesar del miedo, el cansancio y los relámpagos de dolor que seguían recorriendo mi cuerpo, no dejé de correr por aquella red de pasillos. Justo cuando creía que estaba alcanzando la salida, una fuerza invisible me golpeó desde un lateral y aterricé sobre un montón de huesos. Reprimí un chillido cuando traté de incorporarme y unas largas y afiladas uñas se cerraron en torno a mi brazo izquierdo. Ethel tiró de mí y me puso de pie sin ningún esfuerzo.

—No dejaré que te lleves el colgante, patética terriense.

Traté de soltarme, pero ella apretó más fuerte mi brazo, así que le propiné una patada. Mi gesto consiguió desestabilizarla, aunque yo también perdí el equilibrio y ambas caímos al suelo. Conseguí desasirme a duras penas y me puse de pie. Entonces un fuerte temblor sacudió los cimientos del lugar.

—Voy a terminar contigo —sonrió Ethel mientras se levantaba para encararme—. Y luego el colgante será para Clara y lo usaremos para deshacernos de los rebeldes.

Aún tenía aferrado el arco, que de milagro no se me había caído después de los golpes y la lucha. Sabía que era la única arma de la que disponía para luchar contra ellos y me había aferrado a él como si me fuera la vida en ello. Busqué una flecha, pero, antes de poder rozar ninguna, mi mano quedó suspendida en el aire, inmovilizada. De repente, sentí un fuerte dolor en ese mismo brazo y oí cómo mis propios huesos se quebraban. Me tiré al suelo, ciega de dolor, mientras mi rostro se llenaba de lágrimas. Me sujeté el brazo como pude contra el pecho; había quedado doblado en un ángulo antinatural. Apreté los dientes al tiempo que mi corazón retumbaba fuertemente en mi pecho. Temía desmayarme de un momento a otro, y no lograba enfocar la vista.

Ethel seguía de pie, observando con la barbilla levantada cómo me retorcía de dolor en el sucio suelo de piedra. La miré con odio, queriendo borrar esa sonrisa sádica que asomaba a sus labios. Sus ojos refulgían en la semioscuridad. Intenté pensar con rapidez. ¿Cómo podría escapar de ella? Necesitaba alejarme para invocar a Nandru con ayuda del colgante y evitar que le pasara algo malo. Me levanté de un salto y, sin soltar mi brazo roto, eché a correr, abandonando el arco en el suelo. Sin embargo, sobre mi hombro aún llevaba el carcaj con unas cuantas flechas. Hice un recuento rápido de ellas: si mis cálculos no se equivocaban, aún me quedaban dos flechas venenosas, una explosiva y una inflamable.

Como era de esperar, Ethel echó a correr tras de mí. Oía sus pasos muy cerca, casi a punto de alcanzarme.

—¡No corras! ¡No servirá de nada! —gritó.

Traté de acelerar más, pero ella era demasiado rápida. Doblé una esquina al tiempo que agarraba una de las flechas y, sin previo aviso, me paré en seco. Ella no lo vio venir y chocó contra mí, cayendo en mi trampa. Aproveché el impulso para empujarla hacia atrás, pillándola desprevenida, y, cuando cayó al suelo, me lancé sobre ella con mi improvisada arma en alto.

Por desgracia, Ethel reaccionó a tiempo, esquivó el golpe y me lanzó contra la pared. Aterricé justo sobre mi brazo roto y no pude evitar proferir un alarido de dolor. Debido a la caída, la flecha se había partido. Dejé caer uno de los extremos y me quedé con la punta en la mano, deseando que el hechizo que la envolvía no se hubiera desvanecido.

—Basta de juegos, niñata.

Ethel ya se había levantado y caminaba hacia mí. Una nueva sacudida hizo temblar los cimientos del lugar. Desvié la mirada hacia el pasillo por el que había venido y observé un resplandor anaranjado y luego otro verde, seguido de uno morado. Sin duda, Nandru y Eyron estaban luchando a muerte. ¿Cuántos metros nos separarían? ¿Podría alejarme más?

—Levanta —ordenó la mujer.

Pero parecía que mi cuerpo había llegado a su límite, estaba demasiado dolorida, y me costó más de lo que pensaba ponerme en pie. La miré, desafiante, pero no conseguí amedrentarla. Ambas nos observamos durante unos segundos. ¿Qué podía hacer? Traté de ignorar el dolor que me cegaba. Di un paso hacia atrás, intentando pensar en un plan a toda velocidad. Notaba mi corazón martillear con fuerza en mi pecho, y Ethel ladeó la cabeza mientras sus labios se curvaban en una maliciosa sonrisa que consiguió helarme la sangre. Fue entonces cuando supe que había estado jugando conmigo. Divirtiéndose a mi costa, como lo hace un felino cuando caza a su presa.

De pronto, una idea me vino a la mente. No sabía con certeza si funcionaría, pero tenía que intentarlo. Clavé con fuerza la punta de la flecha rota en el suelo rocoso y conseguí que se quedara encajada. Durante unos breves instantes, Ethel se limitó a mirarme con curiosidad, pero entonces una llamarada se levantó entre nosotras, separándonos. No esperé a ver cómo reaccionaba: di media vuelta y me lancé una vez más a correr.

Aunque estaba muy mareada, corrí hasta que me pareció que me había alejado lo suficiente. No oía nada más salvo mis pisadas. Acaricié el colgante, rezando para que el vínculo con Nandru siguiera intacto. ¿Sería demasiado tarde? Tal vez Eyron había tenido que romper el hechizo para sobrevivir en la lucha. Con el corazón en un puño susurré en voz baja un: «vuelve» algo titubeante. La esfera se iluminó tenuemente y comprobé que una pequeña figura había aparecido en mitad de ese bosque en miniatura que estaba encerrado dentro del colgante.

No pude evitar derramar unas cuantas lágrimas de alivio. Tras unos instantes, acaricié el cristal de la esfera y Nandru se materializó frente a mis ojos. Me miró con una expresión cansada. Las marcas de la batalla que había mantenido con Eyron cubrían su cuerpo: una quemadura cruzaba su mejilla derecha y una herida aún sangrante se abría en su labio. El muchacho suspiró agotado. Vi cómo cerraba sus ojos violáceos con expresión cansada y luego me estudió con la mirada. Un rictus de horror se dibujó en su rostro al reparar en mi brazo herido.

—¿Qué te ha hecho?

La furia se reflejó en sus pupilas. Apretó sus dientes con rabia y acto seguido su rostro mostró una profunda pena. Dio unos pasos hacia mí y acarició mi mejilla.

—Lo siento —murmuró.

—Hay que buscar a los demás. No dejaremos que Eyron escape. Tenemos que terminar con esto —dije, oteando el pasillo.

No había rastro de Ethel ni de Eyron. Me sorprendía que hubieran tirado tan pronto la toalla. No, imposible… Tenían que estar cerca. No éramos rivales para ellos. Nandru estaba debilitado a pesar de contar con los privilegios de su maldición. Y yo…, yo no era nadie. ¿Por qué no venían a terminar su trabajo? Y lo más importante, ¿dónde estaban Krydna y los demás? ¿Estarían Erika y April a salvo? La cabeza me daba vueltas por tantas incógnitas y por el creciente dolor que sentía extenderse desde mi brazo al resto de mi cuerpo. Traté de mantener la compostura. No quería preocupar a Nandru más de lo que ya lo había hecho.

—Voy a curarte —dijo él—. No tardaré nada.

Teníamos que salir de allí cuanto antes. Podía aguantar un poco más, pero Nandru me agarró con cuidado y desgarró la manga de mi camiseta. Días atrás hubiera gritado de indignación al haber roto una de mis prendas favoritas, pero a la nueva yo le habían dejado de importar esas nimiedades. Gastar su magia así era una idea terrible, aquello lo debilitaría todavía más. Di un paso atrás, pero él me retuvo.

Noté su tacto cálido, aunque la sensación dejó de ser agradable cuando un intenso dolor me recorrió de arriba abajo. Los huesos volvieron a su sitio, sí, ahora bien, dolió tanto o más que cuando se partieron. Mi corazón retumbaba por todo mi cuerpo, acelerado, y pensé que me desmayaría de un momento a otro. Entonces, Nandru, con la cara desencajada por la aflicción de ver mi agonía, colocó las yemas de sus dedos sobre mi frente y comenzó a dormirme.

La vista se me desenfocó. Observé su rostro de rasgos perfectos y no pude evitar dedicarle una sonrisa de agradecimiento. No podría resistir el canto de sirena del sueño mucho más, pero no podía dejar que Nandru cargara con mi cuerpo hasta arriba. Me resistí a su hechizo sedante. Tenía que ser fuerte. Ser fuerte… Enfoqué la vista cuando algo captó mi atención a la espalda de Nandru. Abrí de par en par los ojos, estupefacta, al ver que no estábamos solos. No sabía en qué momento se había acercado a nosotros. No la había visto ni oído.

Ethel echó atrás su mano derecha con un movimiento brusco y, sin necesidad siquiera de tocarlo, hizo que Nandru saliera despedido hacia un lateral. Acto seguido y sin dejar de mantener la postura, me apuntó con sus dedos y me levantó en el aire. Pataleé aterrorizada, sintiéndome indefensa. Miré a Nandru y me di cuenta de que él tampoco podía moverse. Nos había atrapado en una telaraña invisible, y esta vez supe que sería imposible escapar. Estábamos irremediablemente a su merced.

—Ethel, ¿qué haces?

Clara salió de uno de los pasillos con los brazos cruzados, como si se estuviera dando un tranquilo paseo, ajena a la batalla. En cuanto apareció, su mirada se centró en mí, cargada de un odio que me desconcertó.

—¿Qué haces aquí? —preguntó la mujer sin moverse ni un ápice.

—Me prometisteis que me traeríais a Katia para que yo misma la matara. Es mía. —La miré estupefacta, sin comprender—. Dime, Katia, ¿cómo pudiste matar a mi madre?

Sus ojos refulgían de odio y en su voz reverberaba desprecio. ¿Le habían contado a Clara que yo había matado a Greta? ¿De ese modo la habían mantenido a su lado? Traté de abrir la boca, pero noté horrorizada que no podía pronunciar ninguna palabra. Ethel me dedicó una sonrisa maliciosa.

—Tranquila, Clara. Es toda tuya. Mátala como ella hizo con tu madre. ¿Por qué crees que tiene en su poder el colgante? Hazla sufrir y véngate, pajarito mío.

**26**

Mi corazón latía desbocado y el bombeo de sangre era un martilleo sordo en mis oídos. Todos mis músculos estaban en tensión, pero me obligué a mirar a Ethel y luego a Clara, consternada. Estar suspendida en el aire, sin poder apoyarme en nada era horriblemente doloroso, pero no era nada comparado con la desazón que me invadía al ver a la reina manteniendo a Nandru inmóvil contra la pared de piedra y, con la otra mano, a mí, ahogándome a dos metros del suelo. Me pregunté cuánto tiempo aguantaría. La magia no era ilimitada y en algún momento las fuerzas le fallarían…. Aun así, ambos estábamos demasiado débiles como para luchar o huir, y además estaba Clara. Mi antigua compañera de clase me miraba con ojos llenos de odio y, lentamente, sacó una daga de uno de los bolsillos de su bata. No me había fijado hasta el momento, pero vestía algo parecido a una túnica griega, con adornos que me recordaban a los que llevaban las mujeres indias.

Si seguíamos vivos, debía de ser porque estaban esperando a Eyron, para que él también disfrutara con nuestra muerte. Observé la daga que brillaba en las manos de Clara y tragué saliva. Recordaba perfectamente la tortura a la que Eyron me había sometido y no podría soportar tener que volver a mirarlo a los ojos. Debíamos escapar antes de que llegara. Los segundos se me hicieron eternos y apenas me atreví a respirar; Nandru trataba de resistirse al hechizo de Ethel, pero seguía atrapado. Cerré los ojos y, a toda prisa, traté de encontrar las palabras para hacer entrar a mi antigua compañera en razón. Le habían dicho que yo había matado a su madre, pero ¿qué pruebas podría darle de que era mentira?

—Clara, ¡yo no maté a tu madre!

Mi voz había sonado más fuerte de lo que había pretendido y Clara dejó de mirar a Nandru para mirarme a mí. Noté que la rabia reverberaba en ella; me odiaba y no sería fácil que me creyese.

—¿Te atreves a hablarme? ¿Después de lo que le hiciste a mi madre?

—¡Yo no la maté! Fueron ellos. Greta me dio el colgante a tiempo de evitar que cayera en sus manos. Eso era lo que quería…, no esto.

—Es cierto. —Nandru logró hablar a duras penas.

Ethel, enfurecida, levantó la mano con la que retenía al muchacho y Nandru levantó la cabeza, reprimiendo un grito, con una horrible expresión de sufrimiento. ¿Qué le estaba haciendo aquella bruja?

—No los escuches. Están intentando ponerte en nuestra contra, pajarito mío. —La voz de la reina sonaba tan dulce que casi fue como si me abofetearan.

Nandru cayó de rodillas cuando Ethel lo soltó. Lo miré angustiada, pero estaba cabizbajo y era imposible saber qué pasaba por su cabeza.

—Clara. —Me giré de nuevo hacia ella. —La mataron ellos, te lo juro. Tienes que creerme.

La muchacha me miró con los ojos anegados en lágrimas. De modo que quería a su madre, después de todo. ¿Qué le habría empujado a creer que el colgante estaría mejor en manos de Eyron? Pero no teníamos tiempo de averiguarlo. El rey llegaría en cualquier momento.

—¿Cómo iba a saber yo nada acerca del colgante? ¡Es imposible! —insistí.

Una sacudida hizo que mi corazón diera un vuelco. Ethel me había levantado de improviso y mi cabeza por poco chocó sobre el techo abovedado de aquellas catacumbas. Me encogí de terror.

—Estaba allí cuando la mataron —me atreví a decir—. Ellos la ejecutaron. Clara, créeme.

Esta vez, Ethel me lanzó contra la pared y luego me hizo caer. Un dolor intenso me recorrió desde el brazo sobre el que había aterrizado hasta la cabeza. Cerré los ojos y un par de lágrimas resbalaron por mis mejillas. Aquello encolerizó a Nandru, que volvió a luchar contra las invisibles ataduras que lo mantenían inmovilizado. Entonces, el grito de Ethel retumbó en toda la estancia y, al abrir los ojos, la vi en el suelo. Nandru estaba de pie, con la mano extendida hacia ella, reteniéndola con un hechizo.

Me levanté, a pesar de que me sentía débil, pero no pude hacer mucho más. Clara se abalanzó contra mí y ambas caímos al suelo. Me inmovilizó, sentándose a horcajadas, y elevó la daga sobre mi cabeza. Apenas tuve tiempo de agarrarla y detener el filo a escasos centímetros de mi frente. La empujé, pero ella era más robusta que yo y apenas cedió. Ambas forcejeamos en el suelo, ella para apuñalarme y yo para tratar de escapar de su odio. Todo me dolía; no aguantaría mucho más.

—¡Clara, no! —bramó Nandru, desesperado.

Sin embargo, ella no estaba escuchando, totalmente obcecada en su venganza. Los brazos me latían con fuerza, y cada vez la daga estaba más cerca de mí. En un último intento por quitármela de encima, me moví bajo su cuerpo, tratando de rodar, y eso la desestabilizó. Seguía sujetando sus muñecas cuando caímos de lado. Todo ocurrió muy rápido: la daga resbaló entre nuestras manos y cayó fuera del alcance de Clara. Mientras forcejeábamos, ella intentó recuperarla. No obstante, sin darse cuenta, rozó el filo del cuchillo envenenado. Se detuvo de pronto y tras un par de segundos su tez se volvió lívida, cosa que aproveché para acabar de quitármela de encima, y me arrastré para alejarme de ella.

A pesar de tratarse de un pequeño corte en la palma de su mano, la sangre comenzó a emanar de la herida como un torrente, derramándose sobre el suelo de piedra.

—¡Ethel! —Clara gritó su nombre aterrorizada, sujetándose la mano herida.

—¡Estúpida terriense! ¡Te avisamos sobre la daga! —dijo la reina, que seguía bajo los efectos del hechizo de Nandru y apenas podía mover la cabeza para observar qué estaba pasando.

—Ayudadme —suplicó la joven.

Tiró el cuchillo y le dio una patada para alejarlo de sí. Observé su rostro desencajado y el pánico que vi en él me conmovió. Rompiendo a llorar, Clara se dejó caer sobre sus rodillas y se encogió sobre sí misma.

—Está envenenado —comprendió Nandru.

El muchacho deshizo el hechizo, liberando a Ethel, y corrió en dirección a Clara para tratar de curarla. Yo estaba demasiado aterrada para saber qué hacer. Antes de que él llegara hasta Clara, Ethel levantó ambas manos y un vendaval arrojó a Nandru hacia un lado, y, acto seguido, la reina volvió a apresarlo entre sus redes invisibles. Él se resistió, tratando de llegar hasta la muchacha, que ya comenzaba a convulsionar, pero la magia de Ethel era demasiado fuerte. Con cautela, me acerqué a la joven y la incorporé para apoyarla sobre mi regazo.

—¿Clara? —pregunté, olvidándome de todo lo que estaba ocurriendo a mi alrededor.

La miré y mi corazón se encogió. Ella seguía con los ojos humedecidos y repletos de terror. Se abrazó a mi cintura.

—¿Tú no lo hiciste? —preguntó en un hilo de voz.

—Te lo juro. Yo no maté a tu madre. Te mintieron —respondí con un nudo en la garganta.

Ella me miró y asintió.

—Perdóname, Katia —musitó, tras unos segundos de angustioso silencio.

Clara siguió aferrada a mí, viendo cómo Ethel evitaba que Nandru la salvara. Estaba muriéndose en mis brazos, y cada vez la notaba más pálida y débil.

—Lo siento, pajarito mío. No puedo dejar que se me escapen, y si tú eres el precio a pagar por ello…, lo pagaré gustosa. —Ethel miró impasible a la muchacha, arropada entre mis brazos.

—Por favor, deja que Nandru la cure —supliqué—. Por favor… No escaparemos, lo prometo. ¿Acaso no la necesitas para que sea la portadora?

Aquello no ablandó a Ethel, que simplemente me dedicó una sonrisa maliciosa. Clara no le importaba. Acabaría con cualquiera que se interpusiera en su camino hacia el poder. Y algo me decía que Eyron no sería distinto. Apreté aún más a Clara para que sintiera mi calor, pues estaba notando que su cuerpo se enfriaba. Me miró con las pupilas repletas de tristeza.

—Lo siento, Clara —dije.

—Siempre quise… ser tu amiga… —musitó ella.

—Lo eres. Estoy aquí, y no te voy a abandonar…

Todavía sentía aquel nudo en la garganta y me costaba respirar. Ambas lloramos, esperando el final. Clara cerró los ojos y, con un último suspiro, murió. Sus brazos cayeron inertes a ambos lados y dejé de sentir su abrazo. Mi corazón se rompió en un millón de pedazos cuando comprendí que ya no estaba, que nunca volvería a abrir los ojos. La abracé contra mí en un último intento de despertarla, pero fue como sujetar a una muñeca rota. Grité, olvidándome de que Nandru y la arpía seguían estando ahí. Mis hombros temblaron, acompañando mi llanto. Por Greta. Por Clara. Por Lyra. Por todos los que habían muerto en aquella terrible guerra.

No fui capaz de soltar el cuerpo de Clara, negándome a aceptar que ya nunca se despertaría, incluso cuando su piel comenzó a enfriarse. Cerré los ojos, tratando de calmar el dolor que me asfixiaba.

De repente, el silencio que se había instalado a nuestro alrededor se rompió de la forma más violenta posible. Nandru bramó de dolor y me volví hacia él, como movida por un resorte. No di crédito a lo que estaba sucediendo. Triunfante, Ethel levantó una de sus manos y vi con horror que de ella pendía el colgante. Instintivamente, me llevé las manos al cuello, que descubrí desnudo. ¡Me lo había robado! ¿Cuándo? ¿En qué momento se había roto la cadena? ¿Había sido cuando luchaba contra Clara? Blandiendo el colgante, Ethel lo hundió en el pecho de Nandru, que se retorció violentamente por el sufrimiento que le ocasionaba la cercanía de la esfera.

—¡Detente, por favor! —supliqué, viendo su rostro encogido y perlado de sudor.

—Rompe el vínculo y libéralo de la maldición —respondió Ethel, entrecerrando los ojos.

—¿Por qué?

—El tiempo apremia. No obstante, tú decides. ¿Una muerte rápida o una lenta agonía? Nandru, ¿tú qué opinas? Podría dejarla ir.

El aludido trató de responder, y tan solo pudo balbucear un quejido. No soportaba verlo de ese modo, con el rostro contraído en un gesto de sufrimiento, retorciéndose en el suelo de aquella terrible manera. Me mordí el labio inferior. Con suavidad, tendí a Clara sobre las losas de piedra y me levanté para ponerme frente a ellos.

—¿Qué tengo que hacer?

Pero ella no respondió. Tardé unos instantes en darme cuenta de que se oían pasos en la lejanía. Parecían acercarse a nosotros y venían acompañados de unos sonidos metálicos que no conseguía descifrar. ¿Eyron volvía acompañado de nuevos soldados? Tragué saliva, asustada. Ethel se volvió hacia donde supuestamente procedían las pisadas, y, sin pensarlo dos veces, me abalancé contra ella y conseguí que perdiera el equilibrio. Ambas caímos al suelo y traté de arrebatarle el colgante, pero ella adivinó mis intenciones y lo alejó de mi alcance. Enrabietada, clavé mis uñas en el rostro de la mujer. Quería verla sufrir, devolverle el dolor que le había ocasionado a Nandru, vengar la injusta muerte de Clara. Ethel gritó y trató de zafarse de mí. Me senté a horcajadas sobre ella y le inmovilicé la mano con la que no sujetaba la esfera para evitar que invocara un hechizo. Ahora lamentaba no haber recogido una de las flechas o incluso haber tomado el arma de Clara. Quería acabar con su vida. Que dejara de existir. Cegada por la rabia, le asesté un cabezazo con todas mis fuerzas, aunque me arrepentí de inmediato. La vista se me nubló y por unos instantes el agudo dolor me obnubiló.

Aún así, escuchaba con claridad cómo los pasos se acercaban más y más. La oscuridad que había a nuestras espaldas quedó tenuemente iluminada por un haz anaranjado, y, tras él, un grupo bastante numeroso dobló la esquina para quedar frente a nosotros. Tragué saliva, asustada, y me volví hacia ellos.

Miré al grupo que se acercaba hacia nosotros, aún temblando, pero mi corazón dio un vuelco vertiginoso cuando, tras unos segundos eternos, me di cuenta de que no se trataba ni de Eyron ni de sus soldados, sino de nuestros aliados.

Erika me devolvió una mirada horrorizada, de pie tras los guardias de la princesa Krydna. Traté de forzar una sonrisa que quedó congelada en una extraña mueca, y entonces me percaté de que todavía estaba sobre Ethel, con las manos manchadas de sangre y tal vez con la peor cara que habrían visto en mí. Nandru estaba inconsciente a pocos metros de donde nos encontrábamos y Clara yacía sobre el suelo, inerte. La reina aprovechó mi momento de desconcierto para tirarme al suelo y levantarse.

Con las pocas fuerzas que me quedaban, me erguí. Todo mi cuerpo aullaba de dolor. Traté de mantenerme de pie mientras trataba de calmar mi agitada respiración. En un abrir y cerrar de ojos, los soldados de Krydna acorralaron a Ethel contra el muro formado por centenares de calaveras cubiertas de musgo. Habían sido tan rápidos que apenas fui consciente de que se habían movido. Por primera vez, la mirada de la mujer mostró verdadero temor. Al chocar contra la pared, uno de los cráneos cayó al suelo y rodó hasta los pies de la princesa, que le propinó una patada y lo lanzó hacia la oscuridad del corredor.

Nandru comenzó a despertar y aliviada vi que todas las quemaduras que le había ocasionado Ethel habían sanado. Me agaché para comprobar que estaba bien y, tras dirigirme una mirada de agradecimiento, se levantó justo cuando Krydna se acercaba a los hombres que tenían atrapada a la víbora traidora.

—Matadla —ordenó con frialdad.

Winnor fue quien asintió con la cabeza y levantó la espada sobre su cabeza, dispuesto a partir en dos a una horrorizada Ethen que ya comenzaba a temblar.

—No. —Nandru se interpuso entre ella y Winnor, dejándome boquiabierta.

¿Por qué la estaba protegiendo? Los alargados dedos de Ethel acariciaron su ancha espalda y sentí una punzada de rabia. ¿Nos estaba traicionando? ¡La reina había matado a Clara y había sido la causante de su maldición! Apreté los dientes con fuerza y me clavé las uñas en la palma de la mano. Al instante, noté los fuertes brazos de Erika levantarme y estrecharme con firmeza. Su barbilla se apoyó en mi coronilla.

—Nandru. —Ethel rompió el silencio que precedió a la osada intervención del muchacho albino—. Todo lo que dije antes era mentira… Yo sí estaba…, *estoy* enamorada de ti. Por favor, créeme. Eyron me ha manipulado.

Sus ojos se humedecieron. Apreté los dientes, odiándola. Estaba claro que mentía. ¿O no había permanecido en silencio todos estos años? Si hubiera amado a Nandru, habría cruzado todos los mundos habidos y por haber hasta encontrarlo. Él lo habría hecho por ella. Nandru se volvió para mirarla a los ojos y Winnor dio un paso con gesto de decepción. Krydna, por otro lado, avanzó indignada hacia el muchacho.

—¿Qué estupidez estás haciendo, Nandru?

Ethel abrazó al muchacho y, para mi sorpresa, él la apartó, sujetándola firmemente por los hombros.

—No te estoy salvando. —No me atrevía a mirar a Nandru a los ojos, pero atisbé una nota de desprecio en su voz—. ¿Dónde está Eyron?

—No… No lo sé. Me ha abandonado.

—Mientes —masculló.

Ethel ignoró mi acusación y siguió mirando a Nandru con ojos suplicantes.

—Tú eres la única que puede encontrarlo —dijo él, imperturbable—. Tenéis un vínculo. Lo forjasteis cuando os casasteis. De eso me acuerdo muy bien.

—Pero…, tal vez lo haya roto.

Ethel palideció bajo la luz de las antorchas. No entendía a qué se refería con aquello de un vínculo, si bien parecía algún tipo de unión mágica.

—Eyron está débil —musitó Ethel, abandonando la patraña—. No permitiré que lo encontréis.

No supe que aquellas palabras eran en cierto modo una despedida hasta que, horrorizada, vi cómo la antigua reina extraía un puñal de entre sus ropajes y se lo hundía con determinación en el pecho. La sangre salpicó el suelo de piedra y manchó los pies a los más cercanos. Instintivamente, busqué con la mirada la daga de Clara, solo para darme cuenta de que era la misma. ¿En qué momento la había recuperado? Antes de que cayera al suelo, Nandru consiguió atraparla y la acunó entre sus brazos. Ella lo miró con una lánguida sonrisa. Aún seguía viva, pero no le quedaba mucho tiempo.

—No podéis sanarme —murmuró—. El puñal está encantado.

La empuñadura relucía bajo las llamas de las antorchas. El vestido iba tiñéndose de rojo. Comencé a marearme ligeramente ante tanta sangre. Nandru me miró.

—Katia, tienes que liberarme de la maldición.

—Pero...

—Confía en mí. Por favor.

Me quité el colgante y lo acuné entre mis dedos. Un extraño pesar comenzó a apoderarse de mí. Tenía miedo. Sin su maldición, Nandru sería vulnerable y tendría menos de la mitad del poder que ya poseía. Cerré los ojos. Debía confiar en él. No le pasaría nada. Eyron no podría hacernos daño; estaba débil y había huido. Tal vez estaba muy lejos, recuperándose de las heridas. Deposité un pequeño beso en la esfera de cristal y deseé la libertad para Nandru. De corazón.

De pronto, el colgante estalló en mil pedazos y lo solté, asustada. No llegó jamás a caer al suelo, puesto que se desintegró ante mis ojos. Sentí un horrible vacío y no pude evitar derramar unas cuantas lágrimas. Erika me abrazó con más fuerza todavía. Haciendo un esfuerzo sobrehumano, miré a Nandru, que seguía en la misma posición, sujetando a una moribunda Ethel. Nada en él había cambiado, aunque... ¿qué esperaba? Me devolvió la mirada con una sonrisa y asintió.

—Krydna, ven por favor. Necesito que unamos nuestros poderes.

La princesa se acuclilló al lado de ambos y tomó la mano libre de Nandru.

—¿Qué vais a hacer? —pregunté en un hilo de voz.

Pero ninguno de los dos respondió.

—Solo lo he visto hacer dos veces —reconoció él—, pero creo que puede funcionar.

El joven comenzó a recitar algo en una lengua que no conocía; palabras inconexas para mí bailaron en el aire sin que el hechizo que nos había lanzado en su momento el Oráculo las descifrara. Los soldados de Krydna retrocedieron, empujados por un velo transparente que comenzó a envolver a Nandru, Krydna y Ethel. De pronto, la oscuridad los sepultó. Los oía respirar, incluso las quejas a media voz de Ethel. Sin embargo, estaban ocultos a nuestros ojos.

No sé cuánto tiempo estuvimos observando aquella extraña nebulosa. Tal vez minutos o tal vez horas, en cualquier caso, cuando la nube de oscuridad se esfumó, Ethel ya no estaba con ellos. Parecían agotados y unas perlas de sudor recorrían sus rostros. Sus respiraciones eran agitadas. ¿Qué había ocurrido? Nadie se atrevió a preguntar.

—Lo hemos conseguido —dijo Nandru al tiempo que se levantaba.

Abrió el puño, que hasta ahora había estado crispado sobre su regazo, y nos mostró un colgante casi idéntico al que lo había tenido retenido todo este tiempo.

—La maldición de Dionte —dije—. Pero solamente puede tenerlo alguien sin poderes. ¿Qué piensas hacer?

—Buscaré un portador. Alguien de Naheshia. No puedo pediros que llevéis esta carga.

—No ha sido mal plan —reconoció Krydna con una sonrisa—. Si Eyron ha escapado, podremos localizarlo gracias a ella.

La princesa se levantó y se acercó a Erika, que de inmediato la envolvió entre sus brazos. Aparté la vista para fijar mi atención en April, que acababa de llegar. Su rostro aún reflejaba una enorme tristeza y no me atreví a preguntar por Dreena. Pasé mi brazo por su hombro y la apreté contra mí.

—Siento mucho haberos traído hasta aquí. Os he puesto en peligro —me lamenté.

—Te recuerdo que vinimos porque quisimos —musitó.

—Será mejor que salgamos de aquí y nos reunamos con los supervivientes. Krydna, ¿sabes hasta dónde alcanzan los daños de Heithen? —preguntó Nandru.

La princesa dejó de besar a Erika y volvió su atención hacia Nandru. Aún estando en el interior de ese castillo, entre tanta muerte y destrucción, me alegraba por Erika, e intenté hacer apartar los celos que se habían instalado en mi corazón. No estaba siendo justa, ellas merecían ser felices y mis sentimientos ahora eran lo de menos.

—No lo sé. Muchos lograron salir, pero otros fueron asesinados por los soldados de Eyron. También hubo bajas en el otro bando, aunque eso no nos devolverá a quienes hemos perdido.

—Me hubiera gustado matarlo —farfulló Nandru, apretando los puños con rabia.

Tragué saliva al entrever el odio que brillaba en sus ojos violáceos. Temí que lo fuera a consumir, que se obsesionara demasiado con Eyron. Sabía que Nandru no pararía hasta encontrarlo y terminar con él; había demasiada mala sangre entre ellos para que fuera de otra manera, pero, aún así... me preocupaba.

Krydna hizo una señal con la cabeza para indicarnos que nos moviéramos y emprendió la marcha.

—No podemos dejarla aquí —dije, molesta por su indiferencia.

Me acerqué al cuerpo de Clara. Sabía que no podría cargarla, pero no quería dejarla ahí sola. Contemplé el cabello rubio que ocultaba su rostro. Parecía que estuviera dormida, aunque sabía que ese sueño sería eterno. Parpadeé para retener las lágrimas que comenzaban a formarse otra vez en mis ojos. Uno de los soldados de la princesa se agachó a mi lado y con sumo cuidado cargó con el cadáver.

—Pobre criatura —musitó. Tan solo pude producir una pequeña sonrisa como agradecimiento mientras miraba cómo la transportaba.

Uno de los soldados me ofreció el mismo arco que había tenido que dejar atrás en mi precipitada huida. Tras colgarlo en mi hombro, recuperé el carcaj que había dejado olvidado en un rincón del pasadizo. Nos pusimos en marcha en un profundo silencio. Habíamos vivido demasiadas cosas como para charlar como si nada hubiera ocurrido. Recorrimos varios pasillos y finalmente llegamos a una escalera algo derruida. Sorteé como pude los fragmentos de piedra y traté de mantener el equilibrio cuando alguno se movía bajo mis pies.

—Habrá que reformar mucho esto —dijo Krydna.

—Supongo que te vendrás a vivir aquí, ¿no? —preguntó Erika.

—Sí, ¿quieres ser mi reina?

La princesa se giró hacia mi amiga, que iba andando a mi lado, y le guiñó un ojo. Traté de descifrar la expresión de Erika. Parecía sorprendida y a la vez triste. Krydna siguió andando, dejándola reflexionar sobre su inesperada petición, así que me acerqué hasta ella, enlazando mi brazo con el suyo, y ambas aminoramos el paso. Los demás no se dieron cuenta y siguieron avanzando.

—¿Vas a quedarte? —pregunté.

—No —dijo enseguida—. Krydna me encanta, me vuelve loca y me tiene enamoradísima, pero… no pertenezco a este lugar. ¿Y tú, Katia? ¿Vas a quedarte?

Miré la espalda de Nandru y un suave cosquilleo recorrió mi interior.

—No —respondí tras unos segundos de vacilación—. Tengo a más gente en la Tierra que en Naheshia. Además, no sé si Nandru y yo… De todos modos, no me importaría volver algún día, aunque sea de visita.

April esbozó una media sonrisa, aunque una expresión cargada de tristeza.

—Este verano, vacaciones en Naheshia —anunció.

—Al menos saldría barato —contesté, siguiendo la broma—. No creo que nos cobren el alojamiento.

—¡Vamos, terrienses! —Krydna nos llamó la atención cuando ya estábamos a punto de flanquear las enormes puertas de madera.

Respiré hondo y la sonrisa se borró por completo de mi rostro. Ahora teníamos que enfrentarnos a lo más difícil. No sabíamos a cuántas personas habíamos perdido en aquella última batalla, sobre todo en el asedio de Heithen. Nos habían atacado por sorpresa hacía apenas unas horas, pero se me antojaba que habían pasado incluso días. ¿Habría sobrevivido Hedea? ¿Y Dreena? No habíamos sabido nada sobre la abuela de April. Esperando que algún dios me escuchase, recé por que estuvieran sanas y salvas.

Cuando regresamos a Heithen y bajamos al poblado subterráneo, encontramos un paisaje desolador. Traté de que mi vista no permaneciera demasiado tiempo sobre los cadáveres que había esparcidos sobre las calles, pero fue imposible. Los fuegos danzarines que se situaban sobre nuestras cabezas los iluminaban tenuemente. Fijé mis ojos en mis pies mientras avanzábamos sobre cenizas y piedras carbonizadas. El fuego ya se había extinguido. Unas cuantas personas trabajaban en silencio, recogiendo los cuerpos sin vida de quienes habían sido sus compañeros. Levanté la mirada cuando escuché el desgarrador llanto de una mujer que abrazaba un pequeño bulto envuelto en una manta oscura. Desvié de nuevo mis ojos hacia mis pasos, mordiéndome el labio inferior.

Tenía el corazón encogido. Parpadeé en vano para retener las lágrimas. Mis amigas, flanqueándome, trataban de no detener sus miradas en la terrible escena que nos envolvía, aprisionándonos en su dolorosa realidad. Estaban tan tensas como yo. April lloraba en silencio, y Erika apretaba los puños, compungida.

Llegamos por fin al edificio principal donde residía el Oráculo y, cuando las puertas se cerraron tras nosotros, localicé a la abuela de April en el fondo de la sala, conversando con varias personas a las que no logré reconocer. En cuanto nos vio, inclinó la cabeza y se acercó a nosotras.

—Me alegra que estéis bien —dijo.

Se la notaba cansada y una infinita tristeza había velado su mirada. No obstante, cuando tomó a su nieta en brazos, una sonrisa se dibujó en sus labios, aunque fue fugaz, desapareciendo enseguida. Suspiró.

—Acabamos de enterrar a Lyra. Logró salvar a mucha gente, pero ella... No sobrevivió. Aún así, tuvimos suerte, ya que, cuando Eyron cayó, los soldados decidieron retirarse. Pudimos acabar con muchos de ellos, si bien otros ya se habían escapado.

—Eyron ha huido —anunció Nandru—. Pero tenemos una forma de llegar hasta él.

Levantó el colgante y nos lo mostró. El Oráculo, que se había acercado, lo contempló con interés. Ladeó la cabeza y esbozó una media sonrisa.

—Tejiste la maldición con absoluta maestría —observó, maravillado.

—Tejimos, Oráculo —intervino la princesa, mirándolo desafiante y con la barbilla levantada. El Oráculo se volvió hacia ella, sorprendido, y Krydna chasqueó la lengua en señal de desaprobación. Por una vez, me cayó bien.

—Entonces hacéis un buen equipo. No obstante, debéis encontrar a Eyron. Esto aún no ha terminado.

—No. Esto no ha hecho más que empezar —dijo Dreena—, y será mejor que no esperemos mucho, pero antes mi nieta April y sus amigas tendrán que volver a su casa.

—Sí. Debemos reforzar los hechizos que cierran los portales, no podemos dejar que Eyron atraviese alguno y termine en la Tierra.

Siempre había sabido que esto iba a ocurrir, pero una parte de mí mantuvo un rayo de esperanza. Miré a Nandru al mismo tiempo que él se volvía hacia mí, y sus ojos violáceos se encontraron con los míos. Parecía una figura tallada en mármol, de rasgos perfectos, casi divinos. Azorada, me volví a perder en su belleza, que no parecía de este mundo ni de ningún otro. Intenté retener su imagen en mi mente para llevarla conmigo de vuelta a casa.

—Veo que ha habido una baja. —La abuela de April avanzó hacia el soldado que seguía sujetando el cuerpo sin vida de Clara.

—Es la hija de Greta, la mujer que me traspasó el colgante —dije—. ¿Cómo podemos despedirnos de ella?

—La dejaremos con los demás y mañana proseguiremos con los entierros.

Asentí. Clara merecía descansar junto a su madre, pero era imposible darle ese último final. Vi cómo el soldado se marchaba, llevando a la muchacha con delicadeza. Al menos no se marchó sin saber la verdad, me dije. De nuevo sentía que de un momento a otro me echaría a llorar. Habían pasado tantas cosas en menos de un mes que apenas conseguía digerirlas.

De pronto, alguien palmeó mi espalda y di un respingo. Me di la vuelta para encontrarme con la mirada divertida de la vieja Hedea y sonreí aliviada al verla sana y salva.

—En cuanto oí que habíais vuelto vine a saludaros. —Miró a Nandru como si fuera la primera vez que se encontraba con él—. ¡Vaya! Ahora eres menos poderoso y más mortal. Intuyo que esta muchachita te ha soltado por fin. —Hedea tiró de mí para que me agachara y ella pudiera susurrarme al oído—. Tendrás que buscar otra manera de atarlo a ti.

Mis mejillas se encendieron por aquellas palabras. Me enderecé y negué con la cabeza, pero sonreí. ¡Hedea siempre tan impertinente! Sin embargo, me gustaba que fuera así. La vi alejarse con el Oráculo y Nandru, probablemente para hablar de la situación de Naheshia. Volví a mirar a Erika y descubrí que ya no se encontraba a mi lado.

—Se ha ido con Krydna. —April indicó con la cabeza la entrada del edificio.

A lo lejos distinguí la rojiza cabellera de la princesa y el oscuro pelo de Erika. Seguían alejándose, agarradas de las manos. Sentí lástima por mi amiga. Las despedidas eran muy duras y, por mi parte, no estaba segura de cómo decirle adiós a Nandru. Dudaba mucho que él quisiera regresar con nosotras. Se me hizo un nudo en la garganta y un enorme peso se instaló en mi estómago. Suspiré, tratando de calmarme.

—Nos vemos en un rato, tened cuidado, ¿de acuerdo?

Dreena, la abuela de April, nos dejó un momento para reunirse con Hedea y los demás. Los miré de soslayo. Mi amiga me agarró del brazo y tiró suavemente de mí.

—Demos una vuelta.

Asentí, con la mente todavía obnubilada por los acontecimientos. La despedida comenzaba a pesarme demasiado. Respiré hondo al tiempo que caminaba, dejándome llevar por April.

En el exterior nos recibió un silencio sepulcral. Todo el mundo había desaparecido y tan solo las cenizas y la quietud nos indicaban el horror que aquellas calles habían presenciado. Pensé en la mujer que minutos antes había estado abrazando a su hijo. ¿Dónde estaría? La gente habría vuelto a sus casas, donde seguirían llorando a aquellos que ya nunca volverían y cuyo vacío no se llenaría jamás. No pude evitar que mis ojos se humedecieran. ¡Cuánta tragedia había traído el reinado de Eyron!

April no quiso llenar el silencio que se había instalado entre nosotras a medida que avanzábamos por las calles empedradas. Parecía que su mente estuviera a años luz de Heithen. Dejé escapar un suspiro y seguí caminando a su lado. El ambiente estaba enrarecido. No sé cuánto tiempo estuvimos calladas, pero me daba la sensación de que llevábamos horas y horas andando sin rumbo cuando me percaté del ruido de unas pisadas que se acercaban corriendo hacia nosotras. Me giré bruscamente y agarré mi arco, ya de forma instintiva, sin embargo, cuando reconocí a la figura que se aproximaba, me quedé paralizada.

Nandru pasó su mano por uno de los mechones platinos que habían caído sobre su rostro, y sus ojos violáceos me escrutaron. Noté la mano de April posarse en mi hombro y finalmente reaccioné. Me giré hacia ella y mi amiga me dedicó una sonrisa nerviosa.

—Estaré en la habitación, eh…, durmiendo. Recogiendo para mañana.

Sabía que no era más que una excusa para dejarnos a solas, pero se lo agradecí. La vi alejarse con cierto sentimiento de culpa por dejarla sola en un momento tan delicado para ella. Había perdido a su profesora y sabía lo mucho que le dolía aquello.

Sin embargo, mis pensamientos se disolvieron en cuanto Nandru me acarició la mejilla. El corazón se me encogió de ternura. Su mirada estaba repleta de cariño. Esbocé una sonrisa y, aunque dudé unos instantes, acerqué mi rostro al suyo. Apoyé mi frente en su pómulo y dejé que su aroma me deleitara. Tras separarme unos pocos centímetros, apreté mis labios contra los suyos. Al principio, Nandru no reaccionó, pero luego su mano se posó en mi nuca y me besó con una intensidad que no había esperado. Con la mano que le quedaba libre, me atrajo hacia sí al tiempo que me empujaba con suavidad contra la pared más cercana. Quedé atrapada entre el muro de piedra y sus brazos.

Sus labios buscaban los míos con una desesperada urgencia que terminó por despertar un profundo deseo en mí. Notaba que la temperatura subía cada vez que mi lengua se encontraba con la suya, y nuestra respiración se agitó a medida que el deseo nos devoraba. Una de sus manos terminó por deslizarse bajo mi camisa y me estremecí al sentir el contacto de su piel en mi espalda. Mi cuerpo ardía de placer con sus caricias. Me separé un momento para tomar aliento y mis labios se curvaron en una pequeña sonrisa.

—Nandru, ¿vendrás conmigo?

Aquellas palabras lo desgarraron por dentro. Una expresión de dolor lo atravesó fugazmente.

—Lo siento, Katia. Nunca podremos estar juntos.

Sentí que miles de largas y afiladas agujas atravesaban mi pecho; la respiración se me cortó y un silencio sepulcral se instaló entre nosotros, separándonos. Lo miré sin comprender, mientras mis ojos comenzaban a humedecerse. La esperanza a la que me había aferrado se hizo añicos al chocar contra la cruel realidad.

—¿Por qué? —pregunté, y sentí que aquella voz que emanaba de mis labios no era la mía.

Estaba tan consternada que sentía que no me encontraba realmente allí. Que eso no podía estar ocurriendo. Tenía que ser una pesadilla; todo lo que había ocurrido en los últimos días había sido una horrible pesadilla. Nandru me miró con un dolor palpable.

—Eyron sigue libre y estará rearmándose para volver a atacarlos. No es suficiente con haberle quitado el trono y haberlo expulsado de Aszeria. Tengo que unirme a los rebeldes y encontrar un dueño para el colgante de Ethel. No puedo marcharse.

Sentí un escalofrío al oír ese nombre.

—Está bien —masculé—. Lo entiendo.

¿Qué podía hacer? ¿Patalear? ¿Llorar? Estaba enamorada de él, pero podría seguir adelante, aunque fuera sola. Esbocé una pequeña sonrisa conciliadora.

—Te quiero —dije.

—Yo también. —Me estrechó con fuerza entre sus brazos—. Quién iba a decir que me volvería a enamorar y que sería de ti, terriense egoísta.

Nandru se rio.

—Si lograras acabar con Eyron…, ¿vendrías a buscarme?

La respuesta a esa pregunta me daba pavor, pero al mismo tiempo necesitaba saberla.

—Sí. Pero no quiero hacer promesas que no sé cuándo podré cumplir.

Asentí, aliviada. No era una gran certeza. Sin embargo, me daba esperanza. Esbocé una pequeña sonrisa y volví a besarlo. Él correspondió a mi gesto, aunque esta vez fue mucho más dulce. Cerré los ojos para saborear el momento, sabiendo que al día siguiente todo cambiaría. Intenté apartar de mi mente aquellos pensamientos, disfrutar del presente, pero…

Alguien carraspeó para hacerse notar. Me separé ligeramente de Nandru y me giré para mirar desconcertada a una recién llegada April.

—Perdón… —Mi amiga parecía incómoda—. Mucho me temo que vamos a tener que dormir en un campamento que han construido en el edificio del Oráculo. Cuando fui a nuestras habitaciones, no me dejaron entrar; al parecer el techo se desplomó y parte del edificio se quemó con todo dentro…

—Será mejor que nos vayamos a dormir; mañana nos espera un largo viaje —dije, y luego sonreí—. Eso sí, espero que esta vez no haya orcos.

Por suerte, no fuimos muchos los que habíamos perdido nuestros hogares durante el ataque, así que el improvisado campamento en el edificio del Oráculo no estuvo muy concurrido aquella noche. Dormí abrazada a Nandru sobre un saco de dormir hecho de mantas mullidas. Cuando me desperté, el joven seguía a mi lado con los ojos cerrados y ajeno a todo el mundo. Era la primera vez que lo veía con aquella expresión, tan serena y confiada. Lo observé unos instantes antes de dirigir mi mirada al lugar en el que yacía April, que también parecía estar en el país de los sueños. Me pregunté dónde habría pasado Erika la noche, aunque sí que sabía con quién.

Me di cuenta de que alguien me observaba desde la entrada. Se trataba de Dreena, la abuela de April. Me levanté sigilosamente y la seguí cuando me hizo señas para que la acompañara fuera.

—Aún no se lo he dicho a April, pero no viajaré con vosotras de vuelta —comentó.

Sus ojos seguían velados por una profunda tristeza. La pérdida de Lyra, sin duda, le había partido el alma en dos.

—¿A dónde irás? —pregunté.

—Hay cosas que necesito investigar, pero no me quedaré aquí mucho tiempos. Aún tengo que enseñarle muchas cosas a mi nieta.

—¿Qué cosas? —insistí. Odiaba los secretos.

—No es importante, Katia, no te preocupes —sonrió.

Me crucé de brazos y puse los ojos en blanco. ¿Por qué tanto secretismo? Quise abrir la boca para seguir preguntando, pero entonces apareció April.

—Buenos días —bostezó—. ¿Días? Eso creo.

La muchacha levantó la cabeza hacia los fuegos danzarines para luego dirigir su mirada hacia la calle en la que nos encontrábamos, en cuyo empedrado todavía se podían adivinar restos de la batalla.

—Nos iremos en breve. —Dreena acarició el cabello de su nieta—. Aunque yo me quedaré unos días aquí, ¿vale?

Me mordí la lengua para no seguir preguntándole. ¿Qué era lo que quería averiguar que le impedía acompañarnos? Le dirigí una torva mirada antes de zanjar el asunto. Empezaba a ponerme de mal humor tanto secretismo. Entonces, Nandru salió del campamento y se acercó a nosotras.

—Me preocupé al no verte —dijo.

Su mano se posó en mi hombro y reprimí las ganas de lanzarme a su cuello. Justo ahora que por fin me correspondía, teníamos que separarnos. Era demasiado injusto. ¡Maldito Eyron y maldita Ethel! Traté de recomponerme y mostrar mi mejor ánimo. No quería estropear mis últimos momentos en Naheshia.

—Hay que localizar a Erika para irnos, chicas. Y, si queréis despediros de Clara, habrá que salir al exterior. Están enterrando a todos los caídos en el antiguo cementerio. Les dije que os esperaran.

—Está bien. A ver dónde está Erika —respondió April.

—Podrías echar las cartas, que seguro que nos ahorran el tiempo de buscarla —bromeé con el fin de romper la extraña atmósfera que se había formado entre nosotros.

April negó con la cabeza mientras ofrecía una pequeña sonrisa, y me agarró de la manga del jersey, arrastrándome por las calles repletas de cenizas. Me pregunté cuánto tiempo tardarían en arreglar todo aquello y si Heithen volvería a ser la ciudad que me había recibido. Nandru y Dreena permanecieron en el campamento, planeando los preparativos del viaje. Recorrimos lo que quedaba de Heithen, buscando el edificio en el que se hospedaba Krydna. Tanto April como yo suponíamos que estaban juntas, pero pronto nos dimos cuenta de que nunca habíamos estado en la casa de la nueva reina.

Anduvimos un buen rato hasta que por fin divisamos a lo lejos el inconfundible cabello rojo de la princesa y, a su lado, la oscura cabellera de Erika. Nos acercamos a ellas apresuradamente y en el hombro golpeé con suavidad a mi amiga.

—Tenemos que irnos. Vamos arriba a despedir a Clara, y luego comenzaremos la travesía, qué pereza... ¿No podéis crear un portal o algo?

—Lyra era la única que podía crearlos —respondió Krydna—. Nandru ya no tiene tanto poder y el Oráculo está debilitado porque ayudó a Lyra a mantener activo el portal durante el ataque. Lo siento, chicas. Os toca volver usando el tradicional método terriense: a patita.

—Vaya, vaya. Así que tampoco sois tan poderosos —farfullé al tiempo que ponía los ojos en blanco—. ¡Qué decepción! Vuestra magia solo puede modificar lo que ya existe, no crearlo.

—Al menos los naheshi no somos tan bobalicones e inútiles como los terrienses —contraatacó la princesa con una pequeña sonrisa—. Por no decir que ni siquiera podéis manipular los elementos.

—Ah, entonces, piensas que tu novia es una bobalicona y una inútil, ¿eh? —Erika no se cortaba un pelo y se me escapó una pequeña carcajada.

—Vamos, Erika, no seas tan gruñona —me quejé.

—Tenemos que ponernos en marcha. —April nos miraba de manera severa.

Volvimos sobre nuestros pasos para reunirnos con Dreena y Nandru, que no se habían movido del Oráculo. Tras intercambiar unas cuantas palabras, subimos para darle la despedida a Clara.

El cuerpo de Clara, aún con el vestido blanco que había llevado en Aszeria, descansaba sobre un improvisado lecho situado en una de las casas derruidas. No había ningún techo que nos resguardara del brillo de los dos soles. Allí, en el silencio de aquel triste lugar, me arrepentí de cómo la había tratado. Siempre la había considerado un bicho raro y había actuado como si me asqueara. Tal vez las cosas hubieran sido distintas si hubiese hablado con ella cuando la veía en la biblioteca. La recordaba siempre sola, sin ninguna amiga a su alrededor, siempre muy callada, como si tuviera la cabeza en otra parte. De pronto vino a mi mente el día en que me tendió el libro de *Cumbres borrascosas*. Aquel día, si mi memoria no fallaba, había visto a Nandru por primera vez. Él era el chico que ella había empujado tras las estanterías. Ojalá lo hubiera conocido entonces. Ojalá hubiéramos tenido más tiempo...

Con lágrimas en los ojos vi cómo dejaban el cuerpo de Clara en una pequeña fosa que habían abierto junto a las demás. Seguía pareciéndome una muñeca rota. Esta vez no traté de contener el llanto al ver su tumba, cubierta de tierra, y, poco después, de Clara solo quedaba un terreno llano y la certeza de que ella descansaba a unos cuantos metros bajo él. Erika me abrazó y me ayudó a levantarme. Apoyé la cabeza en su hombro y recordé el momento en que la muchacha que yacía a nuestros pies me había abrazado con desesperación por sentir algo de calidez. ¿Podría haberla salvado si le hubiese hablado el día en que la vi en la sala del trono junto a Eyron? En aquellos momentos me había mirado con curiosidad. Cerré los ojos con fuerza y traté de calmarme. Ya era tarde para actuar.

Nandru se acercó a nosotras y noté que Erika se apartaba para dejar que él me envolviera con sus brazos.

—Ya está, Katia. No te tortures más.

Depositó un beso en mi coronilla y estreché aún más el abrazo. Me calmó sentir su calidez. Saber que estaba allí, pero..., una voz maliciosa me recordó que en unas cuantas horas nos diríamos adiós.

Los dos soles de Naheshia seguían brillando con fuerza sobre nuestras cabezas. Reparé entonces, cuando me separé de Nandru, en que la niebla había desaparecido y que había más personas, retirando los escombros y construyendo los cimientos de lo que serían las casas del nuevo Heithen.

—¿Volverán a vivir fuera? —pregunté.

—Sí. Van a reconstruir la ciudad.

—¡Niña insolente! —Un grito me sobresaltó.

Había sonado muy cerca. Cuando me giré, me topé con la mirada furiosa de Hedea, que se estaba acercando a nosotros con un cucharón en la mano. La miré desconcertada.

—¡Katia! —Parecía enfadada—. ¿Te vas sin despedirte de esta pobre vieja?

—¡No! Iba a buscarte ahora —me excusé.

—Claro, claro. —La mujer me dio varios golpecitos en el brazo con el cucharón—. Espero que fuera verdad, jovencita.

—¡Es verdad! —esbocé una sonrisa de disculpa—. Estábamos enterrando a una amiga.

—Sí, pobrecita… Lo siento mucho. —La vieja Hedea volvió a mostrar su lado amable—. Cuidaos durante el viaje, pequeñas. Y tú —se dirigió a Nandru—, ¿cómo es eso de que vas a la caza del maldito Eyron y dejas escapar a esta muchacha?

Había vuelto a darme un golpecito en el brazo con el cucharón. Puse los ojos en blanco y agaché la cabeza, algo incómoda. Nandru sonrió.

—Naheshia requiere mi atención. No tengo elección.

—Una lástima. Me gustaba veros juntos. Pero seguro que os veis muy prontito. —Me guiñó el ojo y yo arqueé una ceja—. Ven, Katia.

La vieja me agarró del brazo y tiró de mí. Me sorprendió la fuerza que tenía. Nos separamos del grupo y, tras asegurarse de que no nos miraban, me tendió un objeto. Era una cajita de madera circular con unas runas grabadas en los laterales y en la tapa. La miré inquisitivamente.

—No la abras —dijo—. Cuando llegues a la Tierra, podrás abrirla, pero no tocar el contenido. Se supone que no debería darte esto, pero creo que eres de fiar. De ellos, en cambio, me fío menos —señaló al grupo conformado por Nandru, la princesa, Erika, April y Dreena.

—¿Qué es? —pregunté.

—Un regalo. Tú sabrás qué hacer con él. No obstante…, ni se te ocurra tocarlo. Además, es una excusa para ver a Nandru de nuevo muy pronto. Y ahora guárdatelo, que vienen.

Obedecí a Hedea, sintiendo que no debía aceptar tan extraño regalo.

—Lo siento, Hedea. Pero tienen que irse ya. —La abuela de mi amiga posó con delicadeza la mano en los hombros de la vieja.

—Está bien. Cuidaos y cuida de mi regalo. Recuerda, ¡no lo toques!

Asentí, extrañada. La mujer se marchó con el cucharón aún en su mano. La vimos perderse en el sendero que bajaba hacia las entrañas de la ciudad subterránea.

—Vuestros equipajes están en el carruaje. Vamos, es mejor irnos cuanto antes.

Nos despedimos de todos los que habíamos conocido, incluido Hervin, el dueño de los niugus que nos llevarían hasta la grieta. En cuanto al Oráculo, no pudimos decirle adiós, puesto que había partido de viaje la noche anterior. No sabíamos a dónde iría y jamás lo averiguaríamos.

El viaje hacia la entrada fue tedioso, igual que la primera vez. Atravesamos las altas y desnudas montañas de Heithen, cruzamos el bosque de las lizernias y logramos ver a unas cuantas. Una de ellas incluso me tiró del pelo y tuve que espantarla con un grito. Volvimos a pasar por los enormes árboles, que nos acariciaron con sus lianas, y uno de ellos se quedó una de las flechas que traía en mi carcaj. Seguimos el río hasta desembocar en el pequeño lago y, finalmente, tras subir por la ladera de la montaña, llegamos a la entrada.

Dreena, Krydna y Nandru lograron romper la barrera translúcida que días atrás nos había dado problemas, esta vez sin sufrir ningún percance. Respiré hondo en cuanto la pared desapareció tras ser resquebrajada por los hechizos de mis amigos.

No lloré en la despedida; guardé mis lágrimas para días más tarde, cuando la ausencia de Nandru me aguijoneó dolorosamente. Krydna le prometió a Erika que iría a verla en cuanto localizaran a Eyron, pero para ello tendrían que buscar a un naheshi sin poderes mágicos que pudiese portar el Dionte de Ethel. No obstante, incluso eso suponía un riesgo enorme. ¿Y si él o ella sucumbía a la tentación del poder que conseguiría a través del colgante y se acababa corrompiendo? Ethel lograría liberarse. Traté de no pensar en escenarios tan dramáticos. Tenía que confiar en que todo saldría bien.

Tras abrazar a Dreena y a Krydna, y estrechar la mano de Winnor y Cleo, me dirigí hacia Nandru para despedirme de él y nos besamos por última vez; algo dentro de mí me decía que no volvería a verlo, que a partir de aquí nuestros destinos se separaban dolorosamente. Noté el sabor amargo de la despedida en mi boca.

—Adiós —dije con la voz quebrada por el dolor.

No miré atrás. Nos internamos en la cueva y, en un abrir y cerrar de ojos, la pared translúcida se cerró a nuestras espaldas. Me tragué mis lágrimas y me preparé para volver a nuestras vidas de siempre. O eso creíamos…

Unos días después de que llegar a casa, logré reunir el coraje necesario para sostener en mis manos la cajita que me había dado Hedea. La oscuridad de la madera contrastaba con el brillo metálico de las runas que había grabadas en ella. Había pasado demasiado tiempo llorando por Nandru y sentía que ya era el momento de tomar las riendas de mi vida.

El tiempo en Naheshia y en la Tierra era muy distinto: aunque habíamos estado allí varias semanas, en casa todavía era el mes de diciembre, y en poco tiempo empezarían las vacaciones de Navidad. Hacía mucho frío y el viento tampoco calentaba mucho. Las luces navideñas hacían brillar las calles con sus alegres colores. La gente empezaba a adueñarse de los centros comerciales y los niños reían, emocionados por la llegada de Papá Noel y de los Reyes Magos.

Me acerqué a la ventana para apreciar las decoraciones que había colgadas en los balcones de mis vecinos. En esta época del año, todo brillaba con luz propia. Un poco más tarde llamaría a Erika y a April para invitarlas a tomar un chocolate caliente con churros.

Volví mi atención a la caja y, después de un buen rato, reuní el valor para abrirla. La había guardado semanas atrás y, aunque cada día la observaba durante horas, no me había atrevido a dar el paso, porque eso significaba volver la vista a atrás y pensar en él.

Me senté con la caja sobre mis rodillas y pasaron unos minutos hasta que me atreví a tocarla. La tapa de madera se resistió, finalmente, conseguí abrirla.

Un escalofrío me recorrió en cuanto lo reconocí. Mi corazón latía desbocado e incluso me mareé un poco cuando asimilé el contenido. Tuve que convencerme de que era real, de que no me lo estaba imaginando. Reprimí el impulso de tocar la esfera de cristal que atrapaba un paisaje de árboles rosados y piedras grisáceas. Una figura estaba apoyada contra un árbol: reconocí la grácil silueta de Ethel, inmóvil, a la espera de que la despertaran. Con un nudo en el estómago, volví a cerrarla. Sin duda, la vieja Hedea se había vuelto loca.

El sonido del teléfono me sobresaltó. Tratando de pausar mi encabritado corazón, dejé la caja sobre la mesa y corrí a descolgarlo.

—¿Diga?

—¿Katia? —La voz de April sonó al otro lado de la línea—. Necesito que vengas a mi casa. Mi abuela ha vuelto y quiere contarnos algo.

—De acuerdo —titubeé.

La cabeza me daba vueltas. ¿Dreena había regresado? Era una noticia fantástica. Le devolvería el Dionte de Ethel y me olvidaría por completo del asunto. Tragué saliva y me di cuenta de que las manos me temblaban ligeramente.

—¿Te pasa algo? —preguntó April.

—Luego te cuento. Ahora nos vemos.

Colgué apresurada. ¿Qué debía hacer? ¿Llevarme el colgante? Me miré en el espejo. Tenía un aspecto demacrado, insano. Pensé en maquillarme para lucir un poco mejor, pero me había prometido a mí misma que dejaría de llevar siempre el rostro cubierto de cosméticos. Me peiné rápidamente y, tras guardar la cajita en mi bolso, salí disparada hacia la casa de April.

Llegué media hora más tarde y llamé al timbre. April vivía con sus padres en un piso que no era tan grande como el mío, pero era bonito y funcional. Mi amiga me abrió y pasé.

—¿Están tus padres? —pregunté.

—No.

Me conocía la casa perfectamente, así que crucé el largo pasillo hasta llegar al salón sin detenerme. Su decoración nunca cambiaba; era de agradecer que al menos algo permaneciera estable en mi vida. El sofá con la horrible funda de flores ahora me parecía elegante y reconfortante, igual que la mesa de cristal, la gran televisión y el aparador de madera oscura lleno de antiguas vajillas de porcelana.

Erika estaba hablando con Dreena sobre cómo le iban las clases, pero, cuando me escucharon llegar, Dreena se levantó para abrazarme y me empujó suavemente para que me sentara. Estaba algo más morena y me alegré de ver que presentaba un aspecto más saludable que la última vez que la había visto. Aún así, tenía nuevas arrugas en los ojos y se notaba que estaba agotada.

Me senté frente a ella, intrigada.

—Os he pedido que vinierais porque quería contaros una cosa —comenzó a decir—. Era algo que ya sospechaba, pero quise confirmarlo. Conocéis la maldición de Dionte, la que ataba a Nandru al colgante y con la que se atrapó a Ethel. Aquel que posee un Dionte, uno de estos colgantes, como queráis llamarlo, tiene poder sobre la persona atrapada, que a su vez tendrá un poder ilimitado y el don de la inmortalidad. Es un castigo para el que está atrapado, pero otorga una gran ventaja al que lo posee.

¿Sabía que yo tenía el Dionte de Ethel? Dreena hizo una pausa para beber un trago.

—Yo... —comencé a decir, pero la abuela de April levantó la mano para que callara un momento.

—El problema que tenemos entre manos es que hay varias personas que sufren la maldición de Dionte, y debemos encontrarlos antes que Eyron caiga en la cuenta de que podrían servirle de ayuda.

—¿Qué quieres decir?

—Que si Eyron consigue uno o dos Diontes, podrá recuperar el trono y vengarse de todos nosotros.

—¿Y qué podemos hacer nosotras? —Erika la miró extrañada.

—Necesito vuestra ayuda. Hay varios en la Tierra, pero no sé por dónde empezar a buscar. Vosotras domináis internet y las nuevas tecnologías, y seguro que ahí encontráis información.

—Yo he encontrado uno, por cierto. —Sin esperar a que añadieran algo más, agarré la cajita que estaba guardada en mi bolso y la dejé sobre la mesa dando un golpe—. La vieja Hedea me engañó para que me la llevara.

Mis compañeras miraron horrorizadas la caja. Levanté la tapa y les mostré la esfera cristalina.

Días atrás había llegado a pensar que todo había terminado y que nuestras vidas volverían a la normalidad que habíamos dejado atrás en el momento en que crucé las puertas de la biblioteca aquel fatídico día. Sin embargo, aquella tarde, con el Dionte de Ethel en mis manos, me di cuenta que la historia no había hecho más que empezar y de que los peligros que yo creía derrotados todavía nos acechaban.

Cómo habría sabido que Eyron, el tirano de Naheshia, ya estaba en nuestro mundo, ávido de venganza y dispuesto a todo para recuperar el colgante de su esposa, que yo ahora tenía en mi posesión...

# CONTINUARÁ

# AGRADECIMIENTOS

Quería dar las gracias a mi familia por apoyarme en todos y cada uno de los momentos de mi vida. Estoy muy feliz por haber tenido la suerte de teneros.

También doy las gracias a mis amigos, que siguen ahí pese a todo. Ojalá me acompañéis mucho más tiempo.

A mis seguidores, sobre todo a los más fieles, que, a pesar de los años, continuáis dándome todo vuestro cariño y seguís atentos a mis locuras. Gracias por todo.

Y a ti, lector, espero que Naheshia te haya cautivado y vuelvas para seguir disfrutando de su magia. Muchas gracias por haberle dado una oportunidad.

Sigue a Wonderbooks
en www.wonderbooks.es
o en nuestras redes sociales
y suscríbete a nuestra *newsletter*.

Acerca tu teléfono móvil a los códigos QR
y empieza a disfrutar de información anti-
cipada sobre nuestras novedades y conte-
nidos y ofertas exclusivas.